SV

Nina Bußmann

DREI WOCHEN IM AUGUST

Roman

Suhrkamp

Die Arbeit an diesem Roman wurde von der Akademie der Künste
und vom Land Berlin gefördert.

Erste Auflage 2025
Originalausgabe

Umschlaggestaltung: Designbüro Lübbeke Naumann Thoben, Köln
Satz: Dörlemann Satz, Lemförde
Druck: CPI – Ebner & Spiegel, Ulm
Printed in Germany
ISBN 978-3-518-43221-1

www.suhrkamp.de

Suhrkamp Verlag AG
Torstraße 44, 10119 Berlin
info@suhrkamp.de

DREI WOCHEN IM AUGUST

ELENA

Ich war es, die hierher wollte und alle anderen überredet hat. Ich wollte ins Licht. Glattgezogene Strände, der heranrollende Atlantik. Goldgräberstädte an den Küsten, ein Garten im Hinterland. Im September werden die Zelte und Buden eingeklappt, die Küstenorte schließen. Man kommt für die Sonne und die Gischt. Eve sagt, sie kann nicht zu lang auf diese Wellen schauen, sie ziehen alles aus ihr heraus.

Als Ali bei einer Mittagspause im Winter erwähnte, Nanas Haus in Frankreich stehe im Sommer leer, wenn wir wollten, könnten wir es nutzen, habe ich ohne zu überlegen ja gesagt. So schnell, dass es selbst sie irritierte. »Musst du nicht erst deine Lieben fragen?« – »Besser nicht«, sagte ich und sah zu, wie sie versuchte, sich einen Reim zu machen. Meine Chefin. Meine älteste Freundin. Einmal hatte ich sie überrascht.

Die besten Entscheidungen in meinem Leben sind ohne Nachdenken zustande gekommen. Ich kannte die ganzen Probleme, ich wusste, dass ihre Partnerin in New Mexico von einem Glioblastom dahingerafft wurde. Und wenn Ali so etwas sagt wie »Zum Heiraten ist es vielleicht zu spät«, dann verstehe ich erst, wie weit das Ganze geht. Auch reichen Leuten passieren traurige Geschichten. Ich weiß das alles. Aber in dem Moment hatte ich es komplett vergessen, ich dachte nicht mal daran, zu fragen, warum das Haus leer stand. In der Hochsaison. Ich habe unsere Teller weggeräumt, Kaffee gekocht und mich zurück an den Schreibtisch gesetzt, um noch etwas zu schaffen, bevor ich mit Rinus zur Ergotherapie musste. Ich erreichte endlich die Kuratorin in der Schweiz, der ich seit Wochen hinterhertelefonierte, ich bestellte Schwertlilien für das nächste Open Studio und hatte am Ende noch Zeit, nach Flügen zu suchen.

»Hast du schon zugesagt«, fragte Kolja als Erstes: drei Wochen im August. So lange würde er sich nicht freinehmen können, eben erst hatte er einen neuen Auftrag angenommen. So lange würden wir unser Haus nicht allein lassen dürfen. Wir hatten uns so viel vorgenommen für den Sommer. Wir wollten endlich die ewige Baustelle abschließen. Er schaute mich an wie damals, als ich das Bild von Anna Zemánková ersteigert und in meinem WG-Zimmer aufgehängt hatte. Sein Blick, als wüsste er, was ich dafür ausgegeben hatte.

»Wir zahlen keine Miete«, erinnerte ich ihn, das machte es nur schlimmer. Er hat gelernt, dass man sich nichts borgt, was man nicht zurückzahlen kann, und es sich erst recht nicht schenken lässt. Inzwischen verdient er genug Geld für Fahrräder mit elektronischer Schaltung und Rahmen aus Aluminiumlegierungen, die fast nichts wiegen und mehr kosten als ein dreiwöchiger Familienurlaub. Er hat noch nie dieses Licht gesehen, die Gewalt des Ozeans gespürt. Bei Ebbe weicht die Uferlinie um Hunderte Meter zurück. Die Flut nähert sich beharrlich und ist plötzlich da. Wo eben noch weite harte Sandfläche war, sind dann nur noch schwindende Inseln. Das Meer folgt dem Mond, eine gefügige Herde starker Tiere. Nur Lebensmüde schwimmen weiter hinaus, der Rest spielt in den Uferwellen. Den Körper zur Planke versteifen und sich mit dem Gesicht nach unten in die Welle legen, genau wenn sie bricht.

»Wir sind seit Jahren nicht verreist.«

»Ich kann die anderen nicht hängenlassen.«

»Sagen *die anderen* das umgekehrt eigentlich auch?«

»Elena. Ich muss Geld verdienen.«

Jemand muss das Geld verdienen. Das hatte ich schon verstanden. Aus eigenen Stücken würde er nie diese Reise machen. Und würde nicht stillsitzen können in diesem Garten fremder Leute. Allein der Gedanke an die daheim vertrocknenden Beeren würde ihm keine Ruhe lassen, das Sonnendach, das wir über der Terrasse anbringen wollten, der auszubessernde Zaun. Auch in Nanas Garten gibt es Brombeeren, einen riesigen Schlag. In der Mittagshitze streiche ich über das Grundstück und pflücke eine Handvoll, wir essen die reifen, die wir finden, vom Strauch in den Mund und lassen den Rest den Vögeln oder der Sonne. Kolja würde im Kellerschuppen suchen, bis er eine Leiter findet und gute Schutzkleidung, er würde eine Ernte beginnen, nichts soll vergehen.

Seit wir das Haus im Finkenweg haben, verbringt er all seine freien Stunden damit, Bäume zu beschneiden, Böden abzuschleifen, ein Hochbett für Rinus zu bauen und ein Podest für Linns Zimmer. Im Sommer und Herbst steht er bis in die Nacht in der Küche und kocht Obst ein. Im letzten Winter rammte er sich einen Splitter in den Handballen und hörte erst zu arbeiten auf, als seine Hand violett wurde und zu puckern begann. Wenn er nicht arbeitet, spielt er. Er fährt mit den Kindern an den See, ins Schwimmbad, zum Basketballplatz, er übt Klettern mit ihnen. Selbst wenn wir Freunde einladen, zieht er die Gesellschaft der Kinder vor. Er spielt lieber, als mit einem Glas Wein in der Hand herumzustehen und Konversation zu treiben. Das will ich allen sagen, die fragen, lässt er eigentlich jemals locker? Hat er eine Seele? Er würde es nicht schaffen, sich der Hitze geschlagen zu geben,

Eis an den Schläfen schmelzen zu lassen und auf das Sinken der Sonne zu warten.

Manchmal frage ich mich, was mich geritten hat, Eve mitzunehmen: Eine Freundin für Linn, eine Eve, wie Rinus sagt, für uns alle. Eine Babysitterin. Eine Nanny. Eine Hilfe. Ich habe kein Wort, das passt. Sie hilft uns seit Jahren, sie holt Rinus von der Kita ab, hält das Haus in Ordnung und bleibt bis in die Nacht, wenn ich abends zu einer Veranstaltung muss und Kolja es nicht rechtzeitig aus dem Büro schafft. Die Kinder hängen an ihr, selbst Linn. Niemand in ihrer Klasse hat noch ein Kindermädchen. Wenn sie uns darauf hinweist, erinnere ich sie daran, dass ihr Bruder noch klein ist und mehr Fürsorge braucht. Kann sein, es gibt Dreizehnjährige, die sich kümmern, die man selbst mit Babys allein lassen könnte. Linn hat das nie lernen müssen. Sie ist selbst noch ein Kind. Sie wacht nicht auf, wenn er einen Alptraum hat. Und wenn sie wach ist, kann sie ihn nicht hören. Mit ihren Ohren ist alles in Ordnung. Es ist ihre Gabe, sich auf der Stelle zu versenken. Schon als Einjährige konnte man sie vor die Balkontür auf den Boden setzen, und sie war zufrieden, nichts zu tun, als die Wolken anzuschauen, die Bewegungen der Baumwipfel hinter dem Dachfirst gegenüber. Rinus greift nach der Welt, anstatt sie nur zu beobachten. Er fing ganz schnell an, sich am Türgriff hochzuziehen und seine Handflächen ans Glas zu drücken. Er wollte nach draußen.

Auch wenn sie keinen kleinen Bruder hätte, würde ich Linn nicht die halbe Nacht allein lassen. Sie durchschaut das. Meine Tochter ist nicht dumm. Eves Geschenke hat sie immer gern angenommen, wenn auch unsicher, denn Eve brachte sie ohne Anlass. Plüschtiere aus knisternder Synthetik, blaue Plastikponys mit bodenlanger Mähne und Himbeerduft und eine sprechende Puppe mit platinblondem Haar. Für Rinus Schwerter und Pistolen. Vor Eves Augen konnte ich sie ihm nicht wegnehmen, später wollte er sie nicht mehr hergeben, er wurde nicht müde, herumzulaufen und Leute totzuschießen. Eve wollte die Sachen in einem Hauseingang gefunden haben, originalverpackt. Ich habe mich über diese Puppe informiert, sie war nicht billig, aber ich habe nicht weiter gefragt. Ich habe ausgeharrt, bis Linn von der Stimme dieses Wesens selbst genug hatte. Es war, wie ich vermutet hatte, sie wurde sehr schnell unansehnlich. Linn war fast zehn, zu groß für Puppen. Aber es fällt ihr schwer, sich zu trennen. In ihrem Zimmer bewahrt sie tote Schmetterlinge und Falter auf und experimentiert mit Methoden, sie für die Ewigkeit zu präparieren. Nur zu diesem Zweck benutzt sie ihr Haarspray. Von dieser Puppe wollte sie lang nicht lassen, auch als das Plastikhaar verfilzte und der Lautsprecher in ihrer Brust den Geist aufgab. Linn nähte ihr Kleider und sprach mit ihr, wenn sie sich allein glaubte. Ich hörte sie durch die dünne Wand und wurde traurig bei dem Gedanken, dass sie irgendwann aufhören würde, die Dinge zu beseelen. Sie wird aufhören, Naturprozesse an anderen Körpern aufhalten zu wollen, und sich ihrem eigenen zuwenden. Sie wird nach Make-up verlangen, nach eigenen elektrischen Geräten und falschen Wimpern wie ihre Freundin, sie wird wachsen und das bekämpfen wollen. Vielleicht rasiert sie sich den Kopf und bringt ihre Brüste zum Verschwinden. Auch ich komme mit Veränderungen nicht gut klar.

Manchmal lackiert Eve ihr die Nägel, färbt ihr bunte Strähnen und bringt ihr bei, Eiswürfel auf ihre Brauen zu drücken, bevor sie ihr jedes Härchen einzeln auszupft. Ich versuche, mich nicht einzumischen und Linn trotzdem zu vermitteln, dass ihr Körper okay ist, wie er ist, ich versuche an Angela McRobbie zu denken: Die Schönheitsbemühungen im Mädchenzimmer gehören zu einem Reigen subversiver Riten.

Eve weiß, dass es unter den Eltern in Linns Klasse die Abmachung gibt, den Kindern erst ab dem achten Schuljahr eigene Telefone zu kaufen. Sie sieht, wie es mir geht, wenn Ali sich im Internet Feinde macht und ich versuche, meinen Job zu erledigen, ihre Position zu erklären, und zur Antwort bekomme, ein ungefickter Pfannkuchen zu sein. »Die Erfindung des Netzes verändert uns weitreichender als die der Atombombe.« Das ist nicht von mir, das ist von Ali, die sich ohne ihre Endgeräte nicht einmal schlafen legt.

Vor ihrem vierzehnten Geburtstag will ich keine Bilder meiner Kinder im Netz, keine Filter auf ihren Gesichtern, sie sollen sich keinen Kommentaren aussetzen müssen. Ich will nicht, dass meine Tochter ihren Willen und ihre schöne Kraft darauf verwendet, in der Taille schmaler zu werden als ein DIN-A4-Blatt.

»Die Gefahr ist nicht gegeben, glaube ich«, lachte Eve und zeigte auf das Blech Zimtschnecken, das sie erst nachmittags zusammen gebacken hatten. Über der Stuhllehne hing einer von Linns schwarzen Onesies, bespritzt mit dunklem Sirup, Eve hatte Linn zwingen müssen, ihn in die Wäsche zu geben.

»Sie soll sich nicht von außen sehen müssen.«

»Alles gut.«

Ich soll mich einkriegen. Ich weiß, dass sie das denkt. Sie erdet mich, und meistens bin ich dafür dankbar. Eve ist die Einzige außer mir, die Rinus abends beruhigen kann. Die Einzige, die etwas mit Linns Haaren machen darf.

Linn kommt in die achte Klasse, Rinus haben wir vorläufig zurückstellen lassen. Eve hat sich gekümmert, als wir ihn nach ein paar Wochen wieder aus der Schule nehmen mussten, sie hat mit ihm Lesen und Schreiben geübt und vor allem das Malen. Mit den Buchstaben hat er Probleme, oder sie interessieren ihn nicht. Wer einmal gesehen hat, was er für Häuser und Schiffe entwerfen kann, wird nicht mehr denken, dass mit seinen kognitiven Fähigkeiten etwas nicht stimmt. Sein Strich ist fein und gerade, gezogen wie mit einem unsichtbaren Lineal. Konzentration ist nicht sein Problem.

Ich will, dass sie Zeit haben, ich will, dass sie nachmittags nach Hause kommen und versorgt sind, sie sollen nicht den ganzen Tag in Betreuungseinrichtungen verbringen, voll von schreienden Kindern mit einer schrecklichen Angst, nicht gehört zu werden. Das halten beide nicht gut aus. Aber ewig werden wir Eve nicht behalten können. Irgendwann werde ich sie gehen lassen müssen. Vorher muss ich ihr etwas geben, dachte ich an dem Abend im Frühling und fragte, »willst du nicht mit?«.

Sie hielt es für einen Witz. Ich war selbst überrascht. Es war in der Nacht, eins unserer flüsternden Gespräche zwischen Tür und Angel. Sie schon in ihren Stiefeln. Sie wollte wissen, wer auf dem Fest gewesen war, welches Fingerfood und welche Drogen es gegeben hatte. In ihren Nachfragen wurde mein Erlebtes größer, als es war. Ich musste nicht lügen und fühlte mich doch wie eine Hochstaplerin. Aber es tut auch gut, mit solchen Leuten zu reden, die aus einiger Entfernung auf das eigene Leben schauen, ein bisschen neidisch, grundlos bewundernd. In ihrem Blick zeigt sich, wo es glänzt.

Sie erkundigte sich, mit wem ich gesprochen hatte, und verlangte, Bilder von Alis neuen Arbeiten zu sehen. Sie hat ein paar Semester Kunstgeschichte studiert, bis sie merkte, dass es »nichts für sie war«, aber sie interessiert sich und kennt Namen. Mich wundert, dass wir keine gemeinsamen Bekannten haben. Wir haben eine Zeitlang in derselben Gegend gewohnt, wir sind im gleichen Alter, wir müssen einander über den Weg gelaufen sein, ich frage mich, warum sie mir nicht aufgefallen ist. Sie ist so zierlich, dass sie aussortierte Kleider meiner Tochter tragen kann. Aber man übersieht sie nicht. Neben ihr bin ich ein breites sattes Kind. Manchmal finde ich sie beim Heimkommen mit Linns Aquarellfarben am Küchentisch über einem großen Format. Ihre Sachen sind von einer souveränen Abstraktheit und dabei so zart, wie man es nicht lernen kann. Ich weiß nicht genau, was in Eves Leben schiefgelaufen ist. Ich weiß überhaupt fast nichts über sie. Einmal während ihrer Zeit bei uns nahm sie sich frei für einen Umzug, seitdem diese weiten Wege. Viele, die mit mir an der Kunsthochschule waren, sind nicht reich geworden, einige sind allein mit einem Kind. Aber niemand wohnt in einem Hochhaus am Stadtrand, und niemand arbeitet in privaten Haushalten anderer. Niemand hängt, wie sie es getan hat, einen Zettel am Schwarzen Brett im Biosupermarkt auf, um ihre Dienste anzubieten.

Ich wollte sofort mit ihr befreundet sein. Wovon bist du eigentlich so erschöpft, dachte ich damals, du hast kein Recht, und riss den Schnipsel mit ihrer Telefonnummer ab. Ich stellte mir eine ältliche Person vor, die mit dem Internet nicht umzugehen weiß, ich war nicht vorbereitet auf die Frau, die noch am selben Tag vor meiner Tür stand. Rothaarig und einschüchternd hübsch. Sie trug das fuchsfarbene Haar aufgetürmt, eine große Sporttasche über der Schulter und streckte mir die Hand hin. Damals war das eine ganz normale Geste, nur kannte ich kaum Menschen, die das taten. Meine Freunde und ich küssten und umarmten uns, alle anderen fasste man gar nicht an. Sie schaute an mir vorbei und ging in die Knie, wie um ein Tier anzulocken. Rinus lief auf sie zu, als wäre sie keine Fremde. Später zog er sie vom Tisch weg, um ihr etwas zu zeigen, er wollte sie nicht mehr aus seinem Zimmer herauslassen. »Das macht er nicht mit jedem«, sagte ich zu ihr. Sie wirkte ungerührt: »Ich weiß. Ich bin gut mit Kindern.«

Eine Hausfrau, die die Eignung einer Bediensteten prüft: Noch nie hatte ich diese Rolle ausfüllen müssen. Ich stellte Fragen zu ihrem Lebenslauf, zählte auf, was es bei uns zu tun und zu beachten gab, zeigte ihr das Haus, den Garten, die Zimmer der Kinder und meinen Schreibtisch in der Loggia, »Wir sind gerade erst eingezogen«, erklärte ich, sie nickte: »Ich weiß.«

Woher, dachte ich. Ich hatte sie noch nie gesehen. Ihr Gesicht hätte ich mir gemerkt. Auch wenn ich mich daran gewöhnt hatte, dass in der Siedlung alle uns kannten, mit unserem Fahrradanhänger, der Wildblumenwiese vor dem Haus, dem Kundschafter-Ranzen unserer Tochter. Man wusste, wer wir waren. Ich konnte vor allem die Frauen unter den Nachbarinnen immer noch nicht auseinanderhalten. Eve wäre mir aufgefallen.

Tatsächlich war unser Einzug sechs Monate her und außer den Zimmern der Kinder nichts fertig. Wahrscheinlich wusste sie auch das und sagte nichts, folgte mir durch das Haus und betrachtete die Zeichnungen an den Wänden im Flur, die im Bad gestapelten Kacheln, den Dachboden mit dem Estrich, meinen Arbeitsplatz mit den Klebzettelchen an der Wand und den beschlagenen Scheiben der Loggia. »Hier arbeite ich«, sagte ich, »oder versuche es.« Sie lachte nicht und stellte keine Fragen. Ein Post-it löste sich vom feuchten Glas und segelte zu Boden wie ein toter Falter zu den anderen. Auch dieser Ort musste für sie wie ein Kinderzimmer aussehen, dachte ich. Schäumender Flieder hinter den Scheiben, buntes herumfliegendes Papier.

In Wahrheit prüfte sie mich.

»Ich brauche jemanden, die mir die Kinder ein paar Stunden abnimmt, ich werde sonst verrückt«, sagte ich und versuchte ihr zu schildern, wie ein Leben als freie Kuratorin funktionierte. Ich bestellte meiner Freundin Flugtickets und organisierte das Catering für ihre Vernissagen, ich verfasste nahezu unbezahlte Texte für Zeitschriften und schrieb Anträge für meinen Projektraum. – »Projektraum?«

Ich müsste diese Arbeit überhaupt nicht machen. Ich verdiene fast nichts dabei, und mehr als die Hälfte bezahle ich für Eve, ich könnte das genauso gut sein lassen. Wir leben vom Geld meiner Mutter und vom Gehalt meines Mannes, damals wie heute. Damals schenkte ich mir oft schon um elf den Rest Weißwein aus dem Kühlschrank ein, eine Pfütze, die man sowieso nicht aufheben konnte, »eine Pfütze reicht«, sagte ich ihr. Das hatte ich noch nie jemandem erzählt. Alles Mögliche sagte ich ihr, was ich noch nie einem Menschen erzählt hatte. »Andere Leute haben ganz andere Probleme«, sagte ich, damit Eve es nicht dachte. »Natürlich«, meinte sie nur, »natürlich wird man sonst verrückt.«

Eve sagt solche Sachen nicht, um Ansprüchen zu genügen. Ich war es, die ihr gefallen wollte. Ich hatte das Wohnzimmer aufgeräumt, Blumen auf den Tisch gestellt und Apfelkuchen gebacken. Und als sie sich das alles ansah, wieder so neutral und allenfalls ein bisschen überrascht, zwei Kuchenstücke aufaß und feststellte, »Rauchen darf man hier sicher nicht«, war ich drauf und dran zu sagen, doch, natürlich, hier darf man alles. Wären wir allein im Haus gewesen, hätte ich einen Aschenbecher auf den Tisch gestellt. Jetzt folgte ich ihr nach draußen auf den Treppenabsatz und muss so geschaut haben, dass sie mir die Schachtel ohne ein Wort hinhielt. Schwindel erfasste mich, als wäre es meine erste Zigarette überhaupt.

»Wollen wir nicht du sagen?«

»Gern«, nach einer Pause, was hätte sie auch sonst sagen sollen?

Immer wieder überschreite ich diese Grenze. Immer achtet sie darauf, sie zu wahren, ohne mich bloßzustellen. Sie muss gemerkt haben, wie einsam ich damals war. Heute weiß ich, sie war es selbst.

»Du strahlst ja«, sagte mein Mann, als er heimkam.

»Ich habe jemanden kennengelernt«, lachte ich, durchdrungen von Aufbruchsgefühlen.

»Was ist sie für ein Mensch?«

»Die Kinder haben sofort Zutrauen gefasst.«

Und ich versprach ihm, dass er sie kennenlernen würde, ich hatte sie gleich für das Wochenende zu meinem Geburtstagsfrühstück eingeladen. Sie freute sich, das war zu merken, sie sagte nicht zu und nicht ab, ich wusste, dass sie nicht kommen würde, und habe doch den ganzen Nachmittag auf sie gewartet.

Ein einziges Mal noch hat sie mich hängenlassen, viel später, und dazu nur gesagt, ich konnte nicht. Gelogen hat sie nie. Aber auch nie etwas begründet. Am Montag nach meinem Geburtstag brachte sie mir ein Geschenk. »Ich habe es nicht geschafft«, erklärte sie ein bisschen barsch und überreichte mir ein Päckchen aus Seidenpapier. In viele Lagen eingeschlagen war ein goldenes Kettchen mit einem Anhänger aus eingefasstem Amethyst. Es war wie alle Geschenke, die sie später meinen Kindern gemacht hat, ein wenig zu groß, ein wenig zu nah und nie etwas, das ich selbst ausgesucht hätte.

»Das wäre doch nicht nötig gewesen!«

»Wieso nicht.«

Sie ging nicht hoch mit der Stimme, es klang aggressiv. Sie beobachtete, wie ich die Kette anlegte.

»Eine Freundin hat sie gemacht.«

»Eine Goldschmiedin!«

Sie reagierte nicht auf meine Begeisterung, erst als wir nebeneinander in den Badezimmerspiegel blickten, wirkte sie zufrieden. Immer würde ich fortan diese Kette tragen, wenn wir uns trafen. Hier im Urlaub habe ich damit aufgehört. Gut vertragen hat meine Haut das Material noch nie, in Verbindung mit dem Salz und der Sonne würde es einen schlimmen Ausschlag geben. Ich kann nur hoffen, dass sie das einsieht. Gefragt hat sie noch nicht.

Ihr Mann war für seine Spielsucht ins Gefängnis gegangen. Für den Rest ihres Lebens würde sie seine Schulden bezahlen. Das erzählte sie mir bei unserem ersten Zusammentreffen. Wie sie mit ihrer Tochter am Frühstückstisch in ihrem Reihenhäuschen saß, versuchte, das Kind zur Eile anzutreiben, und sah, dass die Katze gefüttert werden musste, als Nächstes hörte, wie die Polizei die Tür eintrat. Kollegen ihres Mannes. Die Frau hatte Highlighter auf den Wangenknochen. Warum trug man Highlighter auf, bevor man eine Uniform anzog und bei befreundeten Menschen eindrang. Gestern war sie mit dieser Natascha noch beim Krav Maga gewesen. Sie hatte wirklich keine Ahnung gehabt, was ihr Mann in seinem Kellerzimmer am Computer machte. Sorgen, das ja, aber in die ganz falsche Richtung. Dass er sich mit Leuten austauschte, die komische Ideen hatten.

Ich weiß noch, wie mich das damals erleichterte. Dass wir uns in Bezug auf diese komischen Ideen offenbar einig waren. Als sie mir sagte, wie beruhigt sie jedes Mal gewesen war, Spielkartensymbole auf seinem Bildschirm zu sehen, Bube und Dame auf grünem Grund.

Ich war froh, dass sie mir das erzählte, und dass sie es mir so früh erzählte, auch wenn es klang wie eine dieser Randspaltennotizen aus der Regionalzeitung. Jemandem müssen diese haarsträubenden Sachen schließlich passieren. Ich versprach, Schweigen zu wahren, auch gegenüber meinem Mann.

Ich weiß, dass diese Geschichte so nicht stimmen kann. Es gibt keinen Schuldturm mehr, und bei einer Sache wie dieser würde keine Beamtin als Erstes eine Haustür eintreten. Alle meine Recherchen haben das bestätigt. Ich weiß auch, dass Eve nicht lügt. Sie hat etwas kräftiger eingefärbt aus Sorge, den Punkt sonst nicht herüberzubringen zu einer wie mir.

»Die Sorge ist völlig berechtigt«, sagte ich zu meinem Mann, als ich kurze Zeit später mein Schweigeversprechen brach. Damals war es unvorstellbar für mich, Geheimnisse vor ihm zu haben. Er dürfte ohnehin gemerkt haben, dass es mir keine Ruhe ließ: Wie sie überhaupt in diese Situation kommen konnte. Sie kann Transporter fahren und kämpfen, sie ist mit sechzehn in ihre erste eigene Wohnung gezogen, sie wirkt nicht wie jemand, die sich etwas vormachen lässt.

»Hattest du Spaß?«, wollte sie wissen, als ich von der Vernissage zurückkam, früher als sonst, sie war noch dabei, die Küche aufzuräumen, sie wischte die Anrichte bis in den letzten Winkel, Putzmittel schäumte, ich schaffte es, nichts zu sagen.

»Fahrt ihr weg in den Ferien«, versuchte ich abzulenken und bereute es im selben Moment.

»Vielleicht mal an den See.«

Sie lächelte nachsichtig und zupfte mir ein Stück trockenes Laub aus dem Haar.

Als Eve damals zu meinem Geburtstag nicht gekommen war, war ich enttäuscht gewesen, aber auch dankbar für den diskreten Hinweis. Ich sah ein, dass sie recht hatte. Sie liebte unsere Kinder und in ihrer speziellen Weise auch uns, ungefiltert und impulsiv, aber sie war professionell.

»Rinus würde sich sehr freuen«, setzte ich trotzdem nach. Wie er seine imaginären Freunde oder Kuscheltiere vorschiebt, um Bedürfnisse auszusprechen, benutzte ich jetzt ihn. Wirklich stimmte es ja, schon ein paar Mal hatte er gefragt, »Kommt Eve eigentlich mit nach Frankreich? Wenn Linn Noémie mitnehmen darf, möchte ich, dass Eve mitkommt.« Manchmal fiel ihm auch ein, eine seiner Erzieherinnen einzuladen oder seine Ergotherapeutin oder Sanna von der Musikalischen Früherziehung. Aber das hier ist etwas anderes, an Eve hängt er. Ich könnte eifersüchtig sein.

»Wollt ihr nicht für euch sein?«

»Du gehörst doch dazu.«

Ich rechnete fest damit, dass sie ablehnen würde. Sie nahm ihre schwere Tasche, hob die Hand zum Abschied und lief die Straße hinunter in Richtung S-Bahn, immer in großen schwingenden Schritten, nicht wie jemand, die nur noch schlafen gehen will. Kürzlich hatte sie ihr altes Moped verkauft. Wir sollten ihr ein Rad besorgen, dachte ich, sie könnte Linns altes Rad haben und es für den Weg zum Bahnhof benutzen und dort stehen lassen. Immer hat sie diese Tasche dabei. Ich hatte aufgehört zu fragen, was sie da herumschleppte. Auf solche Fragen reagierte sie empfindlich.

Wochenlang sprachen wir nicht mehr über die Ferien, bis sie mich wenige Tage vor unserer Abreise im Büro anrief und fragte, »Gilt dein Angebot eigentlich noch?« Das erste Mal, dass sie mich anrief. Lieber schickt sie mehrere Sprachnachrichten hintereinander. Ich sah ihren Namen aufleuchten und dachte, sonst was sei passiert.

»Welches Angebot?« In dem Moment erinnerte ich mich wirklich nicht mehr.

»Das Haus in Frankreich.« Sie sagte: Das Haus. Als wollte sie es für sich allein. Ich begriff, sie war nervös. Das kannte ich nicht. Angebot, dachte ich, »Ja klar«, sagte ich, »wir freuen uns.« Ich freute mich wirklich. Sie auch. Wir würden ein großes Auto mieten, sie könnte es fahren, sie liebt das Fahren. Sie weiß, wie ich es hasse und fürchte.

Kurz verstand ich nicht, was sie meinte mit ihrer Frage, »Wären tausend Euro okay?«

»Du musst nichts bezahlen. Das Haus gehört meiner Freundin.«

»Süße«, sagte sie zu mir. Von wem sonst würde ich mir das gefallen lassen? »Ich meinte meinen Lohn. Pro Woche«, und sie rechnete mir vor, wie sie auf diesen Betrag gekommen war, »sonst mach du einen Vorschlag.«

Sie diktierte die Bedingungen. Wir einigten uns. Noch immer wird mir heiß, und ich fange an, am Stoff meiner

Kleidung herumzuzupfen, wenn ich daran denke. Ich hatte geglaubt, sie könnte uns ihre Zeit schenken.

»Die Kinder werden sich freuen«, sagte ich ihr. Rinus jedenfalls vibrierte. Das Grün seiner Augen wird noch tiefer, wenn er in diesem Zustand ist. Im ganzen Raum spürt man das Rasen seines Herzens. Linn sammelte den Brotkorb auf, den er im Aufspringen vom Tisch gerissen hatte: »Okay? Wir brauchen einen Babysitter im Urlaub?«

Aber ich weiß, auch sie hängt an Eve. Als ich sie gefragt hatte, »Willst du eine Freundin mitnehmen? Noémie zum Beispiel?«, hatte sie nicht anders reagiert. Oft möchte ich sie nehmen und schütteln und fragen, ob sie eigentlich überhaupt noch etwas will. Die letzten Jahre waren nicht einfach für Kinder, heißt es. Drei Jahre, für Rinus ist das sein halbes Leben. Linn hat es noch nie etwas ausgemacht, allein in ihrem Zimmer zu bleiben. Jetzt findet sie nicht ins Leben zurück. Wenn ich sie anschaue, starrt sie mit aufgerissenen Augen zurück, bis ich den Blick sinken lasse. Egal, was ich sage, es ist das Falsche. Einmal habe ich sie aus der Tagesklinik abgeholt und sie gesehen, bevor sie mich sah. Als sie ein Kleinkind war und in die Kita ging, gab es kaum etwas, das mich mehr faszinierte: wie sie sich bewegte, wenn sie vergessen hatte oder nicht wusste, dass wir sie beobachteten, allein inmitten anderer Leute, so anders als zu Hause, wo wir immer in der Nähe waren. Am liebsten wäre ich noch länger hinter der Hecke stehen geblieben, um zu sehen, wie sie *wirklich* ist. Anders als die für mich zurechtgemachte Version. Sehen, was sie mir nicht erzählt. Denn das hat sie damals schon kaum getan. Auf der Wiese hinter den verdunkelten Glaswänden des Klinikfoyers sah ich sie Squash spielen, angefeuert von einem Mann mit scharf gezogenem Scheitel, der aussah wie vom Wachschutz. Jemand hatte ihr Sportkleidung gegeben, ein erbsengrünes Fußballtrikot und glänzende Shorts. Ich sah ihren Schrei, als sie sich nach einem heranfliegenden Ball streckte, Schweiß stand an ihren Schläfen. Kurz war ich unsicher, ob ich sie nicht verwechselt hatte. Ein anderes Mädchen mit hellen Locken, dem dieses Fußballtrikot wirklich gehörte. Das Trikot gehörte ihr, erfuhr ich später, der Mann mit dem strengen Habitus war Sozialarbeiter und mochte sie offenbar, er hatte es ihr geschenkt. Zuhause hat sie es nie getragen. Sie trägt überhaupt nichts anderes mehr als schwarze T-Shirts in Männergrößen, mit Ärmeln bis über den Ellbogen, dazu Jogginghosen, Leggings, immer lang, nachgiebige, weiche Stoffe. Sie wechselt sie selten. Anfangs habe ich mich gefreut, als sie losging und sich von ihrem Taschengeld diese neue Rüstung kaufte. Ein Akt der Verweigerung, so will ich es sehen. Von mir aus auch ein Versteck. Aber ich wünschte doch, sie würde sich öfter waschen. Und ich würde gerne wissen, was sie unter dieser Hülle verbirgt. Einen Buckel. Ein Paar Flügel.

»Wozu brauchen wir einen Babysitter im Urlaub, du bist doch da«, fragte sie zum wiederholten Mal und setzte die Müslischale an die Lippen, um den Rest Milch auszutrinken. Kolja streckte den Arm aus und wischte ihr das Bärtchen von der Oberlippe. Wie lang ihre Haare dort wuchsen. Was er alles darf, dachte ich.

»Eve ist kein Babysitter. Ihr seid ja auch keine Babys.«

»Was ist sie dann?«

»Eine Freundin.«

»Ach so?«

Zuletzt waren vor allem andere überrascht, dass ich an meinen Plänen festhielt. Freunde, die sonst weniger Angst hatten, wussten von Reisewarnungen. Ich hätte möglicherweise das Recht, kostenlos alles zu stornieren. Aber ich habe mir die Karten genauer angesehen, die Herde der Feuer lagen in einer ganz anderen Gegend, Hunderte von Kilometern entfernt, und sie wurden schon in den Tagen vor unserer Abreise nach und nach gelöscht. »Natürlich fliegt ihr«, sagte Ali, als ich sie in Albuquerque erreichte. Sie stand im Patio von Nanas Hospiz und wusste nicht, wovon ich redete. Ob sie es würde einrichten können, auch zu kommen, war »unsicher, aber ihr fahrt natürlich hin!«.

Kolja und ich hörten auf, das zu diskutieren. Er würde mit dem Zug nachkommen, das letzte Stück des Wegs mit dem Rad. Die Kinder, Eve und ich flogen voraus. Ich habe nicht die Nerven für eine vierzehnstündige Zugfahrt, den Umstieg in Paris mit einem kleinen Kind und zwei geistesabwesenden Teenagern. Aber das musste ich ihm gar nicht erklären, so umstandslos akzeptierte er das Ganze, dass es einem komisch vorkommen konnte, aber vielleicht hatte auch er nur beschlossen, seine Schlachten weiser zu wählen. Am Abend vor der Abreise half er mir, Rinus' Sachen und eine Reiseapotheke für uns alle zusammenzusuchen, wir wählten Wanderrouten aus, Höhlen und Kirchen und Vogelschutzgebiete, die wir gemeinsam anschauen wollten, zu zweit. Wann sind wir zuletzt zu zweit gewesen? Schon am Flughafen fing ich an, ihn zu vermissen. Seine schmalen festen Schultern, seinen Griff in meinen Nacken, um mich zu erden.

»Ihr seht ja aus wie auf der Flucht«, lachte Eve über unsere Seesäcke. Ich lachte mit ihr. Sie war erkennbar nervös und trug ein Kleid, wie ich es noch nie gesehen hatte an ihr, es dauerte, bis ich meinen eigenen Kaftan erkannte. Er machte ihre Schritte kleiner. Es verschaffte mir Auftrieb, einmal die Furchtlosere von uns zu sein. Flugzeugabstürze halte ich für unwahrscheinlich, wie alle echten Katastrophen jagen sie mir keinen Schrecken ein. Weil sie zu abstrakt sind, ist Koljas Deutung. Der Grund, warum Blockbuster über das Ende der Welt so erfolgreich seien: weil sie ein Comicszenario entwerfen, an das man nicht glaubt. Für mich gilt das nicht. Ich glaube den Prognosen. Aber auch daran, dass man nach dem Kipppunkt nicht allein ist. Was dann kommt, betrifft alle gleich. Im Angesicht des Kollapses habe ich mich immer lebendig gefühlt.

EVE

Ich habe diese Einladung nur angenommen, weil es keine Einladung war. Sondern eine Bitte. »Wollt ihr nicht für euch sein?«, war meine erste Frage. Und das wollte sie eben nicht. Manchmal denke ich, sie hat Angst vor ihren eigenen Kindern. Sie hatte vor zu arbeiten in diesen Ferien. »Außerdem meine Ehe retten.« Oder eine Pause machen von ihrer Ehe, um einen klaren Kopf zu bekommen. Auf mich jedenfalls will sie nicht verzichten. Abends geht sie zum Telefonieren in den Garten, sie muss ihre Freundin erreichen, die auch ihre Chefin ist, oder ihren Mann oder die Eltern von Linns Freundin. Etwas gibt es immer zu besprechen. Der Empfang hier ist eine Katastrophe. Man muss bis in die hinterste Ecke des Gartens, um eine Nachricht zu laden. Wenn sie zurückkommt, ist sie in Aufruhr.

Drei bezahlte Wochen am Meer. Es wäre verrückt, so ein Angebot nicht anzunehmen, da waren sich alle meine Freunde einig. Nur Dennis meinte, einen Haken müsste die Sache haben. Er an meiner Stelle würde aufpassen. Bei solchen Andeutungen beließ er es. Da habe ich entschieden, zu reisen.

Am Flughafen erkannte ich die Familie von weitem und wäre am liebsten umgekehrt. Sie trugen dunkles Leinen und braune Seesäcke, als spielten sie eine Flucht nach und nicht eine Reise in den Urlaub. Selbst in Sack und Asche hebt Elena sich heraus aus der Menge. Auch wenn sie es nicht darauf anlegt. Sie hat ein seltsames Gesicht, die Augen groß und weit auseinanderstehend. Nicht hübsch, aber schön.

Wie sie sich auf diese Reise gefreut hatte. »Du musst dieses Meer riechen«, sagte sie zu mir und zeigte ein Foto des Hauses. Eine verwitterte Villa zwischen alten Eichen. Es gab nur dieses eine Bild. »Ein prima Ort für Einbrecher«, sagte Dennis, als ich ihm erzählte, dieses Haus wirkt wie ganz allein auf der Welt. Er wolle nicht wissen, wie die Badezimmer aussahen. Seine Art, sich für mich zu freuen. »Nimm genug Desinfektionsmittel mit«, empfahl er und küsste mich auf die Stirn. Ich nahm eher an, dass das Gelände geschickt fotografiert war und die nächste Ferienanlage sicher gleich nebenan. Andererseits – diese Freundin von Elena beziehungsweise deren Freundin war reich, Immobilien in Wien, New Mexico und eben Südwestfrankreich, Elena hatte mir genug davon erzählt.

Wir würden morgens und abends schwimmen und nachmittags auf der Veranda Pastis trinken. »Und du mietest dir ein Moped«, sagte sie zu mir, »und fährst abends in den Ort und findest einen schönen Mann.« Du hast meinen nie gesehen, dachte ich. Sie hat mir Kleider geschenkt für die Reise. Sie hat mir schon oft Sachen von sich angeboten, die ihr nicht mehr passen oder nicht mehr gefallen, bisher habe ich es immer geschafft, höflich abzulehnen. Diesmal bestand sie darauf, dass ich sie anprobierte. Sie sitzen wie selten etwas, das ich im Laden kaufe. Strandkleider aus guten Stoffen. Ich werde sie nicht behalten nach dieser Reise. Sie sagt, ich schulde ihr nichts.

Selbst meine Freunde würden mich nicht erkennen in diesen Kleidern. Nichts von dem, was hier passiert, zählt in Wirklichkeit. »Das hat Urlaub so an sich«, lacht Elena. Manchmal behandelt sie mich, als wüsste ich von nichts etwas. Ich bin schon bis Marokko getrampt, aber nie hatte ich so stark wie hier das Gefühl, einen Film zu beobachten. Etwas abzustreifen und mit Tarnkappe loszugehen. Am Morgen unserer Abreise versetzte es mich noch in Unruhe. Ich trug ihren mit Schilf bedruckten Kaftan und roch nach ihren Lavendelsäckchen. Verkleidet war ich, doch es schien niemandem aufzufallen. Sie waren mit sich selbst beschäftigt.

Der Kleine musste gerade geweint haben, wirr hing das Haar ihm ins Gesicht, er schaute weg, als ich ihn drückte. Linn trug wie immer in letzter Zeit etwas Schlafanzugartiges und eine in die Stirn gezogene Basecap, auf den Handrücken ein Muster aus blauen Schnörkeln. Eben hatten sie ihren Vater verabschiedet. Seine Warnweste entfernte sich in der Menge. Er hat die Bäder in ihrem Haus selbst gefliest und macht alle Reparaturen selbst, er singt im Chor und fährt täglich dreißig Kilometer mit dem Rad zu seiner Arbeit. Was ich über ihn weiß, weiß ich aus Elenas Erzählungen. Dass seine Mutter alleinerziehende Klavierlehrerin war und er noch immer CDs kauft, anstatt zu streamen. Weil das im Klang einen Unterschied macht und er diesen Unterschied hört. Dass sie sich in einer Kneipe kennengelernt haben, ganz unwahrscheinlich, denn er verbrachte seine Zeit damals schon anders. Er liebt die Kunst und kommt mit Künstlern schlecht zurecht. Mit ihren Freunden verträgt er sich, er ist überhaupt einer der verträglichsten Menschen, den sie kennt, sagte sie zu mir, »er hat ein gewinnendes Wesen«. Man werde eifersüchtig neben ihm. Er kann einen lustigen Abend mit ihren Leuten verbringen. Aber richtig *leiden* kann er sie nicht. Den ganzen Winter schwimmen Linn und er im See. Sie gehen nicht bloß ein paar Schritte hinein mit einer Wollmütze auf dem Kopf. Sie tauchen ganz ein und kraulen. Elena und er kennen einander seit über zwanzig Jahren. Für den Rest des Lebens werden sie das gemeinsame Haus abbezahlen. »Wir schlafen trotzdem gut.«

Was Elenas Mann arbeitet, scheint ihr selbst ein wenig dunkel zu sein. »Rinus könnte ich es jedenfalls nicht erklären«, hat sie zu mir gesagt. Organisationsentwicklung und Rhetorik, er bringt Führungskräften bei, ihre Entscheidungen besser zu begründen. Er hilft Bestimmern, wie sie noch mächtiger werden, würde ich einem Kind beschreiben, Unternehmensberatung wäre das in meinen Worten, aber den Begriff hören sie nicht gern. Er redet den ganzen Tag so viel, dass er abends keine Kraft mehr hat zu erklären. In seinem Büro hat er Platz für ausladende Gebäude aus Legosteinen für seine Ideen und geht barfuß, »Nirgends kann man besser Radschlagen üben als dort auf dem Teppich«, erzählte mir Linn.

Während der Pandemie fing er an, mehrere Tage am Stück in diesem Büro zu verbringen, dann wurden es Wochen. Seine Geschäfte liefen gut, nicht schlechter als sonst jedenfalls. Er hatte große Aufträge und kam zu nichts, wenn er daheim auf der Baustelle saß und unter ihm seine Kinder sangen und schrien. »Er hat viel zu tun«, sagte Elena, als mir nach Tagen etwas komisch vorkam und ich sie fragte, ob er auf Dienstreise sei. Es gab keine Dienstreisen, das wusste ich selbst. »Ein forderndes Projekt.« Ich glaube nicht, dass außer mir und den Kindern jemand etwas mitbekommen hat von seiner wochenlangen Abwesenheit. Was immer er in seiner Agentur tut, es wirft ziemlich viel Geld ab. Jeder würde verstehen, dass sie ihn halten will.

Ich bin ihr Zuständigkeitsbereich, nicht seiner. Wenn sie unterwegs ist und er mir die Kinder übergibt, erklärt er mir, welche Reste sich noch im Kühlschrank befinden, ob und wie lang Rinus am Mittag geschlafen hat, was für Termine die beiden noch haben, wie ihre Verfassung gerade ist. Umgekehrt erkläre ich ihm die gleichen Dinge, wenn er abends als Erster nach Hause kommt. Darüber gehen unsere Gespräche nicht hinaus. Einmal habe ich ihn im Supermarkt gesehen, wie er sich seinen Weg bahnte und seinen Einkaufswagen füllte, nicht einmal den Fahrradhelm hatte er abgesetzt. Mich erkannte er zuerst nicht, dann war es ihm schrecklich unangenehm. Ich glaube, dass er in Ordnung ist.

Elena schob meinen Koffer zur Seite und umarmte mich, ihr Bauch drückte sich an meinen. »Übergänge sind immer schlimm«, erklärte sie, Rinus über den Kopf streichelnd, und erzählte mir von dem Raumschiff, das sie am Morgen noch hatten suchen müssen, der Tauchermaske, die sie im letzten Moment erst gefunden hatten, dem Waschbär, den er in der S-Bahn fast verloren hätte. Und so weiter. Sie war überdreht. Sie wollte wissen, ob ich schon eingecheckt sei, und beorderte Linn, mir damit zu helfen. Vielleicht froh, sie loszuwerden.

Mit gesenktem Blick ging Linn neben mir her. Sie ist ein massiges Mädchen mit einem Schritt so leise wie ein Gespenst. Trotzdem teilte die Menge sich vor uns.

»Hattet ihr Stress?«

Sie hob nur ganz leicht die Hände wie bittend: »Mein Bruder. Du hast nichts verpasst.«

»Und du? Was ist mit deiner Freundin?«

Ich versuchte, mich an den Namen zu erinnern. Helene, Ismene, Madita, Sophie. Ein paar dieser Mädchen kannte ich, noch im Frühjahr hatte ich sie alle zusammen zum Reiten gefahren, zum Tanzen, zum Theater. Ich habe ein gutes Gedächtnis, aber die Namen dieser Freundinnen habe ich nie gelernt. Linn hat immer betont, sie alle gleich gernzuhaben. Erst seit kurzem verbrachte sie die meiste Zeit bei ihrer neuen besten Freundin. »BFF«, hatte Elena mir verkündet, spöttisch und stolz.

»Sie heißt Noémie.«

»Freust du dich?«

Schweigen.

»Es gab einen Rohrbruch, deshalb sind die U-Bahnen zu spät. Ich hatte auch Probleme. Sie schafft das bestimmt noch. Wir haben doch noch Zeit«, behauptete ich, dabei hatte ich keine Ahnung, ich war selbst nervös.

Erst vor der Check-in-Säule wurde sie wach und sachlich, »Ausweis«, verlangte sie knapp, hielt mir die Hand hin und ihn unter den Scanner, Strahlen in ihrem Gesicht, als sie meinen Boardingpass aus dem Ausgabefach holte.

»Danke. Das hätte ich nicht so schnell hinbekommen.«

»Echt? Das ist total intuitiv!«

Seit einiger Zeit achtet sie darauf, beim Lächeln ihre Zähne nicht zu zeigen. Jahrelang kannte sie nichts Besseres, als mich beim Einkaufen zu begleiten, gebannt lief sie neben mir durch die Supermarktgänge und warf teure Süßigkeiten in den Wagen. Unvermittelt hat sie die Lust daran verloren. Manchmal leihe ich ihr mein Handy, oder wir schauen gemeinsam Tutorials an. Wie ausgeknipst starrt sie auf den Bildschirm. Mondschön ist Elenas Wort. Linn merkt nicht, was sie mit ihren Händen macht. Sie faltet und verschränkt sie immer wieder neu, sie formt Fäuste und streicht damit an ihren Oberschenkeln entlang. Sie fing auch jetzt wieder damit an, als wir uns den anderen näherten, die Freundin fehlte noch immer, Elena hatte ihr Telefon am Ohr und raufte sich das Haar. Vor uns noch eine einzige Familie, eine Frau versuchte, das Baby auf ihrer Hüfte zu beruhigen und ihre anderen Kinder unter Kontrolle zu bringen, Jungen und Mädchen zwischen fünf und zwölf, es sah nicht aus, als ob es schnell vorangehen würde. Elena streckte die Hand nach Linn aus, Rinus wollte auf meinen Arm, eine Frau in Warnweste schob uns weiter, er hob zu wimmern an. Immer noch sah er in allen Leuten mit Warnwesten seinen Vater oder erinnerte sich an ihn, ich musste ihn ablenken, noch einen Anfall konnten wir jetzt nicht gebrauchen. Ich setzte ihn ab und ließ ihn vor mir durch den Scanner gehen. Er macht alles mit, man muss es ihm nur als Abenteuer verkaufen. Linn folgte uns. Es war entschieden, dass wir auf die Freundin nicht mehr warten sollten.

»Schon okay«, murmelte Linn beim Warten am Gate. Sie ist niemand, der Szenen macht. Sie nahm ihren Platz im Flugzeug vor mir ein, schnallte sich an, schlug ein Buch auf und schaute nicht mehr auf, auch nicht, als das Mädchen zustieg. Es war schwer, das nicht mitzubekommen. Selbst ich habe kurz meinen trockenen Mund vergessen und nicht mehr nach den Notausgängen geschaut.

In einem knappen weißen Top schritt sie die Reihen ab, zwei Flugbegleiter hinter sich, zwei vor sich. Ein kleiner Popstar mit ihren Beschützern. Eine Terroristin im Moment ihrer Inhaftierung. Große Augen, schwere Wimpern, runder Mund. Mit Linn hätte ich sie nie in Verbindung gebracht, sie sah viel niedlicher aus und viel erwachsener. Ich verstand es erst, als Linn doch ihr Buch zugeklappt hatte und wie wild winkte. Die Freundin hob andeutungsweise die Hand als Antwort, ließ sich zu ihrem Platz gleich hinter der ersten Klasse führen und drehte sich für den Rest der Reise nicht mehr nach uns um. Die beiden haben sich in der Klinik kennengelernt. Krank wirken sie beide nicht, nicht verstörter als andere in dem Alter. Linn hat angefangen, die Schule zu schwänzen und sich mit ihren Freundinnen zu streiten und ein paar Kilo zugelegt. Man wollte verstehen, was da passierte, so erklärte Elena es mir. Die Einweisung sei nicht ihre Idee gewesen. Aber Linn hat auf den Vorschlag anscheinend ziemlich dankbar reagiert. Vielleicht war sie ganz froh, mal rauszukommen. Wirklich schlau geworden sind die Psychologen wohl nicht aus ihr. Nach allem, was ich weiß, haben sie keine Krankheit entdecken können.

Am Förderband warteten die beiden im Abstand nebeneinander wie ein Paar, das gestritten hat. Noémie sah sich Videos an, Linn stand hinter dem Gepäckwagen, die Hände im Rücken verschränkt wie eine vom Securitydienst, und schaute abwechselnd auf das Handy ihrer Freundin und die dunkle Öffnung, aus der jetzt schon länger nichts mehr gefallen war. Wir waren die Letzten, nur Noémies Koffer fehlte, Elena war mit Rinus zur Autovermietung gelaufen. Ich versuchte, mich mit den Mädchen zu unterhalten. Ich fragte nach der Farbe, ob Noémie einen Anhänger benutzt hatte, und suchte mit ihr nach einem Schalter, wo man uns helfen konnte. Ihr Ladekabel war im Gepäck, erklärte sie mir. Vorwurfsvoll. Oder sie wollte mich als Verbündete. Elena jedenfalls war dafür, sich hier nicht mehr zu lang aufzuhalten. Bevor wir irgendwo anders hinfuhren, wollte sie ans Meer. Nicht erst zum Haus, auspacken und duschen, sie wollte an den erstbesten Strand und den Ozean begrüßen. Die große Brandung. Das Ende der Welt. Am Dünenkamm blieb Rinus ruckartig stehen und stieß einen leisen Schrei aus. Elena griff mich am Arm.

Geradeaus lief Linn ins Meer, in Hemd und Hose. Mehrmals trat sie auf fremde Handtücher, im Wasser machte man ihr Platz. Elena zog ihr Kleid über den Kopf und folgte ihr. Die ganze Reise über hatte sie den Badeanzug unter dem groben Gewand angehabt und sich gefreut. Eine kleine Gestalt im kobaltblauen Einteiler neben einem breiten Schatten, bedeckt wie eine Muslima. Ich blieb mit Rinus zurück und half ihm, seinen Schwimmgurt anzulegen und Sonnencreme aufzutragen, es passte ihm nicht, unruhig sah er den anderen nach. Elena tauchte noch immer wieder auf aus dem Schaum. Linn schwamm, bis sie nicht mehr stehen konnte. Zwei Mal wurde sie zurückgepfiffen, weil sie zu weit nach draußen geschwommen oder getrieben war, immer in den Bereich der Surfer. Schwarze Wesen mit Rückenflossen an den Brettern wie Haifische. Sie konnten ihr gefährlich werden, sie war im Weg. So etwas merkt sie nicht. Beim dritten Mal kraulte ein Rettungsschwimmer zu ihr hin. Noch aus der Entfernung konnte ich sehen, wie sie sich wehrte. Zwischen den Brechern kämpften sie, als wollten sie einander ertränken. Kurz schien unklar, wer siegen würde. Ich habe ihr beigebracht, wie sie sich aus Griffen befreien kann, und Kraft hat sie, wenn sie will. Er ließ erst los, als sie wieder im hüfttiefen Wasser standen. Elena hatte offensichtlich nichts mitbekommen. Noémie hatte ihre Sonnenbrille aufgesetzt und las in einem dicken Band mit violett verziertem Schnitt. Zwischendurch setzte sie ab und machte sich Notizen in ein golden eingeschlagenes Heft.

»Lernst du für die Schule? Die Ferien haben doch eben erst angefangen!«

Sie rückte ihre Sonnenbrille zurecht und entschied, nicht zu antworten.

Am Nachmittag habe ich beobachtet, wie sie den Liegestuhl am Pool mit einem feuchten und dann einem trockenen Tuch abwischte. Linn hatte sich auf ihrem längst ausgebreitet, ebenfalls ein Buch vor den Augen, eine Plastiksonnenbrille im Gesicht. Als sie später aufstand und einen Hechtsprung ins Wasser tat, hatte sie das Flechtmuster des Liegestuhls an den Schenkeln. So etwas passiert Noémie nie. Sie achtet immer darauf, ein flauschiges Tuch unterzulegen, sie isst keinen Weizen und trinkt keine Kuhmilch und überhaupt kaum etwas, das hier auf den Tisch kommt, und sie geht nicht in dieses *Naturschwimmbecken.* Es ist so grün, wie es riecht, Natur wurde es genannt, weil jemand keine Lust hatte, sich um ein gutes Pumpensystem zu kümmern. Zweimal am Tag zieht der Hausmeister seinen Kescher über das Wasser und fischt das Gröbste heraus. Trockene Nadeln, Zapfen, Laub und Nadeln der darbenden Bäume vom Nachbargrundstück. Vogelfedern. Fell und Haar. Ich will nicht wissen, was in dieser Suppe alles brütet. Linn stört es nicht, sie zieht ihre Bahnen oder treibt bäuchlings an der Oberfläche, ihr T-Shirt bläht sich um ihren Leib, das Gesicht bleibt so lang unter Wasser, dass man es wirklich mit der Angst bekommen muss. Noémie sitzt am Rand mit ihrem Notizheft neben sich. Sie sonnt sich und passt auf, keine Spritzer abzubekommen, wenn Linn springt. Dabei kann Linn das gut, sie streckt die Arme über den Kopf und gleitet ins Becken, es macht kaum ein Geräusch. Im Wasser weiß sie, wie sie sich bewegen muss.

Wenn die beiden zusammen sind, schreiben sie oder zeichnen. Sie füllen Heft um Heft, als erledigten sie eine Hausaufgabe. Nur mit Mühe sind sie zu etwas anderem zu bewegen, überhaupt gefallen ihnen Unterbrechungen und dumme Fragen nicht. Elena ist froh, dass sie etwas verfolgen.

»Soll es ein Buch werden?«, erkundigte sie sich beim Abendessen und erhielt ein Augenrollen:

»Eine Trilogie.«

»Und worum geht's? Oder ist das geheim?«, wollte ich wissen, diese Frage war noch dümmer.

»Es geht um den Einbruch des Dunklen in eine alltägliche Welt«, sagte sie und dass sie schon ziemlich weit seien, es wäre also kompliziert zu erklären, »allein die ganzen Charaktere.«

»Auf Deutsch heißt es Figuren«, erklärte Elena. »Nicht Charaktere.« Sie findet Noémie affektiert. Das ist sie auch. Sie kontrolliert oft ihr Gesicht, sie ist wahrscheinlich nicht immer ganz ehrlich und insgesamt ein bisschen durcheinander. Ich verstehe nicht, wofür sie bestraft werden soll.

ELENA

Meine Freundin Ali hat uns eingeladen. Eine meiner ältesten Freundinnen. Ich zahle. Strom und Wasser, sonst nichts, doch bin ich die Einzige hier, die überhaupt etwas zahlt. Trotzdem komme ich mir vor wie eine, die sich ungefragt Zutritt verschafft hat.

Der Name des Hausmeisters ist Ilyas. Falls das seine Funktion ist, Hausmeister. Ich habe mir seinen Namen buchstabieren und die Aussprache beibringen lassen, ansonsten spricht er nicht viel mit mir, und Ali ist seit unserer Ankunft nicht zu erreichen. Erwähnt hat sie ihn nicht, überhaupt haben wir kaum etwas besprochen, außer dass das Schlüsselversteck sich nicht geändert hat: Unter dem Rock der Tonhäsin beim Tamariskenbaum befinde sich der Schlüssel zum Kellerschuppen, von dort gelangt man ins Haus. Es ist eine ganze Weile her, dass ich meine Sommer mit ihr und unseren Freunden hier verbracht habe. Beim letzten Mal habe ich versucht, Linn mitzunehmen, sie war elf Monate alt, alle begegneten uns mit der größten Zartheit und verstanden gleichzeitig nicht, dass ich zum Stillen allein sein musste. Ich war einunddreißig und für die Ärzte eine Spätgebärende. Unter meinen Freundinnen damals die Einzige, die ein Kind bekam. Binnen Monaten war ich herausgewachsen aus meinen Zusammenhängen. Dreizehn Jahre später stand ich geblendet im Gras und versuchte mich zu erinnern, welche der Keramikskulpturen gemeint war. Häsinnen, Vogel- und Mischwesen, teils menschgroße Hohlfiguren, alle trugen Röcke, keine hatte Beine. Mehr, als ich es erinnerte. Nana musste zuletzt noch einmal einen Produktionsschub durchlebt haben, als zusehends vereinsamende, monomane Frau.

Eine nach der anderen kippte ich die Skulpturen an, lichtscheue Insekten krabbelten hervor und wimmelten um meine Füße, nur Rinus folgte mir und versuchte zu helfen, die anderen warteten schweigend in meinem Rücken. Linn wies mich schließlich darauf hin, dass die Tür offen stand. Ein Mann mit Backenbart und dichten Brauen trat durch den Perlenschnurvorhang und kam mit ausgestreckter Hand auf mich zu. Er gab sich wie der Hausherr, und tut das bis jetzt. Eine Art Verwalter, sich selbst überlassen, spielt er den Eigentümer.

Schwer zu sagen, wie alt er ist. Manchmal gibt er ein leises Schmatzen von sich, wenn er an mir vorbeigeht, er schaut mich nicht an dabei, es kann ein Tic sein oder eine Unverschämtheit. Er fegt die Veranda, wässert den Garten, und wenn er etwas aus dem Haus braucht, geht er hinein und sucht in allen Räumen, ohne anzuklopfen. Wie jemand, der hier daheim ist und nur vorübergehend das Feld geräumt hat. Am Rand des Grundstücks züchtet er Bienen und warnt uns, ihnen nicht zu nah zu kommen. Gestern bearbeitete er das Tor mit einer Schleifmaschine, heute bohrte er mehrere Löcher, während ich versuchte, mir in meinem Zimmer einen Hotspot einzurichten und den Vormittag zum Arbeiten zu nutzen. Die Keramikfigürchen auf meinem Nachttisch vibrierten. Ich bin dem Krach durch das ganze Haus nachgelaufen und habe ihn nicht finden können.

Am Tag unserer Ankunft hieß er mich, ihm zu folgen. Er zeigte mir die Zimmer, öffnete alle Schränke, zählte Löffel und Töpfe, Gläser und scharfe Messer und glich den Bestand ab mit seiner Liste. Wer hatte die angelegt, fragte ich mich, in wessen Auftrag handelte er, oder war das seine ganz eigene Agenda? Rinus rannte an uns vorbei in den Garten, ich sah ihn durchs Fenster, zwei Stöcke in den Händen, jeder größer als er, er stieß gegen das Terrassengeländer, in den Hortensienbusch, gegen eine der verstreuten Keramiken. Er hat Probleme, Entfernungen einzuschätzen, er kennt nicht seine eigene Kraft. Die Skulptur lag im Gras, ein Mädchen mit ausgestelltem Rock und blond glasiertem Pagenkopf, das sich die Hände vor die Augen hält. Hatte er sie umgeschmissen, hatte sie immer schon so gelegen? Er hörte nicht, wie ich rief, er schaut, wenn er so in Fahrt ist, nicht zurück. Er rannte auf das Schwimmbecken zu, im Arm die Wasserspritzpistole, die Eve ihm geschenkt hat. Aus dem hinteren Teil des Hauses lärmte ein Staubsauger. Eve hatte sich offenbar schon zurechtgefunden und die Dinge in die Hand genommen, unzufrieden mit der letzten Endreinigung oder überhaupt mit den unebenen Oberflächen in dem alten Gebäude. Wie sie bei dieser Hitze die Kraft aufbrachte. Ich bekam schon vom Geruch der Abluft Kreislaufprobleme. Sehnsüchtig schaute ich durchs Küchenfenster nach draußen auf das dunkle Grün des Schwimmbeckens. Linns Freundin war dabei, einen Liegestuhl bis nah ans Wasser zu zerren, entschied sich dann anders und zog ihn zurück von den glitschigen Steinen auf die Wiese, um ihn gründlich zu säubern mit den Feuchttüchern und dem Desinfektionsspray aus ihrem silberfarbenen Turnbeutel. Rostfarbenes Wasser lief aus den Scharnieren und tropfte auf ihre Sandalen, angewidert sprang sie zurück, schadenfroh sah ich zu, wie sie ihr Outfit prüfte. Weiße Trainingshosen, ein weißes Top, keine Farbe, ein Licht, so rein, dass es schmerzte. Sie krempelte die Hosenbeine hoch und machte weiter. Ich versuchte zu denken, dass sie auch nur ein enttäuschtes Kind war. Böse mit mir, seit ich ihr eröffnet hatte, dass sie ihr Zimmer mit Linn teilen würde. Sie hatte ihren Turnbeutel schon in das Eckzimmer geworfen, das ich Eve versprochen hatte. Fenster nach drei Seiten zum stillsten Teil des Gartens, Blick zwischen die Erdbeerbäume auf die Pferdekoppel nebenan.

Das Haus hat viel Platz, aber nicht viele Türen, die man hinter sich schließen kann. Vor dem Zimmer der Mädchen steht Rosmarin in Kübeln, Glyzinien hängen von der Mauer, es zeigt nach Westen, so dass man das Meer hören kann, auf der Fensterbank liegen Muscheln, Zapfen und Federn. Dinge, die Linn sofort berühren wollte. Es roch wie früher, nach Kalk und Holz, Weihrauch und Savon noir.

»Nach Schimmel«, sagte Noémie. Sie wollte wissen, warum wir keine Unterkunft am Strand hatten, und weigerte sich, das Zimmer der Mädchen zu betreten, bevor Eve nicht sämtliche Spinnweben entsorgt hatte.

Staub auf den bunten Keramiken und ein modriger Dunst aus dem Kühlschrank, Insekten im Zimmer. Ein versiegender Bachlauf im Garten, eine rostige Hollywoodschaukel auf der Veranda. Die Patina auf den Dingen wäre mir nicht aufgefallen ohne die Blicke von Eve und Noémie. Ich habe die Mosaike auf dem Boden sehen wollen, die Zeichnungen an den Wänden.

»Tut mir leid«, log ich. »Ihr könnt hier schlafen«, ich zeigte Noémie die zwei Betten über Eck, die Kopfenden einander zugewandt. Ein Nachttisch dazwischen mit einer gemeinsamen Lampe, ein guter Ort für Freundinnen oder Geschwister, um die ganze Nacht wach zu sein, den Mond anzuschauen und zu reden. »Ich finde es hier auch sehr schön.«

»Wieso tut es Ihnen dann leid?«

Sie streifte kurz meinen Blick, ihren Beutel an die Brust gedrückt, das Kinn gekräuselt. Sie kann mich duzen, das hatte ich ihr schon öfter gesagt. Die paar Male, die sie bei uns gewesen ist. Seit ihre sieben Wochen in der Klinik vorbei sind, treffen die beiden sich fast jeden Nachmittag bei Noémie zu Hause. Wahrscheinlich sind sie dort viel sich selbst überlassen, vielleicht ist es vor allem das, was sie für Linn so attraktiv macht.

Ilyas schaute von seinen Listen auf zu Noémie, wie sie den fertig desinfizierten Stuhl aufzurichten suchte, sie kämpfte mit dem Gewicht und dem Klappmechanismus, Rinus stand schon im Wasser, richtete seine Pistole auf sie, traute sich aber nicht zu schießen. Sie wischte ein letztes Mal über die Sitzfläche und nahm Platz, verschränkte die Arme hinter dem Kopf und drehte ihr Gesicht zur Sonne.

Er schob mir das Blatt zur Unterschrift hin, dann wollte er in den Garten mit mir. Um auch die Pflanzen zu inventarisieren? »Ich will, dass Sie sich auskennen.« Er nahm mich mit zur Kräuterspirale. Thymian, Salbei, Lavendel wuchsen in dichten gesunden Sträuchern. »Sie dürfen sich bedienen.« Er zerrieb ein Lorbeerblatt zwischen den Fingern und reichte es mir. Seine harzige Höflichkeit begann, mich zu rühren. Vermutlich hatte er das alles angelegt und gepflegt und war stolz darauf. Er zeigte mir den kleinen Picknickplatz am Rand des Grundstücks. »Sie können gern Ihre Mahlzeiten hier einnehmen«, er rückte an den Klappmöbeln herum, »aber passen Sie auf.«

»Aufpassen?«, fragte ich, allmählich die Geduld verlierend, ich hatte jahrelang den Sommer hier verbracht, ich bin erwachsen und weiß, wie man Gartenmöbel benutzt und dass man keine Kippen in den Wald wirft,

»Ich bin eine alte Freundin von Nana«, sagte ich, griff an die Kante des glühenden Metalltisches und zuckte zurück. Er lächelte fein:

»Das Material wird sehr heiß. Ich bin auch ein Freund. Herzlich willkommen.«

Wir lauschten dem Knacken der Zapfen. Noémie saß jetzt mit angezogenen Knien auf ihrem Liegestuhl. In ihrem Schoß ein Heft, erst glaubte ich, mich verguckt zu haben, aber sie schrieb.

»Du warst länger nicht hier. Ich würde das Auto nicht unter den Kiefern parken, und wenn ihr rauchen wollt, nur auf der Veranda. Die Polizisten wissen normalerweise, woher die Brände kommen. Sie finden es heraus«, sagte er. Wann hatte er entschieden, mich zu duzen.

»Wir werden aufpassen«, wehrte ich mich. »Wir rauchen nicht.« Noémie hielt inne und ließ ihren Glitzerkuli in der Sonne zappeln, dass das Licht sich in ihm bündelte. Entstand so schon ein Brennglaseffekt?

Ich wollte mich gut stellen, wie immer in solchen Situationen. Sein Blick auf dem roten Fleck an meiner Hand. Ich versicherte ihm, dass es nicht weh tat.

»Du solltest es trotzdem bedecken. Es kann sich entzünden.«

Barfuß stand er da und schaute zu, wie ich in meiner Tasche nach Trinkgeld wühlte. Nach peinlichem Zögern nahm er es entgegen, doch gehen wollte er nicht. Er blieb stehen, Blick in die Ausläufer des Grundstücks, wo früher ein Trampelpfad vom hinteren Gartentor in den Mischwald führte und von da zum See. Wenn wir zu faul waren für den Weg an den Strand oder uns dem Ozean nicht gewachsen fühlten, sind wir zu dem ruhigen Gewässer gelaufen und durch Breschen im Schilf gewatet, wo das Tosen des Meeres nicht mehr zu hören war. Wer allein sein wollte oder zu zweit, verzog sich dorthin. Zur Rückseite der Welt. Der Ausgang von damals war vollständig zugewachsen vom Wall aus Brombeeren.

Umso besser, dachte ich in einem Anfall von Geiz oder Eifersucht. Ich fragte Ilyas, ob das Wasser des Sees in Ordnung war. Auf dem Weg vom Flughafen hatte ich Stiere und Pferde an Wasserlachen grasen sehen, Überreste der trockengelegten Sümpfe oder einer jüngeren Überschwemmung, aber es konnten auch versiegende Seen gewesen sein.

»Leute baden darin, der Zustand ist gut«, antwortete er sachlich, aber doch so, als ob die Frage irgendwie unangebracht wäre, da kam vom Haus ein Laut, der sich nicht gut anhörte, ein Krachen oder Bersten, vielleicht nur eine vom Wind zugeschlagene Tür, hoffte ich. Aber es ging kein Wind.

»Ich sollte nach meinen Kindern sehen.« Mit Sicherheit war mir die Erleichterung anzusehen. Er nickte, das Geld in der Hand, als wollte er es möglichst schnell wieder loswerden, während ich zum Haus lief, vorbei an Noémie, die noch immer auf ihrem Liegestuhl kauerte und schrieb, ein wütendes Tagebuch, stellte ich mir vor, rutschte beinahe aus auf den algenüberzogenen Steinplatten, lief weiter über das Gras, dichtes, fettes, salziges Gras, wie hineinkopiert in diese dürre Landschaft, warme Feuchte unter den Füßen.

Der Staubsauger hatte aufgehört, jetzt drang Rauschen aus dem hinteren Badezimmer, wollte Eve jetzt auch noch die Böden wischen, warum half sie mir nicht hier. Rinus stand in der Tür des Mädchenzimmers, sprungbereit schaute er in den dämmrigen Raum. Aus dem gleißenden Garten kommend, hatte ich Mühe, zwischen den Schatten und Haufen im Zimmer jemanden auszumachen. Am Boden kauerte Linn, Knie angezogen, die Arme um die Beine geschlungen, Gesicht in die Hände gestützt. Das T-Shirt so über die Knie gezogen, dass man ihre Beine nicht sah, wie bei den Skulpturen von Nana. Deren Kleider sind mit manischer Sorgfalt perforiert, es sind keine Kunstwerke, es sind Fetische. Stellvertreterobjekte. Beschwörungsträger. Ich erinnere mich gut, wie wir darüber gelästert hatten. Die töpfernde mittelalte Frau, auch Ali hatte das immer genau so abschätzig ausgedrückt, überhaupt war sie meistens darauf bedacht, sich von ihrer Gönnerin zu distanzieren, nur wenn jemand anders etwas sagte, war der Spaß vorbei. Eine Gedankenlosigkeit von mir hätte beinah unsere Freundschaft gekostet, seitdem hatte ich nie wieder ein Wort darüber verloren.

Heute wären diese Sachen Mode, sie ließen sich gut ausstellen. Sie sind kraftvoller, als ich sie in Erinnerung habe oder damals zu sehen imstande war, in ihnen ist eine Energie, die Linn gerade völlig abging. Mit rundem Rücken hockte sie da, den Handballen am Mund, sie ließ ihn sinken wie erwischt, als ich die Tür öffnete. Die Matratze hinter ihr hing durch, wie es auch im schwer gebrauchten Zustand nicht sein sollte. Der Rahmen des Bettes war einmal glatt durchgebrochen.

»Sie ist draufgesprungen«, stellte Rinus fest und sah auf zu mir. »Verschwinde, du Petze«, murmelte sie, ohne das Gesicht zu heben. Wann hatte ich sie zuletzt weinen sehen? Weinte sie eigentlich?

Sie hatte Anlauf genommen und sich mit ihrem ganzen

Gewicht auf das Bett geworfen, wahrscheinlich hatten die beiden dieses Spiel zusammen gespielt, erst Rinus, dann sie, wenn niemand in der Nähe ist, tollen sie wie die jungen Hunde. Es ist noch nicht so lang her, da hat sie gespielt, ein Tier zu sein. Noch mit elf ging sie kläffend auf allen vieren. Um ihn zu belustigen. Aber auch sich selbst.

Ich schickte Rinus zu Eve, schloss die Tür und suchte den Boden nach Splittern ab und Linns Körper nach Verletzungen. Draußen stürzte ein Vogel im Sinkflug vorbei, selbst durch die geschlossenen Fenster meinte ich den Luftzug zu spüren.

»Können wir ein neues bestellen«, fragte sie, ohne mich anzusehen, »kannst du heute noch ein neues bestellen? Dann ist es vielleicht da, bevor wir fahren, dann merkt Ali es nicht.« Sie redete schnell und tonlos. Ich streckte die Hand nach ihr aus und sagte, dass sie sich keine Gedanken machen sollte, dies war ein schlecht gebautes Bett aus schlechtem Material gewesen, wir würden eine Lösung finden, »Spätestens wenn Kolja kommt, wird er ein viel besseres bauen!«. Sie schluchzte auf, ein roher, wütender Laut brach aus ihr heraus, weil ich es nicht begriff: »Er soll kein besseres bauen. Er soll überhaupt nichts bauen!« Wir sollten eines kaufen, genau so eines wie dieses. Niemand sollte es merken, vor allem nicht Ali, am besten auch nicht Noémie.

Sie stieß mich nicht weg, wie sie es mit zwei getan hat, als sie niemanden in ihrer Nähe haben wollte als ihren Vater. In der Zeit ihrer größten Verliebtheit. Als sie anfing zu laufen und zu sprechen, entdeckte er seine Wärme für sie.

Einmal will ich ihr sagen, wie ich durchsetzen musste, sie zur Welt zu bringen. Zurzeit wage ich nicht, sie auch nur anzufassen. Sie riecht ein bisschen streng, aber das ist es nicht. Sie hat Wege, andere auf höfliche Art von sich fernzuhalten, reglos stillzuhalten unter einer Berührung, dass man umstandslos zurückzieht. Diesmal nicht, ich spürte Gegendruck, sogar ihren Kopf lehnte sie an meine Brust und bat mich noch einmal, es niemandem zu sagen, vor allem Ali nicht. Dass sie auf das Bett gesprungen war, mit Anlauf. Dass es unter ihrem Gewicht zusammengebrochen war. Ich weiß nicht, für welchen Teil sie sich mehr schämte. Für welchen ich mich mehr schämen würde. Ich legte meine Hand auf ihren Rücken, so blieben wir sitzen, bis es an der Tür klopfte.

Zum Abendessen hatte Eve sich umgezogen und vorher lange geduscht, sie roch stark nach Neroli und kam zu spät. Sie hatte sich geschmückt, für wen? Meine Kinder dünsteten den Geruch des Schwimmbeckens aus. Warme Algen, aber wenn das Wasser bedenklich wäre, hätte Ilyas doch etwas gesagt. Er war vielleicht seltsam, aber nicht nachlässig. Rinus' Handrücken schimmerten grün. Purpurne Flecken an Nase und Wangenknochen. Das Haar stand nach allen Seiten ab, im feuchten Zustand wellt es sich noch stärker. Ein kleiner Nöck mit brennenden Augen. Er schlug mit der flachen Hand auf die Bank neben sich und rief nach Eve, damit sie sich zu ihm setzte. »Schönes Kleid«, krähte er, »schönes Kleid!«, unablässig, wie um mich nachzuäffen, dabei war er nur hängengeblieben. Das passiert ihm, seine eigene Stimme geht ihm durch. Sofort wird er ruhig, wenn sie sich neben ihn setzt und ihre Hand an seine Schulter legt. Ein Ausatmen ging durch seinen ganzen Körper, er verbarg sein Gesicht in ihrem Schoß. »Was denn!«, rief Noémie, »ich habe ihn doch nur angeschaut.«

So sonnig er aussieht, manchmal steht er noch immer nachts schreiend in seinem Bett und sieht mich nicht, wenn ich vor ihm stehe. Er sieht etwas ganz anderes. Manchmal denke ich, er hat das zweite Gesicht. Er mag keine Fremden, Eve war eine Ausnahme. Mit den meisten anderen braucht er seine Zeit. Er entscheidet, wann er sich einlässt, und es hat keinen Sinn, an ihm zu zerren.

Aber dieses Mädchen hatte ihn nicht einfach nur angeschaut.

»Er macht das nicht mit Absicht«, verteidigte Linn ihn plötzlich, »lass ihn einfach.«

Ihre Ärmel hingen im Aioli-Topf, als sie über den Tisch nach mehr Brot langte. Noémies Top war nach der langen Reise immer noch so weiß, dass man vom Anschauen Kopfweh bekam. Neben ihrem Gedeck das Fläschchen mit Desinfektionsmittel. Es gelang mir, nichts zu sagen. Minutenlang lutschte sie an einem Artischockenblatt ohne Soße und nahm nichts vom Brot. Angeblich leidet sie an allen derzeit angesagten Unverträglichkeiten. Gluten, Laktose, Lektine. Anorektisch wirkt sie zumindest nicht. Unter dem Saum des Tops schlägt ihr nackter Bauch weiche Falten, sie trägt ihn mit Stolz wie ihre vergoldeten Ketten. Als ich sie zum ersten Mal sah, dachte ich noch, von diesem Selbstbewusstsein kann Linn etwas lernen. Oder zumindest habe ich mir das so zurechtgeredet. In Wahrheit weiß man sofort, ob ein Mensch einem sympathisch ist.

»Was passiert denn«, fragte Eve, »wenn du Brot isst?«

»Dann bekomme ich einen Schub.«

Niemand hatte Lust, nachzufragen, was mir eine seltsame Genugtuung verschaffte. Dafür bekam ich Lust, zu fragen, »Warum warst du eigentlich in der Klinik?«

»Posttraumatische Belastungsstörung und Anpassungsstörung«, gab sie umgehend Auskunft und wandte sich ihrem Handy zu. Sie hat sie alle angelogen, irgendetwas macht mich ganz sicher, dieses Mädchen hat kein Leiden, sie versteht es, sich interessant zu machen. Sie ist nicht krank. Sie will nur nicht gesund sein.

»Du kannst mit deinem iPhone machen, was du willst, aber wenn wir hier zusammensitzen, lass es weg. Wie wir auch.«

Linn ließ den Kopf noch tiefer sinken. Ich war bereit zu streiten. Sollte sie etwas machen, sollte sie sich vor mir hinstellen und erklären, ich bin nicht einverstanden. Stattdessen versteckte sie sich.

Ich bin eine geworden, die *bei uns am Tisch* sagt. Ohne die Kinder wäre es nie dahin gekommen. Ich hätte mein Leben lang weiter versucht, Macht und Kontrolle auf scheinbar verträgliche Art auszuhandeln. Ich hätte weiter geleugnet, dass ich wie alle einen Ort brauche, den ich so nennen kann, *bei uns.* Noémie gehorchte sofort. Ihre zackige Bewegung hatte etwas Anerkennendes. »Was, wenn sie wegen dem Koffer anrufen«, protestierte sie der Form halber, »du hast selbst gesagt, sie werden nicht anrufen«, erinnerte ich sie und fühlte mich einen dummen Moment lang als Siegerin. Linns beste Freundin. Wenn Noémie keine Zeit hat, streicht Linn durch unser Zuhause wie ein verlassenes Haustier und wartet darauf, dass ich einen Vorschlag mache, den sie ablehnen kann. Willst du nicht Marlene mal wieder treffen, Madita oder Sophie? Ihre besten Freundinnen seit dem Kindergarten sprechen nicht mehr mit ihr. Sie hat keine Ahnung, warum. Ich will ihr glauben.

Vor der Reise Noémies Eltern zu erreichen war nicht ganz einfach gewesen, und als ich ihren Vater schließlich am Telefon hatte, fragte er nur, wie viel Geld ich für den Flug brauchte, ansonsten fiel ihm nicht ein, was ich überhaupt wissen musste. »Irgendwelche Allergien?«, versuchte ich zu helfen, »Nein, keine Allergien«, behauptete er und wartete auf die nächste Frage. Um Höflichkeit bemühte er sich nicht.

Ich würde mich aus den Entscheidungen meiner Tochter heraushalten. Wenn ich nur wüsste, dass es ihre Entscheidungen sind. Wenn ich wüsste, dass dieses Mädchen mit Linn befreundet sein will. Es war meine Idee, sie mitzunehmen. Ich bekam darüber Streit mit meinem Mann. Dabei sind wir beide erleichtert, dass Linn wieder Gesellschaft hat. Und ich will wissen, wer diese Gesellschaft ist.

»Wer fährt mich morgen in die Stadt?«, fragte Noémie.

»Morgen schon? Kann Linn dir nicht was ausleihen?«

»Na ja – «

»Was ist das Problem?« Ich klang aggressiver, als ich wollte. In ihrer Welt hatte Noémie recht: Selbst Linn sind die Shirts zu groß, die sie neuerdings trägt. Gefunden im Schrank ihres Vaters oder in Pappkisten auf der Straße. Ich weiß nicht, woher sie sie hat. Ich bin froh wie immer, wenn sie aus eigenem Antrieb etwas unternimmt, wenn sie losgeht und sich von ihrem Taschengeld etwas kauft, das ihrer Stimmung Ausdruck verleiht. Vor kurzem zog ich einen Nachmittag mit ihr durch die Stadt auf der Suche nach einem Geschenk für ihre Freundin Marlene. Seit ihrem dritten Lebensjahr war Linn auf Marlenes Geburtstagen eingeladen, diesmal war sie ganz gelähmt vor Sorge, das Falsche auszusuchen. Was ich ihr auch hinhielt, sie schüttelte den Kopf, müde und verzweifelt. Am Ende kaufte ich ein Paar Kreolen. Ich habe nie erfahren, ob sie Marlene gefallen haben.

Wenn ich diese Mädchen bei den Gartentagen und Jahresfesten sehe, wirken sie ausgelassen und einnehmend wie stets. Kürzlich kam mir die ganze Clique entgegen, sie liefen mit ihren Instrumentenkästen durch unser altes Viertel und füllten die Breite des Gehsteigs. Ich lief gerade auf sie zu, sie können mich nicht nicht gesehen haben. Keine von uns wich aus, im letzten Moment machten sie Platz und grüßten nicht. Ich kenne diese Mädchen, seit sie zwei sind.

Ich habe mich mit dem Gedanken getragen, eine ihrer Mütter anzurufen. Was hat dein Kind für ein Problem mit meinem, bitte sprich mit deiner Tochter, denn meine vergeht vor Kummer. Wann hat das angefangen? »Kein Anlass«, sagt Linn, aber irgendeinen muss es geben.

Wie Maditas Mutter nach einem Tanzsolo von Linn auf mich zukam und sagte, »Wie mutig sie sich bewegt hat, so unbefangen, und ganz bei sich.« Jahre liegt das zurück. Ich erkannte das Gift in ihrem Kompliment und bedankte mich. Sie hatte ja recht. Ein filigranes Elfenwesen ist meine Tochter nicht, und wenn sie sich damals nicht geschämt hat, dann nicht aus Mut. Sie war ein Kind und spielte gern. Noch niemand hatte ihr erklärt, dass ihr Körper nicht seinen Vorstellungen entsprach. Demnächst würde das passieren. Oder sie würde anfangen, sich umzuschauen in der Welt und Vergleiche zu ziehen. Und ich könnte nur noch versuchen, das abzumildern. Ihr sagen, nichts an dir ist falsch. Geh weiter tanzen. Aber das wäre nicht ganz ehrlich. Du bist schön, wie du bist, nur versteht die Welt das zurzeit nicht, also versteck dich lieber. All diese Gedanken hätte ich mir nicht machen müssen. Drei Tage nach jener Aufführung wurde alles dichtgemacht. Anfangs hat es mich beruhigt zu sehen, wie meine Kinder sich fügten in die neue Situation, jedes auf seine Weise. Sie kamen besser klar als die meisten Erwachsenen, die ich kannte. Selbst Rinus, wenn er auch seine Freunde vermisste und sich nach dem Kindergarten sehnte. Falls Linn sich nach etwas sehnte, behielt sie es für sich. Sie verschwand in ihrem Zimmer, als hätte sie nur auf einen Anlass wie diesen gewartet. Sie ging mit Eve in den Supermarkt und legte Vorräte an Backzutaten an, zusammen schufen sie Cupcakes wie kleine Skulpturen. Sie kandierten Kirschen, stellten Orangeat her und vegane Sahne in Heidelbeerviolett. Es tat ihr gut, so sah es anfangs aus, phasenweise war sie regelrecht überdreht. Wenn es nicht die Maßnahmen gewesen wären, hätte sie sich etwas anderes gesucht, einen anderen Grund zum Rückzug. Sie oder besser: das, was in ihr wächst.

Zwanzig Kilo hat sie zugenommen in den letzten zwei Jahren. Wahrscheinlich mehr, seit wir zuletzt bei der Ärztin waren. Es lässt sich schlecht sagen. Ich habe sie lang nicht ohne ihre Gewänder gesehen. Wiegen werde ich sie sicher nicht, und nichts sagen zu ihrem Essverhalten. Und zu der Frauenärztin mit hineingegangen wäre ich aus freien Stücken auch nicht. Linn hat mich darum gebeten. Sie wollte, ich könnte sie beschützen. Wärme durchströmte mich. An allen möglichen anderen Stellen soll ich aus ihrem Leben verschwinden.

»Verschwinde«, bekomme ich zu hören, wenn ich versuche, sie aus ihrer Höhle herauszuholen. Wissen will, wer sie in diesem Zimmer ist. Da ist nichts, was sie vor mir versteckt. Sie sitzt auf dem Boden und schaut zum Fenster hinaus.

Es ist gut, dass sie weg sind, diese Mädchen mit den weißen Sneakern und den gekämmten Augenbrauen, den Filmproduktionseltern, die ihnen kleine Nebenrollen verschaffen. Allerdings weiß ich nicht, ob Noémie mir so viel lieber ist.

»Ich kann dich fahren«, mischt Eve sich ein, »das ist gar kein Problem.«

Gar kein Problem. Und wer bezahlt, dachte ich.

»Du *musst* fahren«, erinnerte Linn sie, »wer denn sonst?«

Wir einigten uns, noch einen Tag abzuwarten, sollte der Koffer bis dahin nicht auftauchen, würden wir im Badeort neue Klamotten kaufen gehen, in meiner Erinnerung gab es dort genug Läden, um ein paar Sommersachen zusammenzusuchen, »und dann können wir direkt dort baden gehen, einen Tag an einem anderen Strand verbringen«.

Sie schauten mich an, wie ich versuchte, eine Reaktion aus ihnen hervorzuholen. Gute Stimmung zu verbreiten. Darin ist Eve besser, aber sie wirkte immer noch abgelenkt, nicht so entspannt wie sonst, vielleicht war es nur das ungewohnte Kleid, das sie so wirken ließ. Die Sonne sank. Ich schenkte uns Wein nach, das heißt, mir, Eves Glas war noch mehr als halbvoll. Hatte sie sich das nur aus Höflichkeit einschenken lassen. Ich war die Einzige hier, die trank. Die einzige Erwachsene. Kolja wäre aufgestanden, um Nachschub zu holen, er hätte mir Gesellschaft geleistet.

Es wurde still genug, das Rauschen der Bäume zu hören, das Rollen des Ozeans, ferne Musik. In der Nähe grillte jemand. »Können wir aufstehen«, fragte Linn, Eve fing an, das Geschirr zusammenzusuchen, »Du musst das nicht machen«, versuchte ich sie zu hindern, sie hörte nicht auf, stapelte Teller und trug sie in die Küche, Rinus sprang auf, um ihr zu helfen. Hatte sie ihm das beigebracht? Oder war es eins dieser Dinge, die er aus dem Nichts heraus anfing, wie diese neue Manie mit den Haifischen, oder als er in seiner Zeit in der Schule ständig an grundlosen Prügeleien beteiligt war. Er musste sich gewehrt haben, aber die Lehrerin beharrte darauf, er habe angefangen.

Ich schlug ein Kartenspiel vor, bereitwillig lief er los zu dem

Regal, das nicht in dieses durchkuratierte Haus passt: Mit angegrabbelten Krimis und Brettspielen in kaputten Pappschachteln. Ich musste versuchen, Ali zu erreichen. In einem einigermaßen ruhigen Moment. Ihr sagen, was wir schon alles kaputtgemacht hatten, was wir kaputt vorgefunden hatten. Die Wasserlache hinter dem Kühlschrank, die Eve mir gezeigt hatte, die verzogenen Fensterrahmen, manche ließen sich kaum öffnen. Sie fragen, was Ilyas' Rolle hier war. Ob wir es aushalten müssten, wie er hier ein und aus ging.

Rinus hatte ein Schachspiel gefunden. Kartenspiele sind ihm längst zu langweilig. Mir sind sie das auch, aber Schach konnte ich noch nie gut. Ich kann überhaupt nicht gut spielen.

»Schwarz oder weiß«, fragte ich ihn und machte mich an die Aufstellung, nicht einmal an die erinnerte ich mich. Fast sofort schob er meine Hand vom Brett und rückte die Figuren an ihre Plätze. Eve hatte es ihn gelehrt.

»Wir spielen oft.«

»Das hast du mir gar nicht erzählt.«

Er schaute aufs Brett, wählte Schwarz, nahm mir nacheinander zwei Bauern und einen Läufer und kratzte sich an den Armen, er war nicht bei der Sache und trotzdem auf dem Weg, mich zu besiegen. Was war los? Er schaute hinter sich und murmelte, »Ich würde lieber mit Eve spielen.«

Er hatte gewartet, bis sie wieder in der Tür stand und den klappernden Perlenvorhang beiseiteschob. Die Schultern eingezogen, schaute er zwischen uns hin und her und hielt sich an der Tischkante fest, um nicht abzuheben. Beide warteten auf meine Antwort, sie wieder mit dieser Anspannung, die ich am Flughafen zum ersten Mal an ihr gesehen hatte. Lange habe ich gedacht, das Schlimmste in meinem Leben wäre meine eigene Angst in sozialen Situationen. Schlimmer ist, wenn jemand dich so beobachtet. Sie schüttelte den Kopf, sie wolle abwaschen und dann noch eine Runde drehen.

»Aber das ist doch eine gute Idee«, rufe ich, »ich wasche ab und ihr spielt Schach, ihr könnt das beide viel besser als ich!«

Hundert, zweihundert Meter hinter dem Ufer begannen die Wellen sich aufzutürmen, bogen sich, brachen und rollten in breiten Schaumkämmen auf den Strand zu. Erwachsene Menschen können von ihrer Kraft verschluckt werden. »Aber es bedeutet keine Gefahr«, erklärte Linn. Angeblich auch nicht, wenn sie sich vom Ufer zurückziehen und neu Anlauf nehmen.

»Man muss sich ihnen überlassen und wird immer wieder an den Strand gespült werden.« Noémie hob zweifelnd die Oberlippe, Rinus rückte näher an mich heran, der Sonnenhut war ihm ins Gesicht gerutscht, ich richtete ihn.

»Man soll sich darauf konzentrieren, über Wasser zu bleiben, und sich tragen lassen. Wenn der Sog nachlässt, ergibt es Sinn, zum Ufer zurückzuschwimmen.«

»Einfach nichts machen?«, damit hatte Eve erkennbar Schwierigkeiten, »und wenn man in einen Strudel kommt?«

»Strudel gibt es nicht. Wenn Leute ertrinken, dann weil sie Kreislaufprobleme haben, oder weil ihnen die Kraft ausgeht. Du musst unter den Wellen durchtauchen und mit den Strömungen mitschwimmen. Du darfst nicht dagegen ankämpfen.«

Kolja hat es ihr beigebracht. Als wir das letzte Mal an einem Ozean waren. Linn war ein Grundschulkind und hat ihn noch Papa genannt. Sie hat mit ihm geübt, den Toten Mann zu machen. Ich konnte nicht hinsehen.

Die Ängste anderer Leute.

Meine: vor Zitronensäure im Essen und Nanosilber in der Kleidung, Infraschall, Lebendimpfungen, Sogkräfte in scheinbar ruhigen Gewässern, vor unsichtbarer Strahlung, Mikroaggressionen von Menschen, die man für seine Freunde hält.

Kolja fürchtet die unkontrollierten und unkontrollierbaren Flugbahnen von Faltern und Junikäfern. Die Strahlen der Sonne. Verkehrsunfälle. Ansteckung. Regelmäßig geht er die Räder unserer Familie durch und zieht alle Schrauben nach, ich musste ihn sehr überreden, einen gebrauchten Anhänger zu kaufen, er hat ihn lange in Augenschein genommen.

Ich fürchte mich vor Dingen, die man nicht sehen kann, er vor solchen, die sich nicht kontrollieren lassen. Hier gibt es Überschneidungen. Sonst wären wir schon lang nicht mehr zusammen. »Es ist gut«, sagte ich zu Eve, »ein Gegenüber zu haben, das einen in Frage stellt.«

Ich erzähle ihr die privatesten Dinge. Ich kenne sonst niemanden, die sich dafür so ernsthaft interessiert und es nicht zu Tratsch verwandelt. Und die nichts vergisst. »Und dieses Buch«, wollte sie jetzt wissen, »diesen Ratgeber zu Polygamie, warum wohl will er, dass du das liest?«

»Konsensuelle Nichtmonogamie. Man kann mehr als einen Menschen lieben.«

»Und um das zu erklären, braucht es ein ganzes Buch?«

Wir mussten rufen, um einander zu verstehen. Es war anstrengend über dem Brüllen der Brandung, und es war leichter, hier alles zu sagen: Es wurde sofort geschluckt. Ich gab es auf, Linn im Auge zu behalten. Sie hatte Angst, ihre Schultern zu entblößen, aber den Atlantik glaubte sie durchschaut zu haben.

Ich übte jetzt auch, mich in diesen Moment zu legen, in die Biegung der Welle, kurz bevor sie bricht. Man muss sich von ihr begraben lassen, dann reißt sie einen mit und spült einen ans Ufer. Eve wollte auch. Sie kämpfte und versuchte den Kopf über Wasser zu halten und gab nach ein paar Malen auf. Lachend und fluchend. An ihren Schenkeln lange blutige Schrammen, wo es sie in den Sand geworfen hatte. Das erste Mal, dass ich erlebte, dass sie etwas nicht konnte. Sie tat, als ob es ihr nichts ausmachte.

»Es braucht ein bisschen Gewöhnung«, sagte ich. Sie nickte, »Mir ist es lieber, wenn ich beim Schwimmen den Boden sehe«, erklärte sie und nahm Rinus mit sich, zurück zu unserem Sonnensegel. Ihr Ehrgeiz war gekränkt. Mir gab es Auftrieb, dass Linn und ich einmal die Mutigeren waren. Eve fand es unheimlich, wie allein wir waren, wir freuten uns, diesen Strand zu finden ohne andere Menschen. Die wir sahen, ballten sich am Strand des nächsten Campingplatzes, bei den Bunkern, verschwommen im salzigen Dunst.

Linn kniff die Augen zusammen, tauchte unter einer Welle hindurch und wieder auf, ein Querläufer näherte sich seitlich und schlug über ihrem Kopf zusammen. Lachend und spuckend kam sie wieder hoch, trieb weg von mir, ich schwamm ihr hinterher. Die Surfer weiter nördlich hatten auch ihre Mühe mit diesen Wellen, sie kabbelten und kreuzten sich und brachen schnell, tatsächlich hatte dieses Weltmeer im Lauf des Nachmittags sein Temperament geändert und wirkte jetzt konfus, aber harmlos. Wir trieben auf gleicher Höhe, wir konnten gut sehen, wie Eve und Rinus im Ufersand saßen, anscheinend mit Graben beschäftigt, wie unser Sonnensegel im Wind nur leicht zitterte. Über den Dünen blieb der Himmel blank, am südlichen Horizont quollen Haufenwolken. Linn hob ein Stück verkohlte Planke aus dem Wasser, legte den Kopf in den Nacken und zeigte auf die Seevögel: »Solange sie so tief kreisen, wird es kein Gewitter geben.« Hat er ihr tatsächlich beigebracht, dass keine Naturgewalt ihr etwas anhaben kann, wenn sie nur alles richtig macht? Hat sie da nur etwas falsch verstanden? Ich sollte froh sein, dass sie sich wieder was traut.

Ich könnte sie ohnehin nicht hindern. Mein ehrgeiziges altkluges Kind.

Ich hatte keinen Überblick, wie auch, in den Wellentälern. Aber immer wenn ich meinte, sie verloren zu haben, sah ich wieder ihren gleichmäßigen Kraulzug hinter dem übernächsten Wellenkamm. Ich sollte aufhören, mir Sorgen zu machen.

Eve schaute mir zu, wie ich mit dem Sonnensegel kämpfte, die Stangen aus den Schlaufen zog und sie einklappte, während der Stoff mir um den Körper schlug. »Man muss zu zweit sein«, musste ich ihr sagen, auch mit ihrer Hilfe entwischte uns der Stoff. Sand flog mir in die Augen, Rinus schnappte nach den fliegenden Schnüren wie ein spielendes Tierchen. Die Stangen passten nicht in das Schlauchetui. Wir stellten uns nicht gut an, wir stellten uns so dumm an anscheinend, dass jemand sich näherte und Hilfe anbot. Ein schwarzhaariger Mann im wehenden Leinenhemd, mit Sonnenbrille, lächelnd schaute er auf Rinus herab. *Quiet Zones* stand auf seiner Kappe. Erst als er den Mund aufmachte, erkannte ich Ilyas. Woher er aufgetaucht war? Er ließ die gefalteten Stangen in das Etui gleiten und musste nicht einmal hinsehen. Ob wir an dieser Stelle baden waren, fragte er und schüttelte streng den Kopf:

»Drei Kilometer von hier ist ein bewachter Strand. Hier ist keine gute Stelle.« Er schnürte das Segel zu einem Bündel, fing eine Kekspackung ein, bevor der Wind sie ganz wegtrug, und reichte mir beides. Er musste uns schon von weitem gesehen haben. Hatte er in den Dünen gestanden und uns beobachtet? Wie lange?

»Passt auf euch auf«, sagte er, »Machen wir«, sagte Eve in dem Ton, mit dem sie es normalerweise immer schafft, Leute loszuwerden. Er ging in die Hocke und hatte etwas für Rinus in der hohlen Hand. Einen lebendigen Taschenkrebs, winzig genug, in seine Faust zu passen. Seitwärts nahm das Tier Reißaus, Rinus versuchte nur ein paar Schritte zu folgen und gab auf, lächelnd beobachtete er das Krabbeln. Ilyas schaute zu, wie Linn aus den Wellen stieg, einmal noch warf es sie um, ein Brecher riss ihr das Shirt über den Kopf, kurz hatte sie das Gesicht eines schwarzen Gespenstes und einen nackten Körper, der verschwand, bevor irgendjemand etwas gesehen haben konnte. Sie wrang den Saum ihres Shirts aus und blieb stehen mit gesenktem Blick, fasziniert schaute sie zu, wie der Rückstrom ihr den Boden unter den Füßen wegsog, dass sie langsam versank.

Als ich mich das nächste Mal nach ihm umdrehe, war Ilyas verschwunden.

»Glaubst du, dass er uns hinterher ist?«, fragte Eve.

»Ich glaube, er hat anderes zu tun.«

EVE

»Gut angekommen?«, will mein Mann wissen. Nicht mehr mein Mann, aber so denke ich noch an ihn. Er will es wirklich wissen. Nachdem wir uns eine ganze Weile nicht beieinander gemeldet haben. Das ist ungewöhnlich. Normalerweise erkundigen wir uns regelmäßig beim anderen. Wie der Tag war. Wie es so geht. Er hat mir versprechen müssen, ab und an nach Marina zu sehen. Sie hat mir versprechen müssen, mir Bescheid zu sagen, wenn das nicht passiert oder er ihr komisch vorkommt. In Wahrheit soll sie nach ihm sehen, ich denke, allen Beteiligten ist das klar. Sie ist groß und weiß, wie man regelmäßig schläft und sich etwas Gesundes kocht, sie würde nie ihren Job in der Bäckerei verschlafen. Ich versuche ein Bild für ihn zu machen von dem Feenpüppchen, das jemand an den Deckenbalken geklebt hat. Es sieht wie ein Versehen aus, ein rosa Spielzeug am splitternden Holz. Solche kleinen Albernheiten haben uns immer gefallen.

Ansonsten habe ich aufgehört, Bilder nach Hause zu schicken. Selbst meine engsten Freundinnen bekommen keine mehr. Von der endlosen Küste und den tobenden Wellen, dem angestaubten Haus und dem verwinkelten Garten mit den kaputten Keramiken. Ein Kind könnte sie gemacht haben oder jemand psychisch Krankes. Eine Frau ohne Kopf mit einem Vogel auf der Schulter, eine Katzenbüste mit Schnabel. Einmal habe ich eine Menge über Art brut gelesen. Auf meinen Fotos sah ich erst, wie unheimlich diese Wesen sind. Einige halten Tierjunge in den Armen, Lämmer oder Fohlen. Sie stehen ohne Beine auf ihren Röcken, manche groß genug für ein Kind, sich darunter zu verkriechen. Bisher habe ich es geschafft, Rinus daran zu hindern. Die Kolonien von Asseln und Ameisen in diesen Gewölben kann man sich vorstellen. Giftschlangen gibt es hier angeblich nicht, keine Wölfe oder Bären im Wald, nicht mal Wildschweine, nur beim Baden kommen Leute ums Leben.

Ich habe die Büsche und Sträucher im Garten aufgenommen und vor allem den Rasen. Das würde Dennis interessieren, dachte ich. Wie grün dieser Garten inmitten allgemeiner Dürre bleibt. Blumengießen ist im ganzen Land verboten, Bauern dürfen ihre Felder nicht bewässern. Sich einen Ort schaffen, wo es sich leben lässt: Das beschäftigt ihn. Mit einem Mal tat es mir leid, dass ich mich nicht mehr gemeldet hatte vor meiner Abreise.

Angeblich verfügt das Haus über ein System, Salz- und Grauwasser aufzubereiten. Konkreteres konnte Elena mir nicht sagen. Und Ilyas lachte nur, als ich ihn nach dieser Anlage fragte. »Das ist die Anlage«, sagte er lächelnd und deutete auf den Wasserhahn an der Außenwand des Hauses mit dem aufgewickelten Gartenschlauch. Gern erzählt er mir von dem beschlagnahmten Grundstück nebenan mit der Bauruine, einem russischen Investor soll es gehört haben, jetzt niemandem mehr, »Man müsste es dem Staat abkaufen«, meinte er. Vorerst hat er seinen Wohnwagen am Rand abgestellt. Schlecht einsehbar, aber vielleicht will er es auch darauf ankommen lassen. Er gibt sich jedenfalls keine Mühe, sich zu verstecken, wenn seine Freunde ihn besuchen und sie sich gemeinsam auf dem Dach sonnen oder im Inneren des Baus Schatten suchen, den Tag ausklingen lassen. Manchmal hält er sich auch allein dort auf, immer mit einem guten Blick durch die Bäume zu uns herüber.

Ich weiß nicht, ob er mir den Gang zwischen der Wohnhalle und den Vorratsräumen von allein gezeigt hätte. Gestern habe ich mich dorthin verirrt. Eine so schwere Tür würde ins Freie führen, hatte ich gedacht und stand als Nächstes in einem Gang ohne Licht. Die Tür schlug zu und ließ sich nicht öffnen. Ich fiel in Schreckstarre wie ein Vogel, über den jemand eine Decke geworfen hat. Nicht mal die Hand konnte ich nach einem Lichtschalter oder einem Treppengeländer ausstrecken. Erst als meine Augen sich gewöhnten und ich durch eine Türritze Umrisse erkannte, fing ich an, von innen gegen die Metalltür zu treten. Mein Telefon hatte ich nicht bei mir, es hätte mir hier aber auch gar nichts genützt. Man hat im ganzen Haus kein Netz, das lernte ich erst später. Ich rief oder wollte rufen. Ich bekam Durst. Sie werden dich nicht suchen, wusste ich. Draußen kreischten die Mädchen, sie riefen nach Rinus, ein Körper schlug auf dem Wasser auf. »Sie werden dich nicht suchen.« Dennis' Stimme in meinem Kopf, der Puls ging hoch.

Ich tastete mich vorwärts und fand einen Geräteschuppen mit rostenden Fahrrädern, schlecht zusammengefalteten Planen, Metallregalen voller Werkzeug, an der Wand Gewehre, Eimer mit Desinfektionspulver und Säcke voll Zement, es roch nach dreckigem alten Gummi. Dahinter ein weiterer Raum. Das Atelier, das einmal eine Garage gewesen sein musste. Licht fiel durch laubbedeckte Dachfenster, am Ende des Raumes ein Schwingtor, aber dahin war kein Durchkommen zwischen den angefangenen Plastiken. Auf allen freien Flächen standen Figuren mit und ohne Köpfe, aus hellem Ton oder rotem Lehm, ohne Glasierung, ich atmete Staub. Ein enger Weg zur Tür am anderen Ende des Raums. Ich bewegte mich seitlich, in winzigen Schritten, ich hielt die Luft an. Auf die Art stößt man erst recht Dinge um. Um meine Füße rostfarbene Scherben und Splitter. Mir wurde noch wärmer.

Beim Spielen hatte Rinus heute Morgen eine Plastik draußen umgestoßen, sie war weich gefallen, trotzdem war ihr ein Arm abgebrochen. Es fiel nicht auf, es war zumindest bisher nicht aufgefallen. Ihr fehlten auch noch andere Gliedmaßen, sie hatten wohl schon vorher gefehlt, jedenfalls hatten wir im Gras keine gefunden. Er war dafür gewesen, den Arm zu vergraben, ich habe vorgeschlagen, guten Klebstoff zu besorgen und die Figur zu reparieren. Ich habe Elena gesagt, was passiert ist. Sie ließ durchblicken, dass diese Dinge keinen besonderen Wert hatten. Ihre Freundinnen hätten im Moment andere Sorgen, überhaupt sei ein Haus ein Gebrauchsgegenstand, Schwund gehöre dazu. Sie erinnerte mich an das kaputte Bett, das Ilyas umgehend repariert hatte, er hatte eine Leiste besorgt und einen neuen Lattenrost, und als wir vom Strand zurückkamen, war das Problem gelöst. Die meisten Probleme lösten sich hier von allein auf, wollte sie mir das sagen? Ich dachte an die Weinflasche, die sie abends aus dem Keller genommen hatte. Und am Morgen geleert wieder zurückgestellt. Damit sich kein Altglas ansammelte und nichts auffiel.

Was jetzt am Boden lag, würde sich nicht gut reparieren lassen. Nur von jemandem mit sehr viel Geduld. Und die habe ich nicht. Und selbst dann würde man es sehen. Hatte jemand das Klirren gehört, würde jemand mich finden? Wenn sie schon mein Klopfen nicht gehört hatten, der Krach der Scherben müsste doch jemanden aufmerksam machen. Ich schob sie mit den Füßen zusammen, schon wieder bemüht, möglichst wenig Lärm zu machen. Vielleicht waren diese Dinge doch absurd wertvoll, Elena konnte sich irren. Zum Glück hatten meine Hausschuhe dicke Sohlen.

Sonne fiel zuerst auf den Scherbenhaufen, als das Tor von außen geöffnet wurde.

Draußen stand Ilyas mit seinem guten Geruch nach Sandelholz, in der Hand einen Eimer mit Desinfektionspulver.

»Das Tor ist offen. Es klemmt nur.« Er zog an der Schnur, ließ sie nach vorn und zurück ruckeln. Es quietschte. Er schaute erwartungsvoll, bis ich lachte. Zusammen standen wir in der Hitze. Eine Hitze, dass ich mich in den Schuppen mit seinem Geruch nach Kalk und Milchsäure zurückwünschte. Weitab hinter ihm saß Elena unter dem Dach des Pavillons. Weit genug, mein Rufen nicht gehört zu haben, jedenfalls hoffte ich das. Sie trug die große schwarze Lesebrille, mit der sie uns in der Ferne wahrscheinlich schon nicht mehr gut sehen konnte, hatte ihren Laptop auf dem Schoß und einen zweiten Stuhl so hingerückt, dass sie ihre Füße darauf ablegen konnte, der Rücken rund, die Schultern hochgezogen. Sie griff sich in den Nacken, es sah nicht nach Arbeit, aber auch nicht nach Entspannung aus. Sie sah sich etwas an, das sie beschäftigte, vielleicht wartete sie auch nur auf das Laden einer Nachricht.

»Sie muss arbeiten«, verteidigte ich sie, er nickte wenig überrascht.

»Und du? Arbeitest du auch?« Plötzlich hatte er etwas Verschmitztes.

»Ich bin die Chauffeurin«, erklärte ich, da nickte er anerkennend.

»Und hast du heute Abend noch etwas vor?«

ELENA

Vielleicht betrachtet Ilyas es als seine Aufgabe, aufzupassen. Offensichtlich hat er kein Obdach als diesen Wohnwagen am Grundstücksrand. Vielleicht ist es gar nicht schlecht, dass jemand bei uns ist, auch dieser Gedanke ist mir schon gekommen, wenn ich nachts dem Tier hinter meinem Fenster zuhöre oder einem beschleunigenden Motorrad auf der Landstraße.

Inzwischen kommt es mir vor, als ob er das Gelände allenfalls tagsüber verlässt. Gestern habe ich nach der Rückkehr vom Strand in der Toilettenschüssel Spuren gefunden, die nicht von uns sein konnten. Ich kann mich täuschen. Ich liege nicht ununterbrochen auf der Lauer. Und Ali kann ich weiter nicht erreichen. Ich muss dringend mit ihr reden, ich habe vor unserer Abreise bis spät in die Nacht gearbeitet, ihre Flüge nach Miami und Singapur gebucht und Unterkünfte organisiert und vor allem Begleit- und Katalogtexte geschrieben für die Ausstellung in Luzern Anfang September. Ich habe noch nicht einmal die Arbeiten selbst gesehen. Nur Skizzen der Rauminstallation, ein Gedicht, das sie beeinflusst hatte, und eine Filmszene von Argento.

Noch immer, sagt sie, hat sie beim Lesen meiner Texte etwas verstanden, das ihr beim Machen selbst nicht ganz klar war. Dabei tue ich nichts, als Zitate von ihr zusammenzustellen und mit ein paar angesagten Diskursfetzen zu dekorieren. Das geht am besten, wenn ich mich in ihrer Nähe aufhalte. Wenn sie den Sommer hier verbrächte, im Atelier im Souterrain an ihren Skulpturen und Installationen arbeitete und wir die Abende zusammen hätten. Wie könnte ich dann erst über ihre Arbeit schreiben.

»Du wirst das schon machen«, sagte sie diesmal in ihrer liebenswürdigsten Art. Sie hat meine Entwürfe nicht gelesen und nicht bestätigt, dass sie sie bekommen hat. Heute habe ich zum zweiten Mal danach gefragt und zum ersten Mal sofort eine Antwort bekommen: *Ich bin nicht da, wenn es dringend ist, wenden Sie sich an meine geschätzte Mitarbeiterin Mirja,* eine Praktikantin, die sich kleidet, als wollte sie bei einer Versicherung anfangen, umständliche E-Mails formuliert und in ihren Pausen Wurstbrote aus der Tupperdose isst. Ohne mich wäre sie nie eingestellt worden.

Noémies Koffer muss tatsächlich verlorengegangen sein. Sie hat mehrmals beim Flughafen angerufen, vom Auto aus, vom Parkplatz aus, und in einem ziemlich guten Englisch geklärt, dass er nicht gefunden wurde. Ich bin nicht traurig, nicht noch einmal zum Flughafen fahren zu müssen. Vielleicht kann sie sich einfach eine neue Garderobe bestellen und an unser Haus liefern lassen? Kann sie nicht. Sie ist zu jung für eine Kreditkarte, und falls sie die ihrer Eltern heimlich benutzt, ist sie zu wohlerzogen, um damit anzugeben. Ruf mich bitte an, habe ich ihrem Vater zuletzt geschrieben, keine Angabe von Gründen, das wird ihn eher in Aktivität versetzen als eine lange Erklärung.

Am Abend räumt Eve das Geschirr ab, kaum dass alle aufgegessen haben, wischt den Tisch und mischt die Karten, um noch genau eine Partie Uno zu spielen mit allen, die wollen. Sie wirkt abgelenkt, verspielt ihre besten Karten, lässt Rinus gewinnen und greift ihm ins Haar, wie niemand das darf, wie sie es normalerweise auch nicht macht. Sie schiebt die Karten zusammen und verschwindet in ihrem Zimmer, ich komme nicht dazu zu fragen, was los ist. Etwas später steht sie vor uns in enger Jeans, den Autoschlüssel in der Faust: »Noch eine Runde drehen«, erklärt sie, »oder brauchst du mich noch?«, und natürlich sage ich nein. Sie will eine Situation wie gestern vermeiden, Rinus wollte nicht nur mit ihr spielen, er wollte von ihr auch ins Bett gebracht werden, ich habe beim Abwaschen ihr Gespräch mit angehört und mich zurückgezogen. Ihr den Vortritt gelassen, warum auch nicht, so konnte ich mich mit einem Glas Wein in die Hängematte legen und der Dämmerung zusehen. Ihr scheint es fürchterlich unangenehm gewesen zu sein.

Sie schaut zu Rinus und macht ein Kussgeräusch nur für ihn, uns allen wünscht sie einen schönen Abend und verschwindet im dämmernden Garten, wir hören das Quietschen des Tors. Linn schaut ihr nach, wie sie früher auf dem Spielplatz die älteren Kinder angeschaut hat, die sie sich nicht anzusprechen traute.

»Komm«, sagt Noémie, und einmal bin ich ihr dankbar, dass meine Tochter ihr so ergeben folgt.

Wohin und wie lange sie unterwegs ist, hat Eve nicht gesagt, und ich kann das eine erwachsene Frau nicht fragen. Wir haben keine Absprachen dazu getroffen, was mir jetzt, wenn ich darüber nachdenke, komisch vorkommt. Normalerweise achtet sie auf ihre Arbeitszeiten und ihre Pausen, wir beide sind uns einig darin, da genau zu sein. Was sie tut, ist Arbeit, und wenn sie eine Viertelstunde länger bleibt, bekommt sie für diese Viertelstunde drei Euro fünfzig, oder ich runde auf eine halbe auf. Natürlich hat sie nicht vorgehabt, hier Tag und Nacht zur Verfügung zu stehen. Doch sie bekommt eine Menge Geld, es wäre kein großes Ding, ihr zu sagen, bitte bleib, ich brauche deine Unterstützung. Bleib, es ist mir unheimlich allein auf diesem Anwesen, wo man nur die Hufe des Fliegenschimmels auf dem angrenzenden Grundstück hört, das Bellen eines Fuchses, spärlichen Verkehr von der Landstraße und manchmal die Stimmen der Männer auf der Baustelle nebenan. Ich habe Angst so allein am Rand von Wald und ehemaligen Sümpfen. Allein mit den Kindern. Wir sind nicht an der Grenze der Zivilisation, der nächste Ort ist vier Kilometer entfernt. Aber wenn wirklich etwas geschieht, dann sind vier Kilometer ohne Auto zu viel. Das würde sie verstehen, solche Ängste kennt sie selbst, und am allerbesten die vor dem Tönen der eigenen Gedanken. Das sagt sie selbst. Es geht ihr gut, solange sie ihnen nicht zuhört. Deshalb setzt sie sich ins Auto und dreht die Musik auf. Während ich hergekommen bin, um den Fröschen zu lauschen.

Ich lese Rinus eine Geschichte vor, bringe ihn noch einmal durch den dämmrigen Saal zur Toilette und wieder zurück, stecke seine Nachtlampe ein und arretiere die Fensterläden so, dass noch etwas Luft einfällt und er trotzdem geschützt ist. Dann gehe ich nach draußen und suche nach Sternbildern, die ich erkennen kann. Bald werden die Perseiden am Himmel entlangjagen. Wenn alles nach Plan läuft, ist Kolja dann schon hier. Unser Schlafzimmer ist von allen das größte und kühlste.

Das herrschaftlichste. Zum ersten Mal schlafe ich hier, nie war mir klar, wie weit man hier von allen anderen entfernt ist.

Der Druck in meinem Unterbauch, als Ali und Nana anfingen, sich gemeinsam in dieses Gemach zurückzuziehen. Manchmal blieben sie als Letzte auf, öfter erklärte Nana schon früh, müde zu sein, und Ali folgte ihr. Sie gab sich jeden Tag weniger Mühe, das unauffällig zu tun. Sie wollte, dass wir anderen es merkten. Gelegentlich nahmen sie sich jemand Drittes mit. Niemals mich.

Nana war meine Eroberung gewesen. An der Bar, wo ich von Ali Portwein mit Tonic bekam und auf ihren Feierabend wartete, hatte Nana sich mit ihren beiden Windhunden neben mich gesetzt und ein Gespräch angefangen. Sie kam von einem Begräbnis und riet richtig, dass ich Schauspiel studierte: Das kam so gut wie niemals vor. Sie blieb lange, aber nicht bis zum Schluss, und sollte nie wieder auftauchen. Mir hatte sie ihre Adresse auf einen Zettel geschrieben.

»Komm mich doch mal besuchen«, sagte sie. Ich habe Ali mitgenommen, weil ich nicht wusste, was mich dort erwarten würde. Wenig später war es Ali, die anfing, sich mit ihr zu verabreden und mich mitzunehmen, wenn ihr danach war.

Mehr beiläufig erwähnte Nana die Männer, die sie in ihrem Leben verschlungen hatte, und mit trockenem Lachen den fortschreitenden Verlust ihres Augenlichts. Ich will so werden wie sie, dachte ich und wusste vielleicht wirklich nicht, dass ich da chancenlos war. Innig ruhte ihr Blick auf Ali, wenn die sich die Kuchenfinger leckte. Mit mir konnte Nana über Silvia Federici und antike Mythengestalten sprechen. Sie mochte mich, aber liebte mich nicht. Ich habe ihr Haus nie betreten, außer um in der Küche Geschirr abzustellen oder das Bad zu benutzen. »Einmal werde ich euch meine Waffensammlung zeigen.« Sie sagte es wie einen Witz. »Einmal werde ich euch mit nach Frankreich nehmen.« Nana hielt Hof. Wir kamen jahrelang jeden Sommer, eine Schar von Jüngern, Männern und Frauen, ihr zugetan oder abhängig von ihr.

Ich glaube nicht, dass von diesen anderen noch viele übrig sind. Wir haben uns Kommune genannt, Familie, Wahlverwandte, dabei waren wir nichts davon. Eine Meute ohne inneren Zusammenhang, die ihre Sehnsüchte auf eine etwas exzentrische, mutmaßlich schwerreiche Frau warf und leicht verspannt um ihre Freundschaft konkurrierte. Man entscheidet nicht, mit wem man verwandt ist.

Wer am Ende des Sommers gewann, war Ali allein. Ich bleibe noch ein bisschen, sagte sie und stieg einfach nicht mit ins Auto. Sie stand im Gras und sah zu, wie wir es beluden und nacheinander auf die enge Rückbank kletterten. Ich habe versprochen, ihr zu helfen, verriet sie mir noch. Jemand musste Nana helfen, das Haus winterfest zu machen. Es schien logisch in dem Moment. Sie umarmte mich lang und fest, als gäbe es etwas, das ihr leidtat. Wir alle verabschiedeten uns sehr herzlich voneinander.

»Glaubst du, die beiden sind ein Paar«, fragte Kolja, als ich ihn am Morgen nach der durchfahrenen Nacht besucht habe. Kannst du dir nichts anderes vorstellen, dachte ich und wusste wieder, warum ich ihn nie mitgenommen hatte.

»Sie sind befreundet«, wich ich aus. Das Wort Sugar Mama hatte ich selbst bis dahin nur aus Filmen gekannt, jetzt neu gelernt von Ali, ausgesprochen mit einer Nonchalance, die mich blendete und beruhigte:

»Sie hat mir sehr geholfen«, sagte sie damals schon. Ali wollte in Museen mit ihren Arbeiten. Von uns nahm niemand sie ernst. Nana schon, und sie war die Einzige mit genug Macht und Geld, bei Alis Plan zu helfen. Diese Dinge konnte und wollte ich Kolja nicht erklären. Ihm gefiel trotz allem, wie ich von diesen Sommern zurückkam, und mir gefiel seine scheue Eifersucht. An dem Sonntag im September zeugten wir Linn, so jedenfalls fühlte es sich an: Ein Stein rollte an seinen richtigen Platz. Sie sieht keinem von uns ähnlich. Ich weiß nicht, woher sie kommt.

Ich hatte erwartet, hier besser zur Ruhe zu kommen, dem Alltag fern. Ich habe nicht einmal Melatonin mitgenommen. Wenn ich in einen Tiefschlaf falle, dann in der Morgendämmerung. Als ich aufwache, steht die Sonne schon hoch, trotzdem ist es still. Rinus' Tür steht offen, er wird mit Eve unterwegs sein, die Mädchen schlafen noch und werden hundert Jahre nicht aufwachen. Ich schraube die alte Caffettiera auf und freue mich, allein zu sein.

Ich setze Kaffee und Milch auf und denke, was passieren würde, wenn wir Linn nicht regelmäßig nach draußen schleifen würden. Wer lebt, wacht irgendwann auf. Sollte man nicht einfach abwarten, im Grunde ist das immer mein Gedanke gewesen. Diese Zeit einfach aushalten, bis sie es selbst nicht mehr aushält. Kolja hat sie am Wochenende zum Schwimmen gezerrt und an den Wochentagen geweckt, mit allem, was dazugehört. Er hat es geschafft, dass sie sich etwas anzog und ihren Rucksack zur S-Bahn trug. Er las Fachartikel über ein neues Phänomen. Mädchen, die an der Schwelle zum Erwachsenwerden den Mut verloren und einknickten. Sie interessierten sich nicht für verbotene Dinge, für Beautyroutinen wie andere in ihrem Alter. Sie interessierten sich für gar nichts mehr. Viele hörten auf, die Schule zu besuchen, manche wuschen sich nicht mehr. Antidepressiva und gängige Therapieverfahren schlugen nicht an. Ich habe unsere Tochter allenfalls in einzelnen Formulierungen wiedererkannt. Sie ist noch jeden Tag in die Schule gegangen und saß nachmittags an ihrem Schreibtisch, oft stundenlang saß sie still. Als wartete sie auf ein Zeichen. Sie hörte auf, zum Fußballtraining und zum Tanzen zu gehen, aber was gemacht werden musste, hat sie erledigt. Sie will keinen Ärger. Sie wartet auf eine rettende Idee oder darauf, dass ihre Zeit kommt. Sie bewegt sich gemessen wie immer schon, sie macht nicht den Eindruck zu leiden. Sie wartet, und wir könnten das auch tun. Wir haben wahrscheinlich schon viel zu viel unternommen. Es gab auch Stimmen, die sagten, die HPV-Impfung könnte schuld gewesen sein. Aber wenn man zu diesem Thema eine kritische Frage stellt, hakt es bei Kolja aus. »Wie kommt es, dass du bereit bist, dein Hirn abzustellen?« Und er kann noch tiefer unter die Gürtellinie gehen, wenn er die Kontrolle verliert.

Aber was, sage ich mir, was wäre unheimlicher als ein Mensch, der sich immer unter Kontrolle hat?

In der Schale unter dem Küchenfenster liegen frische Feigen, die Haut dunkelviolett gefältelt, an Stellen aufgeplatzt. Anscheinend waren Eve und Rinus schon in der Markthalle und haben die allerreifsten ausgesucht. Jetzt kommen ihre Stimmen von der Veranda, seine laut und heiser vor Eifer, sie wird nicht müde, nachzufragen. Sie wird einfach nicht müde.

»Vorsicht«, sagt jemand hinter mir.

Ilyas muss durch den hinteren Eingang vom Garten her gekommen sein, steht da vor der langen Tafel und deutet auf die Frucht in meiner Hand:

»Sie sind noch nicht gewaschen.«

Als ich später Kolja davon erzähle, finde ich die Szene selbst komisch:

Wie ich mich mit meinem Kaffee und meinen Papier- und Bücherstapeln in den letzten schattigen Abschnitt der Veranda setze und wie er den breiten Besen über die Fliesen schiebt. Staub wirbelt auf, Tränen steigen mir in die Augen, taumelnde Falter machen sich davon. Die Mädchen verstecken sich beim Rosmarinstrauch nah der Mauer. Inmitten der Wiese sitzen Eve und Rinus und beugen sich über ein Spiel, tief konzentriert. Ich werde ihn nach Zecken absuchen müssen, auch wenn er sich wehrt, ich werde auch den Mädchen sagen müssen, dass sie achtgeben sollen. Winzige Parasiten können dein Leben heftiger verändern als ein Unfall. Selbst Stechmücken übertragen jetzt Tropenkrankheiten.

Ich höre auf, die Mails durchzugehen, die die Praktikantin mir täglich weiterleitet, anscheinend ohne sie auch nur durchzusehen, ich lösche sie in Stapeln und aus Versehen auch den Film, den Ali geschickt hat. Ihn ziehe ich aus dem Papierkorb, setze eine Nachricht an dieses Mädchen auf, um zu erklären, was ihr Job ist. Ich gebe mir Mühe, nicht aggressiv zu sein. Ich gebe mir wirklich Mühe. Dann öffne ich den Link zur Videoarbeit.

Ilyas schiebt den Besen jetzt direkt vor mir her, verschwindet im Haus, kommt mit einem Lappen zurück und fängt an, den Tisch abzuwischen. Um meine Mappe, meine Stifte, mein Notebook herum. Ein Kellner in einer Touristenkneipe, der will, dass man geht. Ich hebe meine Mappe an, damit er weiter wischen kann, ich lächle immer noch. Er nicht. Er hängt den dreckigen Lappen über eine Stuhllehne und geht zurück ins Haus. Ich höre ihn ein paar Töne an dem schlecht gestimmten Klavier anschlagen, dann das Schnalzen seiner Flipflops.

Die Kamera fährt auf eine Hausfassade zu, gezeigt werden die geometrischen Muster eines sanierten Plattenbaus in diesigem Licht, ein Balkon, der offenbar vor allem als Abstellfläche dient, über planenbedecktem Hausrat und Konservenpaletten wird das Zittern von Spinnweben in einem Dunstabzugsfilter gezeigt. Ein spiegelndes Fenster aus Lärmschutzglas wird geöffnet, der Blick frei ins schattige Zimmer. Ein Bett füllt den schmalen Raum fast ganz aus, an seinen Rändern häufen sich Lebensspuren, benutzte Handtücher, Plastikfolien, Schokoladenverpackungen, blutiger Zellstoff, man soll an Tracey Emin denken. Die Blende öffnet sich nicht weit genug für Farben und Einzelheiten. Aus noch größerer Nähe ist zu erkennen, wie die Bettdecke sich bewegt, und erst im weiteren Daraufhalten, dass es keine Decke ist, was da fließt. Dunkelfellige Kaninchen liegen und steigen übereinander. Am Rand des letzten Bildes wischt ein menschliches Gesicht vorbei. Ich stoppe den Film, ich bin sicher, die Person zu kennen. Sobald ich länger hinsehe, kann ich nicht mal mehr sicher sagen, ob es überhaupt ein Gesicht ist. Es muss Alis Zwillingsschwester sein. Ich bin dieser Frau nur einmal begegnet, aber ich weiß, wie sie lebt. Selbst wenn sie das auf diesem Bild nicht ist, hat meine Freundin dieses Leben verwendet.

Diesmal verrennst du dich, will ich ihr sagen. Lass es lieber sein. *Wir* sollten das lieber sein lassen. Lass uns darüber reden, schreibe ich schließlich, am besten, wenn du kommst.

Rinus hat seinen Schwimmgurt angelegt und nimmt Anlauf, Eve feuert ihn an, die Mädchen sind nicht mehr zu sehen, auch Ilyas hat sich verzogen. Im Haus sind sie nirgends zu finden. Die Türen zu den Kinderzimmern sind angelehnt, Rinus' Pyjamas liegen in verrenkter Beinstellung auf dem Boden zwischen seiner Taucherausrüstung und den gefundenen Steinen, auch Linns Bett ist zerwühlt, ihre Federsammlung auf der Konsole wächst. Auf dem Boden das angefangene Bild einer geflügelten Figur, Elfe, Engel, verkleidete Tänzerin. Abgepaust mit irgendeinem Trick, hatte ich erst gedacht. Aber Noémie kann das mit der freien Hand. Wie eine kleine Maschine.

Ich gebe es auf, Ilyas zu suchen, und fülle eine Wasserkaraffe, um mir vorzumachen, ich hätte etwas zu erledigen gehabt. Zurück auf der Veranda finde ich ihn an meinem Platz, wie er meine Zettel sortiert, »ein Wind ist aufgekommen«, erklärt er in seiner lyrischen Art und zeigt mir den Stein, mit dem er meine Papiere beschwert hat. Schwarz und keilförmig. Ich ziehe die Zettel und den Laptop an mich, er bleibt sitzen. Ob ich auch Künstlerin sei. Wie Nana und Ali? »Wir arbeiten zusammen«, erkläre ich, rufe ein Dokument auf und richte einen konzentrierten Blick auf den Bildschirm. Er blinzelt zufrieden in den Garten, die Mädchen haben ihre Plätze beim Pool eingenommen, sie tragen Sonnenbrillen und sind mit ihrem Heft beschäftigt. Noémie schreibt, Linn redet mit großen Gesten, als ob sie ihr diktiert.

Es wäre nicht schwer, einen Blick in eines dieser Hefte zu werfen. »Wollt ihr mal daraus vorlesen«, habe ich heute Morgen gefragt, da zierten sie sich etwas, aber sie verstecken sie nicht, sie lassen sie offen herumliegen. Ich weiß schon, warum ich lieber die Finger davon lasse, ich fürchte mich vor dem, was ich darin finden könnte.

Endlich wird Ilyas mein Schweigen zu dumm, er verschwindet in der Küche, mir ist es zu dumm, ihm zu folgen. Als wir Stunden später endlich all unsere Sachen für den Strand zusammengesammelt haben, suche ich ihn wiederum im ganzen Haus und finde ihn endlich in dem Geräteschuppen im Souterrain. Er hat eine Feile in der Hand und betrachtet mich von oben bis unten. Mein Strandkleid, den Hut.

»Wir fahren schwimmen.«

»Das dachte ich mir.«

»Ich schließe dann alles ab?«

»Das wird nicht nötig sein. Ich bin ja hier.«

Eve lacht über solche Geschichten, lacht über mich und meine Gesten darin, und sobald ich sie erzähle, finde ich sie selbst lustig. Mein Mann lacht mit mir und wird schnell wieder ernst, »Aber das musst du klären. Das geht doch nicht, dass er einen Schlüssel hat.« Wenn es nur der Schlüssel wäre. Kolja erinnert mich an die Kinder und daran, dass wir diesen Hausmeister nicht kennen, ich ihn daran, dass wir hier nicht bei einem Pauschalanbieter sind.

»Ich habe nicht deshalb angerufen«, sagt er in dem erschöpften Ton, den er bekommt, wenn ich nicht richtig zuhöre oder beim Reden das Wichtigste zurückhalte. Am Abend vor unserer Abreise wollte er mit mir reden. Während wir zu zweit durchs Haus liefen und die Kleider und Sportgeräte unserer Kinder einpackten, hielt er plötzlich inne und griff nach mir: »Aber wenn wir hier fertig sind, setzen wir uns nochmal zusammen.«

Dazu sind wir nicht mehr gekommen, jetzt fällt es mir wieder ein. Jetzt wird er mir mitteilen, dass er sich in die Praktikantin verliebt hat und deshalb wollte, dass wir beide dieses Buch über Polyamorie lesen, jetzt teilt er mit, dass es vorbei ist. Das Schlimmste denken, um nicht überrascht zu werden.

»Es war jemand da«, sagt er.

»Jemand?«

Die Verbindung wird unterbrochen, weil ich mich bewegt habe. Ich laufe zurück zur Mauer, bleibe mit dem Kleid an der Brombeerhecke hängen, stelle mein Glas ins Gras, um mich zu befreien, und versuche es wieder, seine Mailbox springt an, die Ansage, die nach jemand ganz anderem klingt, professionell, doch jugendlich, dann unterbricht seine echte Stimme ihn selbst.

»Elena. Kannst du mich jetzt hören! Der Mann wollte zu Eve.«

»Und was hast du ihm gesagt?«

»Dass sie nicht hier ist.«

»Ihr Exmann oder ihr Freund?« Welche der Möglichkeiten ist die schlimmere?

»Ich habe ihn nichts gefragt. Mich in ein Gespräch verwickeln, das wollte ich ihm nicht geben.«

Ich stehe still und warte, bis er zu Ende erzählt hat. Das Bild der beiden Männer habe ich gut vor Augen. Wer länger blicken und schweigen kann.

»Ich sollte ihr ausrichten, dass er da war. Und einen Vorschlag für sie hat.«

So ordnete der Besucher an und legte den Kopf noch etwas schräger. Kurz standen sie so, dann ging der andere.

»Er hatte neue Schuhe an. Er konnte darin nicht gut laufen. Da dachte ich, das ist einer, der es ehrlich meint. Ich bin ihm nach und habe ihm gesagt, sie ist nicht hier, sie wird auch morgen nicht hier sein, aber wenn ich kann, richte ich es ihr aus.«

»Du bist ihm nachgelaufen.«

»Ja.«

»Das war alles?«

»Das war alles.«

EVE

»Was ist los«, fragt Elena, die Stimme ganz weich, »was hast du für gute Laune?« Sie hat sich auf mein Bett gesetzt und schaut mir zu, wie ich mir die Haare kämme und nicht entscheiden kann, was ich anziehen soll.

»Schönes Gelb«, sie streichelt eines der Kleider, »ein schöner Stoff, hast du noch etwas vor?«

»Eine Verabredung.«

»Ein Date!« Sie will sich freuen, sie gibt sich Mühe, ihre Stimme klingt nicht gesund.

»Hast du geweint?«

Sie lacht.

»Ich habe Schlafprobleme, das ist alles, und ich habe zu viel am Computer gesessen.«

»Hast du eine Deadline«, frage ich und beschließe, das gelbe Kleid heute nicht anzuziehen, »hat Ali wieder in letzter Minute alles umgeschmissen?«, diese Ali, in deren Haus wir uns aufhalten, ist immer dabei, Katastrophen zu produzieren, weshalb Elena regelmäßig drei Stunden länger im Büro bleiben muss. Etwas Ähnliches ist es auch jetzt wieder, nur dass ihre Antwort nicht so gründlich ausfällt wie sonst. Sie sinkt noch tiefer zwischen ihre aufgestützten Arme, »Ja, stressig«, sie schaut auf zu mir: »Ist denn bei dir alles gut, Eve?«

Wenn sie nur einmal fragen oder sagen würde, was sie meint und will. Dann wäre es leichter, eine gute Antwort zu geben.

»Bei mir ist alles gut.«

Notre-Dame-de-la-Fin-des-Terres, »Unsere Dame vom Ende der Welt«, erklärt er mir. »Es gab Zeiten, da war sie bis zur Kirchturmspitze im Sand vergraben.« Ilyas gibt den Tourguide und bewegt sich anders als im Garten daheim. Er will nicht, dass Schweigen aufkommt. Ist er schüchtern?

»Hast du schon viele Touristinnen herumgeführt?«

»Diese ganze Gegend hier war keine Landschaft. Die Schäfer gingen auf Stelzen durch die Sümpfe.« Er zeigt mir die Aufnahme einer Lithographie. »An den Küsten wurde es trockener, dort hatte man nur den Sand als Gegner, Dünen wie Lebewesen. Man sieht es nicht, aber so eine Wanderdüne bewegt sich die ganze Zeit. Du baust deine Siedlung in sicherer Entfernung, du kannst sehen, sie ist kilometerweit entfernt. Nach ein paar Jahren begräbt sie dich und alles, was du gebaut hast. In diesem Sand kannst du versinken wie im Meer. Es dauert nur länger.« Warum erzählt er mir das alles?

»Was wir jetzt hier haben, die Fahrradwege und Sommerhäuser und Campingplätze, Ginster und Gras, Dünen mit Strandhafer. Das haben Menschen gemacht. Weil sie es ordentlich haben wollten, weil sie fanden, befestigt ließe sich das alles doch gut nutzen. Es sieht aus wie Natur, die Sträucher, die Kräuter, die Bäume, aber es ist ein großer Park. Deshalb die Schilder: Nicht einfach irgendwo über die Dünen zum Meer laufen.« Hier schaut er mich an. Natürlich hat er uns beobachtet. Ich frage ihn, wo er ursprünglich herkommt, und noch einmal, ob er als Tourguide arbeitet. Die Unterbrechung irritiert ihn. Aus Paris, behauptet er, und sein Beruf ist Osteopath.

»Es ist in unserem eigenen Interesse, uns an solche Regeln

zu halten. Wie gesagt, das ganze System ist ziemlich empfindlich.«

Er muss älter sein, als wir erst dachten. Sein Haar wirkt grauer in diesem Licht, er trägt Slipper und spricht zu mir wie zu einer Schülerin. Eine Frau mit Turban steuert auf uns zu, sie hält uns ein Bündel bunte Tücher hin, er greift nach mir.

»Wenn dich solche Stoffe interessieren, kauf sie nicht bei diesen Leuten, ich habe einen Freund, der bessere Ware im Angebot hat. Du hilfst ihnen nicht, wenn du bei ihnen kaufst, du kannst selbst Probleme mit der Polizei bekommen.« Ich ziehe mich aus seinem Griff und frage, woher er so gut Deutsch kann.

»Gelernt«, antwortet er, legt mir die Hand auf den Rücken und führt mich zu den Stuhlreihen vor der Kathedrale. Wir gehören zu den ersten Zuschauern, nur dicht vor der Bühne nimmt eine Gruppe älterer Frauen umständlich Platz, eine klappt ihren Rollator zusammen, die anderen helfen ihr. Sie tragen orthopädische Sandalen und wehende Blusenkleider, sogar in dieser Gesundheitskleidung sieht man, dass sie Geld haben und Geschmack. Sie sehen gut aus, selbst wie sie mit den Klappmechanismen und der Handbremse kämpfen. Sie klopfen einander auf die Schultern und lassen sich in ihre Sitze fallen.

Ilyas winkt jemandem zu, nickt in eine andere Richtung und will wissen, ob ich Nana gekannt habe.

»Ich höre diesen Namen zum ersten Mal. Ich kenne nicht mal Ali persönlich, ich bin mit Elena hier.« Er schaut, als ob ihm dieser Name gar nichts sagt, und fährt leicht irritiert fort.

»Nana liegt im Sterben. In Amerika zum Sterben. Hier wäre besser.«

»Das tut mir leid«, sage ich vorsichtig, er ist schon wieder weiter:

»Ihr gehört das Haus. Ali war sehr hinterher, schnell zu heiraten, aber Nana gehört das Haus.« Fest schaut er mich an, dabei habe ich keine Aktien in dem Ganzen und sage ihm das auch.

»Aktien!«, wiederholt er und lacht lang und herzlich.

»Bis vor kurzem haben wir jeden Tag gesprochen«, sagt er, wieder gedämpfter: »Sie erzählte mir von ihren Perücken und Kopftüchern und dem Toilettenstuhl in ihrem Zimmer. Sie ist jemand, der noch darüber Scherze machen kann. Hast du die Zielscheibe im Garten gesehen?«

»Nein.«

»Aber die Gewehre im Schuppen hast du gesehen. Sie sind von ihr. Und die roten Zeichen an der Wand im großen Raum. Letzten Sommer war sie noch hier und hat geübt und ihre Freunde eingeladen.«

Er erzählt weiter. Wie gern sie nachts im Pool schwamm und nicht wollte, dass er für sie das Licht anmachte. Sie wollte im Dunkeln sein. Und sie wollte ein Haus in diesem Restwald, nahe bei den ehemaligen Feuchtgebieten, wo jetzt noch ein letzter langgezogener See übrig ist. Reiher, Pferde und Stiere. Sie hätte Geld gehabt für ein Haus in den Dünen, fußläufig zum Meer. Aber sie wollte für sich sein. Allein mit ihm, denke ich. Er ist nicht jung, aber viel jünger als sie. »Das verstehe ich«, versuche ich mehr aus ihm herauszuholen, aber er hört nicht zu. Wenig überrascht fährt er fort: Ob ich die rostfarbenen Flecken an der Wand unter der Galerie in der Wohnhalle gesehen habe? »Das habe ich.« Ich habe mir das Haus genauer angeschaut, als er sich vielleicht vorstellen kann. Ich habe sofort vor Augen, wovon er spricht. Ein Winkel in dem kaum benutzten viel zu großen Raum sieht aus wie von Kindern oder Höhlenmenschen gestaltet. Ausgebleichte Flecken in Rostschattierungen an der verspachtelten Wand. Die Umrisse der Schemen hat jemand mit Wachskreide nachgezeichnet. Eine Herde Büffel, ein liegender Hund oder Wolf, ein Menschenkopf aus Blut oder Wein. Ich habe daran gerochen, aber nichts ausmachen können. Wahrscheinlich hat er auch das beobachtet. Und wenn nicht er, dann jemand anders. In diesem Haus ist man nie allein, so viel habe ich inzwischen verstanden.

»Sie sind alle aus Wein«, behauptet er. »Ein Ritual. Nana hat eine Menge Feste gefeiert, Ali war nicht als Einzige dabei. Jedes Jahr musste jemand eine Flasche Wein an die Wand spritzen und den Umriss lesen. Sie wusste von allen noch, wer sie gemacht hat und was in ihnen gelesen wurde. Ihr letztes war der liegende Hund. Ihn wollte sie noch einmal ansehen, und den Garten. Wie alles wächst. Die Tamarisken und der Lavendel. Rosmarin und Wolfsmilch.«

»Wie schön.«

»Sie weiß übrigens nicht, dass ihr hier seid.«

»Oh. Okay?«

»Keine Angst. Niemand hat etwas dagegen.«

Was immer er für ein Problem mit Ali hat, ich muss ihm klarmachen, dass ich nicht ihre Freundin bin. Ich weiß nicht, wer diese Leute sind. Ich will in nichts hineingezogen werden. Aber ich will alles wissen.

»Ich bin Ali noch nie begegnet. Wie gesagt. Ich kenne sie nur vom Namen«, sage ich in der Hoffnung, mehr zu erfahren, »ich bin bloß die Nanny.«

»Sind die Kinder dafür nicht schon etwas zu groß?«

»Sechs und dreizehn. Fast vierzehn. Aber ein bisschen speziell.«

Da lächelt er, als verstünde er ganz genau,
als wäre ihm das auch schon aufgefallen,
als hätte ich schon wieder einen guten Witz gemacht.

»Was ist daran so lustig?«

»Oh!« Er hebt die Hände, als hätte ich eine Waffe gezogen.

»Sie sind nicht beeinträchtigt oder so etwas. Wenn ich sage speziell, meine ich genau das. Spezielle Kinder.«

Mit besonderen Bedürfnissen. Rinus haben sie nach ein paar Wochen in der ersten Klasse wieder aus der Schule genommen. Weil er mit dem Ton dort nicht zurechtkam, war die Erklärung, »wir wollen nicht, dass er schreien muss, um gehört zu werden«, sagte Elena. »Wir«, dabei glaube ich nicht, dass sie sich mit ihrem Mann in solchen Sachen immer einig ist. Sie könnten eine ordentliche Diagnostik machen lassen und mich als Einzelfallhelferin beschäftigen, sie bekämen das vom Staat gefördert. Meine beste Freundin ist Sozialarbeiterin, ich könnte Hilfe vermitteln. Aber daran hatte Elena gar kein Interesse. All das erzähle ich Ilyas. Jetzt bin ich es, die erklärt und erklärt. Er hört gut zu. Das sind keine streng vertraulichen Dinge, ich rede über meine Arbeit, aber daheim würde ich mich mehr zurückhalten. Ich muss aufpassen, das alles interessiert ihn ein bisschen zu sehr, und dass ich plötzlich zu reden aufhöre, macht es nur spannender für ihn. Am liebsten würde ich zur Toilette verschwinden, aber die Plätze links und rechts von uns sind jetzt besetzt, an diesen Leuten vorbeizukommen würde einiges Aufsehen erregen. Warum habe ich mich nicht an den Rand gesetzt. Weil er seine Hand erst von meinem Rücken nahm, als wir schon in der Mitte waren. Als hätte er gewusst: Auf solchen Veranstaltungen kriege ich Hemmungen. »Ich freue mich auf die Musik«, erklärt er gespannt, während ich auf meinem Platz herumrutsche und mein Telefon entsperre. »Ein Frauenchor tritt auf. Magst du Chöre?«

Er schon! Er setzt eine Brille mit dünnem goldenen Gestell auf, um die Frauen besser sehen zu können, wie sie nacheinander auf das Podest treten, manche so alt wie die Zuschauerinnen in der ersten Reihe. Die jüngste wird noch nicht achtzehn sein. Sie trägt eine Bluse mit riesigem Kragen und leitet eine blinde Sängerin am Arm auf die Bühne.

Als Nächstes führt er mich in die Eisdiele bei der Kathedrale und weist darauf hin, dass sie fünfzig Geschmacksrichtungen haben in diesem Laden.

»Nichts für Menschen mit Entscheidungsschwierigkeiten.« Er steuert einen freien Tisch an, zu nah bei der Warteschlange für meinen Geschmack, und rückt den Stuhl für mich zurecht. So galant, so wenig interessiert. So stelle ich mir Geschäftsessen vor. Etwas will er von mir, was nur? Ein Junge mit glänzendem Pferdeschwanz bedient, die beiden küssen einander und fassen sich an den Schultern. Auch ich werde geküsst, aber nicht auf diese Art. Ilyas fragt, ob ich gern Eis esse, gibt eine Bestellung auf, ohne genauer nachzufragen, und setzt sich so, dass er mich besser sehen kann.

»Du tanzt gern.«

»Dir entgeht nichts.« Es stimmt, dass ich gestern Abend einer Gruppe beim Salsaunterricht zugesehen und schließlich auch mitgemacht habe. Wir tanzten auf der Betonpiste am Ende der Straße zum Strand. Etwas ungelenk, alle begeistert. Ich hätte mich nicht hineingedrängt, aber der Lehrer winkte mich auf die Tanzfläche, und die Paare wurden sowieso durchgewechselt. Es war eine Anfängergruppe, ich lernte schnell. Bald fing der Lehrer an, mich aufzufordern, wenn er den anderen neue Figuren demonstrieren wollte. Ansonsten tanzte ich mit einem langgewachsenen Greis, einem schiefhüftigen Schüler, mit einer ziemlich kräftigen Person, die sich mir als Sam vorstellte. Die anderen sagten mir nicht einmal ihre Namen. Wir waren konzentriert. Jetzt frage ich mich aber doch, warum Ilyas mir unter den Zuschauern nicht aufgefallen war.

»Ich habe deine Haare erkannt.«

»Und warum hast du nicht gegrüßt?«

Der Junge hat das Kellnern nicht gelernt, er hält das Tablett mit zwei Händen fest und hat erkennbar Angst vor den monströsen Eisbechern darauf. Niemals kann jemand das errichtet haben in den paar Minuten, die wir hier sitzen. Auf meiner Sahnehaube glitzernde Sprenkel, Rinnsale des Sirups, den die Kinder daheim in ihr Wasser geben, und obenauf ein Kegelhut aus Kohlewaffel. Ilyas hat für uns beide gewählt, zwei Mal das Gleiche.

»*Coup de foudre* heißt dieser Becher. Die Sorten sind alle fast schwarz: Süßholz, Lakritz und Kakaosorbet.«

Er verspricht, eine Bootsfahrt zur Vogelinsel zu unternehmen, wir alle gemeinsam, wenn die Straßen dorthin wieder frei sind. »Einstweilen kann ich dir meine Bienenstöcke zeigen und meinen Gemüsegarten, wenn du willst.«

Das Eis zu essen ist nicht einfach, die Kugeln zerlaufen, die Sahne sinkt in sich zusammen, ich jedenfalls schaffe das nur, indem ich mich beeile. Er lässt sich Zeit.

»Erzähl ein bisschen von dir, Eve. Wie ist es für dich, hier zu sein?«

Er will wissen, was ich verdiene, ob ich angestellt, in einer Gewerkschaft bin. Kurz denke ich, er will mich für eine politische Sache gewinnen. Auf seine Seite ziehen. Vielleicht ist er nur auf der Suche nach Gesellschaft. Aber Gesellschaft hat er genug, so wie er die Leute hier begrüßt, wenn sie an unserem Tisch vorbeikommen, er kennt den Trainer aus dem Resort und stellt uns einander vor, noch so ein Junge mit schönen Augen. Dieser hier hat kurzes Haar mit hellgrünen Spitzen und gibt Kurse in CrossFit. Ich soll vorbeikommen, übersetzt Ilyas, täglich um zehn, es gibt freie Plätze für sportliche Leute.

Am Ende zahlen wir getrennt. Er wird die Nacht im Ort verbringen, teilt er mit, plötzlich kurz angebunden. Ein letztes Mal küsst er mich auf beide Wangen und sagt noch einmal, »Komm mich und meine Bienen besuchen.«

ELENA

Ich habe Ilyas zu Eve in den Wagen steigen sehen. Ihr wäre es wohl lieber, daraus keine große Sache zu machen. Er ist so über das Grundstück geschlendert, dass er sicher sein konnte, gesehen zu werden, auch sein Parfum wehte zu uns hin. Eve wird später danach riechen.

»Ein Konzert auf dem Kirchplatz von Soulac«, was für eins, kann sie mir nicht sagen. Sie zieht sich zurück, damit Rinus nicht wählen muss, wer ihn ins Bett bringt, sie will weitere heikle Situationen vermeiden. Und ich glaube nicht, dass es an den Orten, die sie aufsucht, viel für mich zu erleben gäbe. Um meine Seele nicht würde ich fragen, nehmt ihr mich mit? Sie würde nicht nein sagen.

Gestern am Meer habe ich sie nach dem unbekannten Besucher gefragt, von dem Kolja mir erzählt hat. Wir saßen so nah am Wasser, wir mussten über die Brandung hinweg schreien. Sie schaute an sich herab auf ihre Bauchmuskeln und wollte wissen, was der Mensch genau gesagt hatte.

»Er wollte dir einen Vorschlag machen.«

»Einen Vorschlag.«

»Hast du eine Ahnung, wer das war.«

»Selbstverständlich.«

»Dein Mann?«

»Ein Bekannter.«

Ende des Gesprächs.

Zu den Weinvorräten im Keller hat Ali nichts gesagt. Die Flaschen liegen vielleicht schon seit damals im Regal, oder so sehen sie jedenfalls aus. Meine Hemmungen, mich zu bedienen, schwinden. Die eine Flasche, die wir am ersten Tag besorgt hatten, war schnell ausgetrunken, warum hatten wir nicht mehr gekauft, ich wusste doch, dass man hier nicht täglich in den Supermarkt kommt. Das Lädchen auf dem Weg zum Strand führt Chocolatines und Badelatschen, Limonade und Sonnenmilch und auch Wein und Bier. Ich liebe dieses Lädchen, aber ich habe abends keine Lust mehr auf den Fußweg, und ich will nicht zwanzig Euro für eine Flasche schlechten Wein bezahlen. Eine einzige aus dem Kellerregal nehmen, Nana wäre die Erste, die sagt: Mach dir einen schönen Abend. Schenk dir ein Glas ein und geh in den Garten. Trink ein weiteres in meinem Namen. Mir geht es nicht besser, wenn du dein Leben nicht genießt.

Und ich tue wie geheißen, ich gehe mit meinem Glas in den Garten, betrachte die Pflanzen und suche das Pferd auf der Weide nebenan. Gestern fehlte es, und ich frage mich, wer es über Nacht mitgenommen hat, nie habe ich jemanden in der Nähe der Weide gesehen. Fast immer sucht es Schutz unter der Baumgruppe am anderen Ende der Koppel. Wenn es mich kommen sieht, spitzt es die Ohren, läuft zum Zaun, lässt sich die Nase streicheln. Es freut sich über Gesellschaft, und wenn es menschliche ist. »Pferde allein halten ist Tierquälerei«, erklärte uns Linn in dieser Phase, da sie die Pferderassen der Welt und die Anatomie dieser Tiere auswendig wusste und natürlich alles über ihre Haltung. »Sie brauchen Platz zum Laufen, einen Unterstand zum Schutz vor Sonne und Wind, und sie sollten nicht allein sein.« Jetzt bin ich nicht sicher, ob sie überhaupt weiß, dass ein Pferd hier steht. Es döst und schlägt nach Insekten mit seinem Schweif, mich bemerkt es heute nicht.

EVE

»Du wolltest zu mir.«

»Ich wollte zu dir.«

»Ich habe dir gesagt, dass wir verreisen.«

»Aber nicht, wann.«

Dennis hat unrecht. Er lügt nicht einmal, er ist wahrscheinlich nicht gut eingestellt, er bringt solche Dinge durcheinander und wird wütend.

»Jedenfalls habe ich jetzt deinen Chef kennengelernt.« Er klingt erwartungsvoll.

»Er ist nicht mein Chef.«

»Ich habe ihn mir anders vorgestellt. Nach deinen Erzählungen.«

»Was habe ich denn erzählt?«

»Eben. Man denkt sich sein Teil. Warum ist er überhaupt daheim geblieben? Eheprobleme?«

»Arbeit.«

»Danach sah er mir nicht aus.«

»Nicht unser Problem.«

»Wie klug du bist.«

ELENA

Am Morgen ist Eve vor mir auf, wischt den Küchenboden, den ich am Abend nur gefegt habe, jeden Tag kann man ihn wischen, die Mädchen ziehen Spuren aus Krumen und Sirupflecken hinter sich her und merken es gar nicht. Eve ist hier, um zu arbeiten, sie kann hart feiern und hart arbeiten, falls ich das noch nicht verstanden habe, jetzt bekomme ich es gezeigt. Sie putzt das Haus, dann setzt sie sich mit Rinus ins Auto. Die beiden waren schon am Meer, wenn ich mit Kaffee und Nachthemd durch den Garten gehe. Er läuft mir entgegen und zeigt mir die Federn, die er gefunden hat. Schneeweiß mit allmählichem Übergang ins Silber und lang wie sein Unterarm. Er erzählt von der halben Möwe, die im Ufersand lag, »ein abgerissener Flügel eigentlich nur«, jedenfalls hat er keinen Kopf, kein Blut gesehen. Er glaubt jetzt, was er vorher nur aus einem Buch wusste: drei Meter Spannweite. In seinem Zimmer würde so ein Wesen mit beiden Flügelspitzen die Wände berühren.

»Wer hat sie zerrissen«, fragt er beunruhigt, »gibt es hier Haie?« Hoffnung und Furcht in seiner Stimme. Noémie dreht sich um von ihrem Platz am Pool:

»Haie sind am Aussterben. Das hier muss etwas anderes gewesen sein.«

Er hat sein schlechtes Auge zugekniffen und hält die Feder ins Licht, vorsichtig greift er sie am Kiel. Mit kostbaren Dingen so umzugehen, mussten wir ihm nicht beibringen. Es war einfach eines Tages da. Er dreht die Feder in seinen Händen und hat entschieden, Noémies Anmerkung zu übergehen. »Können Haie aus dem Wasser springen und Vögel angreifen?« Eigentlich weiß er solche Dinge. Er weiß alles über Haifische, viel mehr jedenfalls als ich, und das sage ich ihm auch genau so, »Ich habe keine Ahnung, lass uns die Federn in der Sonne trocknen, später werden wir etwas daraus basteln.« Und wir breiten sie auf den Bohlen der Veranda aus.

»Und, hattest du einen schönen Abend«, frage ich, Eve ist schon wieder dabei, die Wäsche abzuhängen, sie nickt und lächelt und wirkt tatsächlich sehr entspannt, sie ist zufrieden, hier zu sein.

»Das ist doch alles, was du wolltest«, sagt Kolja, »du wolltest ihr eine gute Zeit bescheren.« Er fragt, wie es den Kindern geht, er lässt Rinus grüßen und will Linn sprechen. Eine Weile schaue ich ihr vom Fenster aus zu, wie sie an der Mauer auf und ab läuft, erzählend und gestikulierend, sicher eine halbe Stunde lang. Ich versuche, nicht auf die Uhr zu schauen, ich nehme mir ein Glas Wein und ein Stück Käse aus dem Kühlschrank und das Buch, das Ali im Zusammenhang mit ihrer aktuellen Arbeit erwähnt hat. Ich lege mich in die Hängematte und tue so, als würde ich mich konzentrieren. Linns Stimme wird höher, wenn sie mit ihm redet, höher und lebhafter.

Sie bringt mir das Handy nicht wieder und weiß nicht mehr, wo sie es hat liegen lassen, sie hat nicht daran gedacht zu fragen, ob ich ihn noch einmal sprechen will, sie beide haben nicht daran gedacht. Ich sehe nach beim Kühlschrank, auf dem Metalltisch in der Laube, ich fange an, im Gras zu suchen, sie hat mit ihm geredet, aufgelegt und es fallen lassen, sie merkt nicht, wenn ihr so etwas passiert.

Wie Kolja sie lehrte, zu jeder Jahreszeit in den See zu gehen. Dass man nicht friert, wenn man sich bewegt. Wie sie danach in der Küche zusammensaßen, in eine unentwegte Unterhaltung vertieft über Kakao und dicken Leberwurstbroten. Jetzt erkenne ich, wenn er Linn ansieht, eine Enttäuschung in seinem Blick, vor der ich sie schützen will.

Vor Aktionen wie jener kurz vor den Ferien, als er die Geduld verlor. Er hat sie aus ihrem Zimmer gezogen, er hielt sie bis zur Garage am Arm gepackt. Er hat ihr den Helm aufgesetzt und ihr das Rad hingeschoben, das rote Kinderfahrrad, das ihr schon lange nicht mehr passte. Man musste Sorge haben, ob es halten würde.

»Man muss es nur richtig einstellen«, sagte er und zog den Sattel heraus bis zum Anschlag. Trotzdem konnte sie nur gestaucht darauf sitzen. Auch der Helm war zu klein geworden, schief und viel zu weit hinten saß er auf ihrem dichten Haar.

»Und«, fragte er danach beim Abendbrot. »Kopfschmerzen weg?« Mit Rinus, habe ich gedacht, würde er das nicht machen. Er hatte immer noch ganz verspannte Kiefermuskeln. Sie biss in ihr Käsebrot und nickte. Sie wird nicht wütend.

Achtundvierzig Minuten hat dieser Anruf gedauert. Ich will keine sein, die so etwas nachkontrolliert. Ich will nicht fragen, was die beiden besprechen. Ich will es nur wissen. Was hat sie ihm zu berichten?

EVE

»Ist das Resort nicht nur für Gäste«, fragt Elena beim Frühstück, als sie mitbekommen hat, wohin ich gestern zum Training gegangen bin. Aber es ist kein großes Ding. Man muss nicht einmal durch ein Loch im Zaun. Man drückt auf den Türöffner beim hinteren Eingang bei dem Kabuff mit den Waschmaschinen, man läuft hinein, als ob man dort hingehört. Wenn ein Mitarbeiter nach dem Armbändchen für Gäste der Anlage fragt, hat man es in den Wellen verloren.

»Und dann? Wird dann nicht weiter nachkontrolliert, wer du bist?«

»Tun, als wäre nichts. Wie beim Klauen, meinst du?«, fragt Noémie.

»Genau so.«

»Nimmst du uns mal mit?«

»Wenn es euch interessiert.«

»Es interessiert uns. Oder, Linn?«

Sie lehnt sich zurück. Das Resort interessiert sie überhaupt nicht. Von mir will sie etwas, auch Elena hat das mitbekommen. Sie jedenfalls will an den Strand, erklärt sie laut, sie ist nicht hierhergefahren, um in einem Gehege zu baden, und schickt die Kinder ins Haus, ihre Sachen zusammenzusuchen.

»Hast du jemanden kennengelernt?«, will sie dann von mir wissen und sich mit mir freuen. Ich soll mir im Klaren darüber sein, dass sie alles gehört hat.

»Du siehst müde aus, war das Training zu viel für dich?«, sagt Ilyas, als er mir am Abend sein Heim zeigt: Tomatentöpfe auf der Fensterbank, zwei Klappstühle unter der Markise. Er reicht mir ein Glas selbstgemachte Limonade, sieben Zitronen hat er gepresst. Es schüttelt mich von innen durch. »Genau das Richtige nach einer kurzen Nacht«, sagt er und wirkt zufrieden.

Aufregend war es, sich an der Stange hinaufzuhangeln, allein mit der Kraft der Arme und des Torsos. Wie die anderen Teilnehmer und die Jungen vom Basketballplatz zuschauten und warteten, dass ich scheiterte. »Ich bin doch kein Affe«, hatte der eine Deutsche gemurmelt. Ohne Publikum und weniger wütend hätte ich es nicht bis nach oben geschafft. »Das machst du sehr gut«, sagte der Animateur. Ilyas' Bekannter. Kein Student mehr, dafür hatte er zu viele Trauerfalten im Gesicht. Hier teilt er sich eine Unterkunft mit acht Kollegen, vier Stockbetten, zwei Zimmer, er zeigte mir, wie es dort roch. Das darf er nicht, er dürfte nicht einmal mit mir spazieren gehen auf dem Gelände, also joggten wir. Schnell genug, nur noch kurze Sätze zu sprechen.

»Keine Beziehungen mit Gästen«, erklärte er und ich, dass ich kein Gast war.

Das wusste er. Sie würden ihn trotzdem feuern.

Ich habe es geschafft, dass wir im Garten blieben. Er konnte das Haus nur von weitem sehen, die breite Veranda mit den verzierten Balken und der Hollywoodschaukel, das Schwimmbecken mit den Insektenschwärmen über dem Wasser. Natürlich wollte er, dass wir schwimmen gehen, um die Wette, das konnte ich ihm zum Glück ausreden, die anderen schliefen schon.

Ob ich meinen Job auch in Gefahr brachte. Das habe ich mich in keinem Moment gefragt. Ich habe nicht unterschrieben, dass ich keinen Besuch empfangen darf. In dieser Nacht wollte ich vielleicht sogar gehört werden.

Später am Strand habe ich Elena erklärt, dass sie nicht neidisch sein muss. Sie weiß das. Sie weiß, was sie für einen Schatz besitzt. Ihr Mann und sie kennen sich seit der Schule. »Wir werden uns in diesem Sommer trennen oder für alle Zeit zusammenbleiben.« Das waren ihre Worte. Sie redete wie eine Politikerin, wie jemand, die einen Geschäftsbericht vorträgt. »Wir können uns gar nicht scheiden lassen«, lachte sie als Nächstes. Das Haus, die Kinder. »Ohne Kolja wäre ich obdachlos.«

Bei mir sind solche Auskünfte sicher aufgehoben, ich verkehre nicht in ihren Kreisen. Und ich sage ihr immer, was ich denke. Ich kann gar nicht anders.

Sowieso kann ich nicht lügen.

Und jetzt erzähle ich Ilyas all diese Dinge, die mich nichts angehen. Besser ihm als meiner Tochter, meinem Mann, meinen Freundinnen daheim. Leuten, die eine Meinung zu ihr haben und dazu, ob ich bei dieser Familie bleiben sollte. Auch Ilyas wird eine Meinung haben. Nur interessiert sie mich weniger, und er behält sie für sich. Er will sich gutstellen. Gestern Nachmittag brachte er Auberginenröllchen und Brot mit Sardellenpaste, dazu kalten Wein, man aß und trank im Stehen, die Kinder kamen aus dem Pool und gruselten sich vor dem Geruch der kleinen salzigen Fische.

Nach einer halben Stunde schon ging er wieder, den Wein ließ er da, Elena hat ihn alleine ausgetrunken, nach und nach. Ich weiß nicht, ob sie später noch einmal in den Keller gegangen ist. Als ich im Supermarkt fragte, ob wir nicht noch eine Flasche mehr besorgen sollten, war sie entschieden dagegen. »Nicht nötig«, sagte sie auch zu den Limonaden, die die Kinder und ich in den Wagen legen wollten. »Und Alkohol ist gesünder?«, wurde Linn vorlaut, »weil er natürlichen Ursprungs ist?«

Natürlichen Ursprungs. So redet Linn wirklich. Am Ende kauften wir also keine ungesunden Getränke. Stattdessen bedienen wir uns im Keller. Ich frage Ilyas, ob das wirklich in Ordnung ist.

»Doch. Das ist es. Fühlt euch zuhause. Das will Nana.«

»Habt ihr gesprochen?«

»Das kann sie nicht mehr gut. Aber das heißt nicht, dass sie keinen Willen mehr hat. Letzte Nacht erst haben wir einander gesehen. Sie erkennt mich am Bildschirm und hebt ihre Hand.«

ELENA

Was zieht sie auch so einen knappen Bikini an. Sie hat es nicht gesagt, aber in Eves Gesicht habe ich diesen Satz ablesen können, als sie mit Noémie zu uns zurückkam, mit zügigen Schritten eine Schneise durch die Plantschenden schlagend. Eve hatte die Hand an ihren Rücken gelegt, Noémie hielt die Arme um den Brustkorb geschlungen, die Stirn zusammengezogen.

»Haben sie dich angefasst«, fragte Eve im Auto auf dem Heimweg. »Ist eigentlich etwas *passiert*?«

»Ihre Gesten waren eindeutig.« Noémie hatte den Blick zur Seite gewandt, das Kinn gerade in die Luft gereckt. Linn saß daneben und murmelte etwas in Richtung ihres Schoßes, »Nichts hätten sie gemacht«, wiederholte sie gereizt, »das waren Angeber, nichts wäre passiert.«

Ich habe nicht mitbekommen, wie es zu der ganzen Situation gekommen ist. Ich habe an der Bar mit dem Bastdach Kaffee für uns geholt und Orangina für Rinus, ich dachte darüber nach, die anderen zu überzeugen, den Abend im Ort zu verbringen, ich hatte Lust, die Spielautomaten an der Promenade leuchten zu sehen. Hier zu bleiben, in der friedlichen Aufgeregtheit des überfüllten Stadtstrands, bis es dämmerte und wir hungrig genug waren für Hotdogs. Heimlich schoss ich ein Bild der Mädchen von hinten, wie sie die Köpfe zusammensteckten.

»Ihr müsst es doch schon riechen«, sagte Kolja, als ich ihn auf dem Weg zu unserem Liegeplatz endlich zurückrief. Fünf Mal hatte er versucht, mich zu erreichen, während ich mit den Mädchen die Boutiquen und Stände an der Straße zum Strand abklapperte. Noémie hatte es geschehen lassen, als ob ich ihr ein Eis gekauft hätte. Sie musste das mit ihren Eltern klären, es war nicht meine Aufgabe, eine launige Kurznachricht dazu zu verfassen. Ich vergaß die Angelegenheit sofort, als ich Koljas Anrufe in Abwesenheit sah.

»Es wäre besser, ihr kommt heim.« Er redete ruhig, ich verstand gar nicht, dass seine Stimme eine Warnung aussprach. An seinem Bildschirm sah er die Feuer von oben und konnte verfolgen, wie sie sich ausbreiteten. Ich holte Luft und sagte, »Es riecht nach Pinien und Sand. Motoröl und Algen.«

Er hat oft recht behalten mit seinen Prophezeiungen. Aber die Behörden hier sind anders vorbereitet. Gestern erst hatte der Präfekt eine Erklärung dazu abgegeben, las ich, nachdem wir aufgelegt hatten. Ich schickte Kolja das Bild der Mädchen, kaufte einem fliegenden Händler eine Dose Bier für vier Euro ab und trank in kleinen Schlucken, kalt stieg es mir hinter die Stirn.

Ich schwamm hinaus, bis ich keine Menschen mehr hörte. Das Bier hatte mich ruchlos gemacht. Ich hielt den Kopf über Wasser und überließ mich der größeren Kraft. Zwei Helikopter folgten einander im Sinkflug. Ich suchte die Kiefernwipfel hinter den Dünen ab, von hier aus würde ich sehen, wenn irgendwo Rauch aufstiege. Surfer trieben auf meiner Höhe, versuchten paddelnd Schwung aufzunehmen, es hatte etwas Verzweifeltes. Ich musste an Linns Worte denken. Der bewachte Badestrand war ein winziger Abschnitt an der Küstenlinie. Schutz vor der Weite suchend, drängten die Menschen sich auf der von zwei schwarzen Fähnchen abgesteckten Zone.

Beim Zurückschwimmen versuchte ich mich schräg gegen die Strömung zu halten. Die Entfernung zum Ufer verringerte sich kaum, ich schloss die Augen. Es fühlte sich gut an. Ich spürte jeden Muskel. Leicht schwindlig kam ich an Land und musste noch ein gutes Stück zurücklaufen. Ich merkte, wie durstig ich war und wie weit nach Süden getrieben. Normalerweise hätten sie mich aufhalten müssen, normalerweise pfiffen die Rettungsschwimmer einen sofort zurück, wenn man sich zu weit hinauswagte oder jenseits der Markierungen bewegte. Man konnte Ärger bekommen, ich war davongekommen, aber sollte ich erleichtert sein, dass sie mich übersehen hatten?

Eve und Rinus spielten noch immer. Ich suchte die Menge mit den Augen ab und fand nur Noémie, die in ihrem neuen weißen Bikini zwischen einer Gruppe Jugendlicher stand.

Was mich beschäftigt: Wo Linn währenddessen war. Während ich versuchte, die Situation zu erfassen. Ein Kreis von Jungen um ihre Freundin, der Abstand nicht klein genug für eine ernsthafte Aggression und nicht groß genug für etwas Harmloses. Einer lachte zu mir hin, als ob er mich erkannte. Sie griffen in die Wellen und spritzten Wasser in ihre Richtung. Noémie spritzte zurück. Ich konnte ihr Gesicht nicht sehen, nur ihre Silhouette vor dem Gleißen des Meers, ihre Haltung ließ erkennen, dass sie sich nicht wehren würde, dass sie nicht zickig sein wollte.

»Ich wusste nicht, dass ihr mich gesucht habt«, sagte Linn nur, als ich sie schließlich am oberen Dünenkamm fand, allein in einer Mulde sitzend. Sie hatte gut sehen können, wie ihre beste Freundin inmitten der älteren Jungen stand, wie sie von Eve zu uns geholt wurde und von mir getröstet, sie zitterte und weinte, das musste Linn gesehen haben und wollte doch beobachtet haben, wie harmlos die ganze Angelegenheit war:

»Sie haben sie gar nicht angefasst«, sagte sie später, »sie ist eine Drama Queen, sie macht so was nur, um Aufmerksamkeit zu bekommen.«

Am Abend war Noémie still, aber Linn war noch stiller, und jetzt will keine von ihnen mit an den Strand. Noémie sitzt im Lotussitz auf ihrem Bett hinter geschlossener Tür, während Linn durch den Garten streicht, mit ihrem Bruder am Pool herumhängt, sich in den entlegeneren Büschen des Grundstücks versteckt. Hat sie keinen Zutritt mehr?

Was will ihre sogenannte Freundin hier, mit uns? Das will ich eigentlich wissen und frage, ob bei ihr alles okay ist.

Da sitzt sie hinter zugezogenen Jalousien, hört Musik und zeichnet, »Alles gut«, sie hat nur ein wenig Unterleibsschmerzen, und diese einfache Erklärung erleichtert mich unverhältnismäßig.

»Hast du, was du brauchst?« Sie nickt, ein bisschen leidend und zugleich überlegen und gefasst. Hat schon mal jemand mit diesem Kind über ihren Körper gesprochen, frage ich mich und denke an ihren Vater am Telefon, wie schnell er dafür war, dass wir sie mitnehmen. »Eine Wärmflasche vielleicht?«, wer will eine Wärmflasche bei diesem Wetter, denke ich selbst und beharre trotzdem, »Wärme hilft«.

»Danke. Ich weiß schon Bescheid.«

EVE

Am nächsten Morgen kommt Noémie nicht aus ihrem Zimmer. Sie bleibt im Bett und erklärt, Bauchkrämpfe zu haben. Elena steht in der Tür, ihre Raffiatasche schon über der Schulter, Rinus redet dicht neben mir auf mich ein, so dass ich nicht verstehen kann, was Elena mit ihr bespricht. Er merkt schon, dass ich nicht bei der Sache bin. Es lässt ihn nur lauter werden: Welches Hörspiel er gleich auf dem Weg zum Strand hören will, das Autofahren ist ihm wichtiger als das Meer selbst, denn im Auto darf er bestimmen, was wir hören. Geschichten über eine Familie grüner Wesen, die in einer Tour rülpsen und furzen und sich von Schrott und Abfall ernähren.

»Nichts, was ein bisschen Licht und Luft nicht heilen würden«, sagt Elena später zu mir. Sie ist überzeugt, das Mädchen simuliert. Sie erklärt es nur komplizierter. »Oft gibt es ein Problem mit weiblicher Energie, nicht mit Gluten«, sagt Elena, und dass sie ihre Beschwerden los sei, seit sie zweimal im Jahr fastet. »Der Körper fängt dann selbst an, Penicillin zu produzieren«, zufällig sollen russische Forscher das im Zweiten Weltkrieg herausgefunden haben.

Sie kann Noémie einfach nicht leiden. Ich habe ihr eine Packung Schmerztabletten dagelassen und gesagt, dass sie mich anrufen soll, wenn es schlimmer wird. Ich habe ihren Bauch abgetastet, während Elena das Gelände nach Linn absuchte. Es waren keine Verhärtungen zu spüren, es scheint nicht der Blinddarm zu sein. Schweiß stand auf ihrer Nase und Schatten unter den Augen. Auf dem Tisch lagen ihre Zeichnungen gestapelt. Engel, Greife, geflügelte Raubkatzen, eine Frauengestalt im flatternden Umhang. Sie sind wirklich gut.

Auch ich bin unsicher, ob man sie allein lassen darf. Ob ich sie allein lassen will. Ich will nicht, dass sie in meiner Abwesenheit durch meine Sachen gehen. Ich soll es als Kompliment sehen, sagte Elena. »Sei froh, dass sie deine Nähe suchen.«

Ich weiß, warum sie sich interessieren.

»Machst du ein Bild von mir«, sagt Linn hinter mir. Der Teufel weiß, wie lang sie schon in diesem Zimmer steht. Selbst durch den Perlenvorhang von der Veranda schafft sie es beinahe ohne Geräusch und ist plötzlich da. Sie läuft zu der Kommode mit dem Spiegel und zieht sich mit meinem Lippenstift den Mund nach. Sie löst ihr Haar und sieht aus wie eine Sonne und stellt sich in Pose.

Mein Freund Marc fällt mir ein und die Geschichte von seiner Reise in die Sahelzone, Ende des letzten Jahrhunderts. Menschen wollten sich von ihm mit seiner Leica fotografieren lassen, sie wollten Kontakt mit dem Apparat haben, auch wenn es keine Möglichkeit gab, ihnen Abzüge zu schicken. Die Lehmhütten dieser Leute hatten keine Postadressen. Manche gaben ihm die Adresse der Dorfschule, der nächstgelegenen Verwaltungseinrichtung. Die meisten wollten das wohl gar nicht. Dass ihr Bild auf eine Reise ging und in der Welt blieb, genügte ihnen. Linn lässt sich die Bilder zeigen, sie will wissen, wie sie von außen aussieht und von hinten. Anschließend kontrolliert sie, wie ich die Aufnahmen lösche.

Mit Noémie dabei ist es eine völlig andere Sache. Sie wollen, dass ich sie mit meinem Telefon fotografiere, sie haben klare Vorstellungen, welche Filter ich benutzen soll. Die Spitzen von Elfenohren lugen aus Linns Locken. Immer muss ich an Schweine denken, wenn ich diese Ohren sehe, sage aber nichts, Noémie spricht es aus, beide finden das wahnsinnig komisch. Schon am ersten Tag wollte Noémie, dass wir Nummern tauschen und eine Gruppe bilden. »Zwei sind keine Gruppe«, sagte ich, sie bestand darauf. Sie weiß, dass Elena nicht begeistert wäre. Genau darum geht es ihr.

Mich duzt Noémie, von Anfang an, ohne zu fragen. Zu Elena sagt sie Sie und will nicht damit aufhören. »Du kannst mich ruhig duzen.« – »Okay«, sagt sie darauf, manchmal auch nichts, und hat es bei nächster Gelegenheit vergessen. Sie will alle Fotos geschickt bekommen, die ich von Linn und ihr gemacht habe. Blumen im Haar, auf der Wiese liegend. Wie sie in hellen Kleidern durch den Kiefernwald rennen. Wir haben es in der Abenddämmerung gemacht, sie sehen wie Geister aus, das stimmte sie zufrieden.

Auch Elena will Fotos ihrer Kinder, aber nicht zu viele, nicht an zu vielen Speicherorten oder in den falschen Netzwerken. Es wird nicht ganz klar, was sie eigentlich will oder nicht will. Sie erklärt mir, dass an jedem verschickten Bild, für das wir nichts bezahlen, jemand Geld verdient. Dass diese Bilder nicht mehr uns gehören, sondern von amerikanischen Konzernen weitergereicht werden. Sie will ein Leben in Unabhängigkeit von diesen Firmen. Wenn ihre Kinder das einmal anders halten wollen, sollen sie das machen. Aber erst, wenn sie alt genug sind für so eine Entscheidung.

»Das heißt, wie alt?«

Keine Antwort.

Es ist nicht möglich, ihr zu erklären, was wir hier machen: ein Spiel. Sie ist nicht zu erwachsen zum Spielen. Sie ist zu sehr Kind, um den Unterschied zu merken.

Was kann harmloser sein als unsere Bilder, ist meine Einschätzung. Wen wird dies interessieren: Noémies Profilbild in meiner Chatliste ganz oben. Ein schwarzer gerader Pony und eine herzförmige Sonnenbrille, von oben fotografiert. Eine der wenigen Personen, mit der ich zurzeit schreibe, ist ein aufgebrezeltes Kind.

Ich werde ihren Kontakt löschen, sobald wir daheim sind, und unseren Chatverlauf und die Fotos ebenfalls. Mit diesem Mädchen zusammen ein Geheimnis haben. Wahrscheinlich ist es keine gute Idee. Aber es ist so, ich bin, was das angeht, auf ihrer Seite.

Angeblich ist sie ein Wunderkind, sagte mir Elena, sie spielt Rachmaninow auf dem Klavier und Bach und schreibt gerade ihren dritten Roman. Bei der Erwähnung kam Spott in Elenas Stimme.

»Wolltest du deshalb, dass sie mitkommt?«, habe ich sie gefragt, und kurz schaute sie mich an, dass ich dachte, jetzt bist du zu weit gegangen. Aber sie sah mich nur an, steckte ihren Dutt neu fest und meinte: »Vermutlich«.

Noémies Hände müssen geschützt werden, deshalb kämpft sie nicht mit, wenn ich Linn und Rinus ein paar Griffe zeige. Wie man reagiert, wenn einen jemand von hinten an den Haaren packt. Wie man den anderen überrascht. Sie kann einem leidtun, dachte ich. Und dass es mich nichts angeht. Aber als die Jungen am Strand sie belästigten, habe ich sie aus der Situation herausgeholt. Sie selbst wäre weiter stehen geblieben. Sich wehren hat sie nie gelernt. Mit vorgeschobener Stirn trottete sie am Strand neben mir zurück.

»Es wäre nicht nötig gewesen, dass du dich einmischst.« Das war alles, was sie dazu zu sagen hatte.

ELENA

Ich habe gesehen, wie Eve die Skulpturen anschaute. Mit Misstrauen. Diese Arbeiten, die zumindest früher niemand ernst nehmen wollte, sie lösen doch immer etwas aus in den Menschen. Einmal stand Alis Bruder mitten im Gespräch auf und ging zum Angriff über. Betrunken, aber das war es nicht allein, wir alle hatten getrunken wie die Stiere. Er lief in den Garten, außer sich, er trat mehrmals gegen ein liegendes Mädchen, so heftig, dass er sich den Fuß verstauchte.

Auf dem Torso dieses Mädchens hat Linn ihren Kopf abgelegt, ihr Buch nah am Gesicht, die Beine in der Haltung des Schmetterlings. Erst als mein Schatten auf sie fällt, sieht sie auf.

»Hattet ihr Streit?«

»Nein. Wir hatten keinen *Streit.*«

Sie redet, als male sie mit den Fingern Gänsefüße in die Luft.

»Okay. Ihr sprecht nur nicht mehr miteinander?«

»Ich möchte einfach lieber lesen. Okay?«

Ich hatte selbst solche Freundinnen. Die immer da waren, so zuverlässig anwesend, dass ich sie verwünschte. Bis mein Fluch wahr wurde und sie vom einen auf den anderen Tag aufhörten, mit mir zu sprechen.

Linn blättert weiter, die Wangen gerötet, die Lippen bewegt. Wie anders sie aussah gestern im Licht der Umkleide. Barfuß stand sie auf dem sandfarbenen dicken Teppich. In Plastikkübeln wuchs Bogenhanf, so hart und leuchtend wie Kunststoffpflanzen, aber es war echter. Aus der Wand kam Jazz, der nicht weh tat. Ich habe es nicht vermisst, mit meiner Tochter in solche Läden zu gehen, Stoffe voller Schwermetalle, man bekommt Ausschlag, wenn man sie nur anschaut.

Indigene schicken ihre Jugendlichen für Wochen und Monate allein in den Wald. Warum haben wir solche Riten nicht, dachte ich, als es in der Umkleide so lange so still war, dass ich mich fragte, ob sie nicht verschwunden waren durch eine zweite Tür auf der Rückseite. Da stand ich und traute mich nicht anzuklopfen.

Zum ersten Mal seit langem bekam ich Linns Schultern zu Gesicht. Das Kleid fiel weit und gerade, bis zu ihren Füßen. Vorsichtig spreizte sie die Arme, »Das steht dir!«, rief Noémie, stellte sich neben sie und nahm sie in den Arm für ein Selfie, sie lächelten zusammen, ich kaufte ihnen alles, was sie ausgesucht hatten, Tüten schwenkend gingen wir an den Buden entlang. Wir hatten Spaß.

»Was ist mit deinem neuen Kleid?« Ich habe nicht einen Fetzen Fast-Fashion gekauft, damit er jetzt zusammengeknüllt in der Ecke liegt. Sie hält sich das Buch vors Gesicht. Geschichten über Untote, die das Licht scheuen. Unscheinbare Mädchen mit großen Aufträgen und / oder besonderen Gaben, sie müssen in die Unterwelt und kommen nach bestandenen Prüfungen wieder mit ihren Gefährtinnen zusammen. Diese Autorinnen wissen, welche Muster sie bedienen müssen. In diesen Erzählungen verschwindet Linn. Manchmal schreit sie vor Entsetzen auf oder murmelt erregt vor sich hin. Sie würde nicht hören, wenn ein Helikopter über ihr kreist.

Ich weiß, dass die Medien übertreiben, was die Feuer angeht, sie müssen übertreiben, um zu Geld zu kommen, ich sehe den blanken Himmel über uns. Es ist etwas viel Älteres in mir, das weiß, wir sollten besser zusammenbleiben. Nur weil ich nicht panisch wirken will, lasse ich mich überreden: »Noémie hat doch ihr Handy«, sagt Linn, »wir melden uns, wenn etwas ist.«

Kolja muss es nicht wissen, denke ich, als wir uns endlich auf den Weg machen. Eve, Rinus und ich. Als wäre sonst etwas dabei, zwei Teenager in der Bude hocken zu lassen, wenn sie das wollen. Mit dem Hausmeister und seinen Söhnen oder Kumpels, die den Rasenmäher über das Gelände ziehen oder auf dem angefangenen Bau nebenan herumlümmeln. In Wahrheit fühle ich mich selbst wie ein Teenager. Teil einer Ausreißerbande, die die Klassenfahrt verlassen hat. Wieder fahren wir zu der Stelle, wo es keine Fähnchen und keinen Rettungsturm gibt, nur einen Trampelpfad durch den Wald. Das Meer ist nicht schwer zu finden. Immer dem Gehör nach und dem Geruch. Rinus rennt voraus, und wieder zurück zu uns und wieder voraus. Kolja ist dagegen, ihn mitten am Tag in der Sonne herumlaufen zu lassen. Am liebsten würde er ihn ganz im Schatten halten und sich erst abends ans Licht wagen mit ihm. Ich denke, wir können gar nichts Besseres tun, als uns der Sonne auszusetzen.

Das Meer ist weit weg, zwischen Rinnsalen und Lachen spielt Rinus mit einem fremden Kind. Es scheint gut zu laufen. Das Kind verliert seinen Sonnenhut oder wirft ihn absichtlich in die Priele, wo er sofort weggeschwemmt wird. In die Hände klatschend schauen sie ihm nach. Eine erwachsene Person zu dem Kind ist nirgends zu sehen, überhaupt sind wir schon wieder allein hier oder so gut wie, dabei ist es ein freundlicher

Vormittag. Der Algenteppich auf den Bunkern leuchtet über den stachligen Miesmuschelfeldern. Rinus und das andere Kind sehen dem Hut nach und schlagen sich vor Begeisterung auf die Schenkel. Gesten wie Schauspieler in einem Stummfilm.

»Wie war dein Abend«, frage ich so leichthin ich kann. »Du warst bei Ilyas zu Besuch?« Nur dass ihr Bescheid wisst, ich habe einen leichten Schlaf, es braucht nicht mal ein röchelndes Tier im Garten, mich zu wecken. Ich sehe, wo noch Licht brennt, ich höre, wenn jemand über das Gras schleicht. Es sei euch gegönnt, aber ich kriege mehr mit, als mich angeht. Ein schlafloser Kopf ist das beste Gefäß für böse Gedanken. Ich will froh sein, dass es ihr besser geht. Im Winter hat sie sich scheiden lassen, im Fitnessstudio jemand Neuen kennengelernt. Wenn eine Liebe nicht gut ausgeht, sucht sie sich eine andere, so einfach ist das, wie es aussieht, ist sie schon fündig geworden. Jetzt will sie wissen, warum ich so schlecht schlafe.

»Der Fuchs«, behaupte ich höflich.

»Wahrscheinlich eher ein Igel«, meint sie, nachdem ich ihr das Geräusch vorgemacht habe.

»Igel, ich weiß nicht, ob es die hier gibt. Sind das nicht sehr deutsche Tiere?«

Sie zuckt mit den Schultern. »Ilyas wird es wissen.«

»Ihr versteht euch.«

»Er hat mir seinen Wohnwagen gezeigt.«

»Wo ist er eigentlich im Winter?«

»Im Haus. Und denk übrigens nichts Falsches. Er ist Osteopath und hat mir mit meiner Schulter geholfen. Die Schmerzen, die ich hatte? Nach meiner Verletzung? Sie sind weg. Wenn du ein Problem in der Art hast, kann ich ihn nur empfehlen.«

Jemand, der einem guttut, aber Eve verliebt sich nicht in solche Menschen: »Leider. Obwohl, wenn du mich fragst, ist er sowieso schwul.«

»Was ist mit deinem Bekannten?«

»Wie kommst du jetzt auf den?«

»Er ist mir eben eingefallen. Er hat unsere Adresse herausgefunden, es hat sich kompliziert angehört, ich will wissen, ob du noch einmal von ihm gehört hast?« Es ginge auch uns was an. Ich bin schon wieder zu höflich.

»Er wird euch nichts tun. Er ist ein Kontrollfreak, er hat seine Baustellen, aber er wird euch in Ruhe lassen.«

Woher weiß sie das? »Ja klar. Wer hat die nicht?«

»Genau. Wer nicht!«

Der Hut ist außer Sicht, Rinus und das fremde Kind werfen jetzt neue Fundstücke ins Wasser, Totholz, Federn, Sandspielzeug. Solange das Meer so weit entfernt ist, sind diese Rinnsale die besten Planschbecken. Rinus trägt seine Schwimmweste, das andere Kind nur eine Badehose, die ihm bis in die Kniekehlen reicht. Es scheint tatsächlich allein unterwegs zu sein. Eve lässt die beiden nicht aus den Augen.

»Wir sollten ohnehin nicht wild baden, an irgendwelchen einsamen Stränden«, sagt Eve zu mir, Ilyas habe sie noch einmal ausdrücklich gewarnt. Er muss uns wieder beobachtet haben. Ansonsten hat er offenbar ein paar erstaunliche Dinge geäußert, unter anderem: Das Haus, in dem wir uns aufhalten, gehöre in Wirklichkeit ihm. Weil die Dinge den Leuten zustehen, die sich um sie kümmern? Weil man sich besser um das kümmert, was einem selbst gehört? Nana habe Ilyas adoptiert und wolle ihm auch das Haus vermachen.

»Sie war ihm zärtlich zugetan. So hat er es beschrieben.«

»Meintest du nicht eben noch, er sei schwul?«

»Und?«

Abwegig, aber nicht völlig überraschend. Nana mag eine Exzentrikerin sein, aber wie man seine Besitztümer zusammenhält und ein Erbe gut verteilt, das weiß sie. Oder die Erben wissen, was sie tun müssen, um etwas an Land zu ziehen.

»Das heißt, wir wohnen in seinem Haus, ist es das, was du sagen willst?«

»Und Ali soll Nana geheiratet haben.«

»Wann das denn?«

»Vor einem Monat ungefähr? Ist es wichtig? Sie haben es wohl nicht an die große Glocke gehängt.«

»Ausgerechnet Ilyas haben sie es aber schon verraten?«

»Wieso ausgerechnet? Warum sollte er sich so was ausdenken?«

»Um zu gucken, ob du es glaubst?«

Es ist zu heiß für komplizierte Gedanken. Eve schweigt und schaut dem fliegenden Händler entgegen. In offenen Basketballschuhen kommt er über den Sand geradeaus auf uns zu, sie schüttelt den Kopf, er nähert sich weiter.

Zwei tief fliegende Möwen folgen ihm, dabei baumeln nur Netze mit schwitzenden Getränkedosen von seinem Wanderstab. Meilenweit ist er gelaufen, um uns zu finden, bleibt vor uns stehen und deklamiert sein Angebot. Bière. Orangina. Coca Cola. Mesdames. Er kann höchstens fünfzehn sein, denke ich und kaufe ihm drei Dosen ab, ein Bier für mich, Limonade für die anderen, ich lasse mir kein Wechselgeld geben, ich spüre Eves Missbilligung, ich mache das mit Absicht. Ich wünsche dem Jungen einen schönen Tag, sie steht auf und läuft los Richtung Meer, zu den beiden Kindern. Mittlerweile ist die Priele zu einem Bach angeschwollen, der die Lachen miteinander verbindet. Das fremde Kind läuft auf einer schmalen Sandbank auf und ab. Es sollte lieber zurückwaten, stattdessen winkt es Rinus zu sich. Er setzt einen Fuß ins Wasser, schwankt und lässt sich auf den Hintern fallen wie ein Kleinkind. Manchmal tut er so ungeschickt. Er kann ein Schauspieler sein. Eve rennt jetzt. Sie packt ihn unter den Armen und hebt ihn heraus, stellt ihn vor sich hin und bückt sich zu ihm, um ihm beim Reden ins Gesicht zu sehen. Sie hält ihn an den Schultern, wie um ihn in den Boden zu rammen. Da steht er und rührt sich nicht mehr, während Eve zu dem fremden Kind watet. Das Wasser geht ihr bis zum Bauch, sie stemmt sich gegen einen Widerstand, kurz sieht es aus, als ob sie den Boden unter den Füßen verlieren könnte. Ich laufe jetzt auch hin, durch den heißen, dann lange über nassen Sand, Eve hat sich wieder gefangen und die wachsende Schnelle schon fast ganz durchquert, sie ist auf der anderen Seite bei dem fremden Kind auf seiner schwindenden Insel. Rinus lässt sie nicht aus den Augen, ich lasse ihn nicht aus den Augen, er trägt seine Weste, aber die wird ihm nicht helfen, wenn die Strömung ihn einmal erfasst hat. Er steht da und will zu Eve, mich hört er nicht. In ihm kämpfen die Angst, zurückgelassen zu werden, und die vor dem schwellenden Wasserlauf vor ihm. Der Ozean immer noch weit weg. Mehrmals rufe ich nach Rinus, irgendwann dreht er sich nach mir um und winkt, wendet sich wieder ab und schaut zu, wie das Kind die Arme hebt und sich von Eve durch den Fluss tragen lässt. Ich umfasse Rinus von hinten, endlich greift er nach meinem Kleid.

Das Kind hat salzbleiches Haar und wahrscheinlich keine gemeinsame Sprache mit uns. Es könnte sich nicht bedanken, selbst wenn es wollte. Auf dem Sand abgesetzt, klopft es die

Handflächen aneinander ab wie ein alter Arbeiter, schaut uns kurz der Reihe nach an und läuft fort, Richtung Norden, dem wandernden Händler hinterher.

»Als hätten nur diese Leute und wir etwas nicht mitbekommen«, sage ich zu Eve, während wir das Sonnensegel zusammenbauen. Sie zuckt mit den Schultern und wickelt die Schnüre auf. Sie weiß nicht, was an diesen Stränden in der Hochsaison normalerweise los ist, sie informiert sich regelmäßig über den Stand der Löscharbeiten und weiß, die Brände sind noch nicht unter Kontrolle. Aber weit genug weg. Mein ungutes Gefühl hat nichts mit Koljas Anrufen und den deutschen Nachrichten zu tun, das weiß ich. Medienberichte machen mir normalerweise keine Angst. Ob ich Angst haben soll, sagen mir meine Sinne. Auf dem Hinweg habe ich mehrere Leute die Autos vor ihren Sommerhäuschen beladen sehen. Aber hier ist auch heute kein Rauch zu sehen, nicht einmal Helikopter. Die Surfer sind inzwischen nur noch zu zweit, dafür ist eine Familie aufgetaucht und eine Clique Jugendlicher in hellbunten Outfits. Die Familie hat einen Hund bei sich, groß wie ein Kalb, Stirn eines Bären, ein Pelz, in dem er tags vergehen muss vor Hitze. Sie haben angefangen, Beachball zu spielen, eine Weile springt er aufgekratzt zwischen ihnen herum auf der Jagd nach dem Ball, fängt dann an, seiner Wege zu gehen. Anscheinend sind sie ohne Sorge, dass er weglaufen könnte.

Dämmerung setzt ein, fasrige Wolkenstreifen ziehen sich schräg über den Horizont, die Flut hat uns fast erreicht, einige der Bunker sind nicht mehr zu sehen. Wir haben die Zeit völlig vergessen und unseren Hunger, wir haben den Nachmittag mit Butterkeksen und Wasser zugebracht und nicht gemerkt, wie spät es wurde.

Die Jugendlichen haben ihre Boombox auf dem letzten Bunker vor den Dünen abgestellt, stecken Bierflaschen in den nassen Ufersand und schwärmen um das Monument wie Vögel um eine Klippe. Einzelne beginnen zu tanzen, sie federn in den Knien und heben die Arme, andere klettern auf den Beton. Das sind nicht die, die Noémie am Stadtstrand umstellten. Diese gehören nicht in den übervölkerten Badeort, sie tragen die neonfarbenen Armbänder des Resorts. Zufriedene Mittelschichtskinder, die noch immer mit ihren Eltern in den Urlaub fahren, obwohl sie schon fast volljährig sind. In ein paar Jahren werden Linn und Rinus bei einer Gruppe wie dieser stehen und darauf warten, einen Schluck aus der Wodkaflasche abzubekommen, einen Zug aus der Tüte. Rinus wird seinen dunklen Schopf über die Augen fallen lassen und einige Mädchen und Jungen sehr unglücklich machen. Er wird nach allem greifen, was man ihm hinhält, er wird in der Mitte dieser Gruppe stehen und doch nicht wissen, ob das sein Platz ist. Schon heute kann er die Leute um den Verstand bringen mit seiner Schönheit. Wahrscheinlich weiß er längst um die Wirkung seines Blicks. Nie ist ganz klar, ob er einen anschaut oder ganz woandershin. Wenn er dann noch lebt. Es gibt keinen Grund für solche Gedanken, ich habe sie nur.

»Hast du mit Linn geredet«, frage ich Eve, während sie Rinus beim Anziehen hilft, er stützt sich bei ihr ab und steigt in seine Hosen, immer noch taumelig wie ein Kleinkind, »glaubst du, dass mit Noémie alles in Ordnung ist?«

»Sie werden sich wieder einkriegen.«

Sie hätte mehr zu erzählen. Die beiden verbringen viel Zeit in ihrem Zimmer. Ich schaffe es, nicht bei der halboffenen Tür stehen zu bleiben und zu lauschen. Ich kann damit leben, nicht mehr Ansprechpartnerin zu sein. Ich werde damit leben müssen. Solange sie sich überhaupt jemandem anvertrauen.

»Mach dir nicht zu viele Gedanken«, sagt Eve. »Als Marina dreizehn war, wusste ich manchmal tagelang nicht, wo sie sich befindet.« Sie studiert die Choreographie der Clique auf ihrem Affenfelsen. Es ist leicht zu erkennen, wer das Zentrum bildet, wer in die Nähe des Zentrums darf. Wer am Rand herumflattert und sich bloß Mühe gibt, wer mit Unsichtbarkeit zu kämpfen hat. Die Königin ist nicht automatisch die Schönste, auch hier nicht. Breitbeinig lehnt sie am schwarzen Beton und wirft den Kopf in den Nacken, was sie den anderen zuruft, kann ich nicht verstehen.

Sie lassen eine Flasche kreisen, am Bunker lehnt Nachschub, die Bierflaschen am Ufer werden von der Rückströmung nach draußen gespült. Einer im bauchfreien Top läuft unter Beifall hinterher und kommt mit nasser Hose und leeren Händen wieder heraus. Sie freuen sich, dass etwas passiert. Ich will mir nicht vorstellen, wie Linn versucht, in solchen Zusammenkünften ihren Ort zu finden. Wie sie ansetzt und trinkt, bis niemand mehr lacht und alle nur noch schauen. Oder sich mit hochgezogenen Schultern abseits hält, durchsichtige Masse. Ich kann es mir nicht vorstellen. Sie ist ein Kind, das mit ihrer Freundin zusammen Vampirromane schreibt und illustriert, sie schreiben um die Wette, beim Malen stößt ihre Zunge in die Wange. Am glücklichsten sieht sie aus, wenn sie isst. Es stört sie nicht, dass sie immer dicker wird. Ich soll froh sein, meint Eve. Dass Linn gern schwere Steine umwälzt, um das Leben darunter zu studieren. Dass sie sich für Inhalte interessiert: Insekten, Wurmlöcher, Kryptozoologie. Eve weiß sehr gut, dass andere so etwas seltsam finden. Man kann es ja verstehen. Ich versuche, froh zu sein.

Der Hund spielt mit den kabbelnden Uferwellen, beißt nach Schaumblasen, versucht mit der Pfote nach ihnen zu fassen. Die Kinder krempeln ihre Hosenbeine hoch und folgen ihm. Die Erwachsenen umarmen einander wie nach einer langen Trennung. Sie sehen aus, als hätten sie schon Wochen hier zugebracht. Braun und sehnig, sonnentrockenes Haar. Die Kinder etwas älter als Linn, unbefangen und geschickt. Ein Junge und ein Mädchen in Ringelshirts. Alt genug, mit den anderen um den Bunker zu tanzen. Stattdessen fangen sie an, Hölzer für eine Partie Wikingerschach aufzustellen. Der Hund, wahrscheinlich noch jung, stiehlt die Klötze, schlägt Haken, lässt sie ins Wasser fallen, erkennbar angeregt vom Schimpfen seiner Menschen. Bellend bleibt er bei den Jugendlichen stehen, dann beginnt er, sie zu umkreisen. Sie lachen unsicher und fahren fort zu tanzen, behalten ihn aber im Auge. Er hat beschlossen, sie zu hüten. »Solche Tiere müssen wissen, wer der Chef ist«, meint Eve. »Sonst machen sie selbst den Job.«

»Er trägt nicht einmal ein Halsband«, sagt Rinus noch einmal.

»Er hat eines«, behaupte ich, »man sieht es nur nicht unter dem dicken Fell«, und ich ziehe ihn auf meinen Schoß, dabei schaut er Eve an, von ihr will er eine Bestätigung. Zusammen sehen wir zu, wie der Familienvater das Tier an die Leine nimmt, seinen Rücken klopft und mit den Jugendlichen ein paar Worte wechselt. Wenn man hier nicht sicher wäre, wären solche Leute nicht hier.

EVE

»Ich will nicht aufdringlich sein«, sagt Elena zu mir und schlingt die Arme um ihre Knie. Mir ist längst kalt, sie ist immer noch in ihrem Badeanzug und will etwas besprechen. Sie weiß nicht, wie sie mit Noémies Vater umgehen soll.

»Anrufen? Und wenn er nicht rangeht, eine PayPal-Adresse schicken und was du von ihm bekommst?«

»Ich weiß, dass er mich für eine anstrengende Glucke hält, die ständig alles übertreibt. Helikoptermütter mit Geld im Hintergrund sind die letzten Menschen, die man noch ohne schlechtes Gewissen schlechtmachen darf. Frauen, die wollen, dass ihre Kinder zu heilen Menschen heranwachsen in einer Welt wie dieser. Natürlich übertreibt man dann, auch jetzt übertreibe ich wieder. Die Gedankenkraft, die ich darauf verwende, eine Nachricht an ihn zu formulieren. Hallo! Guten Tag! Ich habe Ihrer Tochter für fast einen halben Tausender neue Kleider gekauft. Es hat natürlich überhaupt keine Eile, aber irgendwann hätten wir das Geld schon gern wieder. Auch geht es ihr nicht gut. Aber vielleicht wollen Sie das lieber gar nicht so genau wissen?«

»Wie kommst du darauf, dass es ihr nicht gut geht?«

»Hast du sie dir mal angeguckt?«

»Die ganze Zeit. Ein bisschen durcheinander ist sie vielleicht.«

Sie nickt halbwegs zufriedengestellt und erzählt weiter von diesem Vater. Gekleidet wie ein Immobilienmensch, Cellist von Beruf. »Jemand, in den ich mich mit geschlossenen Augen vielleicht verlieben würde.« Bis sie ihn sah, wie er Noémie von der Klinik abholte, das Personal dort behandelte »wie irgendwelche Bediensteten« und sein Kind eilig nach draußen dirigierte. »Er hat sie nicht mal umarmt. Er hatte Eiskaffee im Plastikbecher dabei, hat ihr einen Klaps auf die Schultern gegeben und sie in seinen Porsche geschoben.« Laut denkt sie darüber nach, wie sich in so einem Auto ein Cello transportieren lässt.

»Dass jemand auf der Bühne sein ganzes wundes Herz öffnen kann und dann im Leben seine spiegelnde Sonnenbrille nicht absetzt. Ich müsste es inzwischen wissen.«

Sie sieht zu mir herüber, sie wird ahnen, dass man das Problem nicht ganz versteht. »Entschuldige. Wahrscheinlich kann man mir gerade nicht gut folgen«, sie lacht verschämt.

»So kompliziert ist es nicht.«

»Ich stelle es mir schon kompliziert vor.«

»Was meinst du?«

»Alles hier. Mit uns hier zu sein. Bist du enttäuscht, Eve? Hast du es dir anders vorgestellt?«

»Um Gottes willen. Nein.«

ELENA

Nachdem er auf keine meiner Nachrichten geantwortet hat, nimmt er meinen Anruf sofort an. Seine Stimme klingt irritierend mild.

»Was kann ich für Sie tun? Hat Noémie etwas angestellt?« Beide lachen wir.

»Die Fluggesellschaft hat ihren Koffer verloren.«

»Ich weiß.«

Ihn um Geld bitten, das mir gehört. Ich komme mir lächerlich genug vor dabei. Als er endlich begreift, ist es ihm unangenehm. »Kathrein wird sich kümmern, ich schicke Ihnen die Nummer, kann ich sonst etwas für Sie tun?«

Sie haben da ein unsympathisches kleines Mädchen herangezogen. Auf meinem Display erscheint ein neuer Kontakt mitsamt Foto. Seine Freundin, die Mutter des Mädchens, seine rechte Hand? Kathrein. Natürlich heißen solche Leute nicht einfach Katrin.

Wir verabschieden uns, ich wähle die Nummer dieser Person. Fortan werde ich mich immer ein bisschen klein und lästig fühlen, wenn ich ein Cello höre.

Auch am nächsten Tag wollen die Mädchen nicht mit an den Strand. Eine Art Frieden scheint sich zwischen ihnen eingestellt zu haben, sie wissen, wie sehr sie einander brauchen. Sie sitzen beim Pool und sprechen miteinander, sie halten still, bis wir verschwunden sind. Wir suchen wieder unseren versteckten Strand auf, wieder bleiben wir bis zur Dämmerung. In einigen hundert Metern Abstand übt eine Gruppe Tai Chi.

Rinus' Elfenhaar im Wind, sein heiseres Schreien. Er kam zur Welt in einem einzigen Wehensturm, und seither ist er da, reizoffen, schnell und unbedingt, seither versuchen wir, Linn nicht zu vernachlässigen. Sie nicht dafür zu bestrafen, dass sie so ruhig ist. In diesem Sommer ist es zum ersten Mal umgekehrt. Ich denke über das Rätsel nach, das seine Schwester mir geworden ist. Kein Nachdenken, ein Hintergrundprozess, permanent da und Energie ziehend.

Meiner Tochter wächst ein Fell. Körperscham ist keines ihrer Probleme. Ich habe ihr sagen müssen, dass es an der Zeit ist, sich ein Deo zu besorgen, ich habe sie so vorsichtig es geht darauf aufmerksam machen müssen, dass ihre Hosen ihr nicht mehr gut passen. Wenn es ihr beim Sitzen unbequem wird, öffnet sie einfach den obersten Knopf, um es bequemer zu haben. Ich mache das selber, manchmal, und auch mir passiert es, dass ich vergesse, ihn wieder zu schließen. Bald wird sie mich gar nicht mehr ernst nehmen. Es ist gut, dass es Eve gibt. Ich weiß, dass sie sich schon einen Nachmittag lang mit Enthaarungscreme im Bad verzogen haben. Sie müssen wirklich geglaubt haben, ich würde nichts riechen, nicht den graugrünen Schaum im Abfluss bemerken. Seit ich zweimal im Jahr faste, ist meine Nase feiner geworden, ich kann es selbst nicht ändern. Diesmal störte es mich seltsam wenig, diesmal sagte etwas in mir, Fine with me. Das ganze Haus war erfüllt von dem bitteren Mandelduft. Gestern hat er uns wieder empfangen, diesmal war es Noémie, die ihr geholfen hat. Aber ich mache mir keine Gedanken, wen ich zur Rede stellen könnte. Ich bin froh über dieses kleine Manöver hinter meinem Rücken, ich lebe in der Hoffnung, es könnte das Problem zum Verschwinden gebracht haben, möglichst für immer.

Ich fange die Bälle, die Rinus mir hinwirft, ich sage ja und tue so, als ob ich zuhöre, während er mir ein neues Spiel erklärt, ein Rollenspiel mit wirrer Vorgeschichte, ich bin nicht bei der Sache, das merkt er längst und tut nur immer ausgelassener und strahlender, um mich zu sich zurückzuholen. »Aufpassen!«, schreit er, weil ich nicht achtgebe, sondern nach den Jugendlichen Ausschau halte, sie müssten längst hier sein. Der Ball trifft mich an der Schläfe, »Ich hab dir gesagt, du sollst aufpassen!«, ruft er und wirft sich in den Sand.

Beim Heimgehen machen wir keinen Bogen um die Clique. Ich sorge dafür, dass wir dicht genug an ihnen vorbeigehen, dass ihre Parfums und After Shaves uns über der Meeresluft in die Nase steigen, die Botschaften ihrer Drüsen.

Immer noch will ich die Straßenseite wechseln, wenn mir eine Gruppe entgegenkommt, eine Schulklasse, eine Clique wie diese. Immer rechne ich damit, gleich wird jemand von ihnen heraustreten und sich mir in den Weg stellen. Jetzt versucht nur Eve auszuweichen. Ich gehe mitten durch ihren Tanzbereich. Ein Junge streift mich mit seinem Blick, das Alphamädchen schafft ein Lächeln. Sie sind älter, als ich geglaubt habe, und nicht einmal unfreundlich. Sie nehmen uns gar nicht wahr. Zwei mittelalte Frauen und ein kleines Kind. Ich denke an die Praktikantin, der ich noch kurz vor den Ferien Kaffee und Zitronentörtchen kaufte, in der Vorstellung, wir würden zusammen Pause machen, einander etwas von uns erzählen, ich war bereit, sie unter meine Fittiche zu nehmen. Beides nahm sie lächelnd entgegen und mit in ihren Feierabend, nicht mal »Ich muss los« sagte sie dazu.

EVE

Die Mädchen gehen in meinem Zimmer ein und aus. Sie kommen herein, ohne anzuklopfen, setzen sich auf mein Bett, vor die Kommode mit dem Spiegel, sie nehmen alles in die Hand, was man in die Hand nehmen kann. »Sorry, es geht nicht anders, das hier ist der einzige gute Spiegel im ganzen Haus.« Noémie steckt mein Ladekabel in ihr Handy und macht ein paar Selfies auf meinem Bett, Linn geht mit dem Gesicht ganz nah an den Spiegel und versucht, ihren Mund mit pflaumenfarbenem Lipliner größer zu malen. Sie setzt die Wimpernzange an und betrachtet das Ergebnis, es ist kaum sichtbar. Sie greift nach dem himmelblauen Cremelidschatten und beginnt, ihn großflächig zu verteilen.

»Was lachst du«, fragt Noémie, »mach lieber ein Foto.« Und sie reicht mir ihr Telefon und beide posieren so lieb, dass niemand ihren etwas vorwerfen wollte, wenn sie ihre Fragen stellen.

»Stimmt es, dass du Karate kannst?«

»Stimmt es, dass dein Freund ein Stalker ist und im Gefängnis sitzt?«

»Stimmt es, dass du dir die Ohrlöcher selbst gestochen hast?«, vor ihrer Freundin tut Linn so, als würde sie mir solche Sachen nicht glauben.

»Als du vierzehn warst? Würdest du das bei mir auch machen?«

»Nie im Leben. Das musst du schon selbst tun.«

Sie sind auch in meinem Zimmer, wenn ich mit Elena und Rinus am Strand oder auf dem Markt bin. Sie geben sich keine Mühe, das zu verbergen. Wenn wir heimkommen, liegen zerknüllte Kleenex mit kohlfarbenen Flecken auf dem Fliesenboden, eine Nagellackflasche steht offen, der Pinsel klebt an der Weichholzkommode. Davon bekommt Elena vorerst nichts mit. Sie merkt nur den chemischen Geruch, läuft durch das ganze Haus, ohne erst ihre Tasche abzulegen, und reißt alle Fenster auf, auch das kaputte bei mir, das man vorsichtig anfassen muss, wenn man nicht den Knauf in der Hand haben will.

Noémie und Linn sitzen zusammen auf dem Bett und sehen ihr stumm nach, Finger gespreizt. Auf ihren Nägeln leuchtet mein Korallenrot, akkurat aufgetragen, Noémie beherrscht das. Es ist nicht der Lack, den sie bei mir offen stehen lassen haben und der jetzt die Kommode ruiniert hat, jener gehörte Noémie. Ein tiefes Purpur, die Farbe heißt Mrs. Always Right.

»Ihr habt etwas vergessen.« Ich halte ihr das offene Fläschchen hin. Noémie steht als Erste auf, nimmt mir den Lack aus der Hand, schraubt ihn sorgfältig zu und bedankt sich, ohne mich anzusehen, Linn will hinterher, ich fasse sie am Ärmel.

»Noch was? Eve?«

»Da ist ein Fleck auf der Kommode.«

»Und du meinst, das waren wir?«

Linn schaut zwischen uns hin und her. Diese Augen, denen nichts entgeht, auch wenn es aussieht, als bekäme sie gar nichts mit. Wie sie vor ein paar Jahren noch auf dem Spielplatz zugeguckt hat, wenn Rinus auf ein fremdes Kind zurannte und es ohne irgendeinen Anlass zu boxen begann.

Ich lief hin und zog ihn weg, sie schaute zu. Wie jemand, der Tiere beobachtet. Die Hände auf ihrem Bauch gefaltet, ihre Puppe im Tragetuch. Sie war zehn und für den Spielplatz schon zu groß, aber sie wollte nicht allein zu Hause bleiben. Noémie drückt das Kreuz durch und streckt die Brust nach vorn. Lange hält sie meinen Blick nicht aus, ohne zu lächeln.

ELENA

Ob sie einen Schlüssel haben kann. Zuerst verstehe ich die Frage gar nicht, dann erschrecke ich. Es gibt nur einen Schlüssel für das Haus, das weiß sie, wieso die Frage?

»Für mein Zimmer.«

»Hast du Angst, jemand hier stiehlt?«

»Darum geht es nicht.«

Eve hat ihr unbewegtes Gesicht aufgesetzt.

»Ich kann mich erkundigen, wenn du willst.«

»Das will ich.«

Ich verspreche, Ali danach zu fragen, sobald ich sie erreiche. Falls ich sie erreiche. Ich bin nicht sicher, ob sie mich blockiert hat. Unser letztes Gespräch war unersprießlich. Sie hob sofort ab, obwohl es bei ihr drei Uhr nachts war, erst in dem Moment ging mir das auf. Sie machte einen Spaziergang durch die Wüste und schien hellwach, die Übertragung ihrer Stimme glasklar. Wie ich mich freute, sie endlich zu hören. Auf dem Parkplatz von Leclerc, während ich zusah, wie zwei Möwen über den Mülltonnen kreisten. Eine hatte ein Stück Pizza gefunden, ein halbes Rad, die andere wollte es ihr abjagen, sie attackierte, es hatte etwas von einem Tanz. Ich wollte mit ihr über die Entwürfe sprechen und über die Gerüchte, die Eve von Ilyas erfahren hatte. So abwegig, dass sie wohl kaum ausgedacht sind. Da hat Eve schon recht.

»Es tut mir leid, Elena. Ich habe jetzt keinen Kopf für diese Dinge.« Und sie erzählte mir, wie sie gemeinsam mit dem Lieblingspfleger Nanas Bett in den Hospizgarten geschoben hatte, mit dem Infusionsständer, dem Katheter, dem Stoma, ein grüner Innenhof mit blühenden Kakteen, wie Nana in der Hitze sofort eingedöst und seitdem nicht wieder aufgewacht war.

»Sie hat keine Fingernägel mehr. Man versteht sie nicht, die Zunge ist schwer. Ich kann jetzt nichts zu deinen Fragen sagen, sprich das mit dem Büro ab.«

Sie wird auch für die Schlüsselfrage keinen Sinn haben. Türen abschließen war das Letzte, was uns damals eingefallen wäre.

Eve will ihre Tür abschließen, vor uns. Abends fasse ich mir ein Herz und frage sie, ob es ihr eigentlich gut geht. Zusammen sitzen wir an die Verandabrüstung gelehnt im Dunkeln und warten auf Kometen.

»Mir geht es gut, mir geht es sehr gut hier.«

»Ich meine: mit uns.«

»Warum die Frage?«

Weil du abends ausgehst und mich allein lässt, weil du deine Tür abschließen willst, weil ich nicht in dich hineinschauen kann. Sie steht auf und tastet nach einem Pfirsich aus der Schale auf dem Tisch

»Die Mädchen mögen dich.« Sie zuckt mit den Schultern und wendet die Frucht in ihrer Hand. Der Himmel weiß, was sie für Sorgen hat mit ihren verschiedenen Männern. Wenn ich mich nach ihrem Bekannten erkundige, erklärt sie kurz, »Er wird euch in Ruhe lassen«. Sie hat offenbar Mittel, ihn ein für alle Mal ruhigzustellen. Wenn ich nach ihrem Mann frage, erzählt sie, was er so macht. Kochen mit der Tochter, mit seinem Fernrohr die Sterne betrachten, Ukulele lernen mit Hilfe eines Buchs, Umschulung zum Fachinformatiker. Sie verstehen sich gut seit der Scheidung, sogar besser. Sie hat ihn beauftragt, während ihrer Reise regelmäßig nach Marina zu sehen. Ihre Tochter ist siebzehn. In Wirklichkeit geht es darum, mehr soziale Kontrolle in sein Leben zu bringen.

»Sie wissen das alle«, meint sie.

»Wenn es hilft?« Ich versuche mir dieses Mädchen vorzustellen. Natürlich kenne ich Bilder, aber sie setzen sich nicht zusammen. Drei Jahre älter als Linn, eine junge Erwachsene, so ausgelassen wie fleißig. Der Mann ist schwieriges Terrain. Er war inhaftiert, aber nicht lang, es war wohl insgesamt alles weniger dramatisch, als sie es mir zuerst dargestellt hat. Wir haben ihnen damals geholfen und eine Anwältin besorgt. Eine Telefonnummer habe ich ihr verraten, mehr nicht. Eine Freundin eines Freundes meines Mannes. Ich habe ihre Geschichte nicht für mich behalten. Ein klärendes Gespräch darüber wäre gut. Aber an klärenden Gesprächen hat sie kein Interesse.

EVE

Rinus ist fertig mit seinem Bild. Er hat den Walhai aus dem Gedächtnis gezeichnet, dazu die Angaben zu Größe und Verbreitung, zoologische Bezeichnung, durchschnittliche Lebenserwartung, Größe, Gewicht. Um die zwölf Tonnen, prüfen lässt sich das nicht. Dreitausendsechshundert Zähne in dreihundert Reihen. Dicke der Haut: Fünfzehn Zentimeter. Das Muster wie ausgedacht. Ein weißes Gitter auf bronzefarbenem Grund, in den Kästchen je ein Punkt. Zum Gesicht hin verkleinern die Punkte sich zu Sprenkeln.

»Muss er sich nicht tarnen?«

»Er ist der größte Fisch der Welt.«

Rinus kneift die Augen zusammen, schaut an mir vorbei, als ob er zielte, und zeigt noch einmal: von hier bis zum Gartentor – ungefähr dreißig Meter. »Mehr als die Hälfte davon, so lang ist der Walhai. Bis zu dem Busch dort. Die Schwanzflosse so hoch wie das Haus. Ungefähr.«

Die Tiere, die er zeichnet, sehen genauso erfunden aus wie die auf Noémies und Linns Bildern. Aber das braucht er nicht, Dinge und Wesen, die es nicht gibt. Die echte Welt ist verrückt genug für ihn. Er muss nur einmal das Plakat beim Fischhändler anschauen oder einen Clip im Kinderfernsehen und merkt sich alles. *Tiburón ballena, whale shark, requin baleine.* Er notiert die Namen in drei Sprachen in Blockbuchstaben unter der Zeichnung. »Es geht um Privatsphäre«, höre ich Elena sagen mit ihrer kräftigen Telefonstimme, hat sie nun doch Empfang hier? Das Haar klebt Rinus an den Schläfen, ich laufe ins Haus, um uns Wasser zu holen, und Elena verstummt.

»Speaking of Privatsphäre«, schnauft Noémie.

Zu dritt stehen sie vor dem Mädchenzimmer. Elena strafft ihr Kreuz und nickt mir zu, »Du unterbrichst uns nicht, Eve, gar kein Problem«, und zu den beiden gewandt: »Ihr habt eure. Lasst den anderen ihre.«

Ich drücke Eiswürfel in die Karaffe und will wieder auf die Veranda, aber Noémie ruft mich zurück.

»Sie hört eh zu, sie kann ruhig mitreden. Sagt dir das was?« Ich kann in dem schummrigen Flur nicht gleich erkennen, was sie in die Höhe hält, irgendein Schmuckstück. Es glänzt und sagt mir nicht das Geringste.

Aber mir wird übel, als hätte ich wirklich etwas falsch gemacht. So hat man mich erzogen. Es ist ein Ring, dunkles Gold mit Lapislazuli. Ihrer Großmutter soll er gehört haben. Alle erinnern sich an das Theater vor ein paar Tagen, als sie ihn vermisste. Es war nicht leicht, ihr klarzumachen, dass sie ihn beim Baden verloren haben musste. Niemand hier stiehlt.

»Und wo hast du ihn gefunden?«

Selbst Elena klingt jetzt offen genervt.

»Wo wohl.«

»Und was hast du in meinem Zimmer zu suchen gehabt?«

»Ibuprofen. Ich würde nicht ohne Grund in dein Zimmer laufen. Er war nicht zu übersehen!«

Und wenn ich ein Interesse hätte zu stehlen, glaubst du, ich würde ihn herumliegen lassen? Für wie dumm sie uns alle hält. Aber ich weiß genug, um zu schweigen. Elena sieht mich an und erwartet eine Erklärung, Hilfe, irgendetwas, dann wendet sie sich wieder Noémie zu, »Kann es nicht sein, du hast ihn selbst dort liegen lassen? Bei eurer – Maniküre?«

»Das wüsste ich.«

Elena lässt sich den Ring aushändigen und dreht ihn zwischen den Fingern. Kurz schaut sie auf und mir ins Gesicht wie einer, die sie nicht kennt. Ich ziehe mich zurück, bevor sie mit den Mädchen ins Zimmer verschwindet und die Tür schließt und es dahinter plötzlich laut wird. Jemand weint. Ich kann nicht hören, wer es ist.

»Soll ich fahren, willst du, dass ich fahre?«, frage ich sie beim Abwasch, nachdem sie den ganzen Abend lang meinem Blick ausgewichen ist.

Sie ist ernsthaft verwirrt.

»Fahren, wohin denn? Eve?« Sie zieht die Gummihandschuhe aus und streckt die Hand nach meinem Arm aus. »Was würden wir denn machen ohne dich? Wie kommst du denn auf solche Ideen?«

Wir haben den ganzen Abend über alles mögliche andere gesprochen, Glühwürmchen, die Sternschnuppen, für die man am besten bis drei Uhr nachts aufbleiben sollte. Koljas Bedenken wegen der Brände. Ob wir morgen zum Supermarkt fahren und Bodyboards für die Kinder kaufen sollten. »Für die, die das wollen.« Hier sah sie die Mädchen böse an. Sie sprang vom einen zum Nächsten. Die Sache mit dem Ring hatte sie wohl wirklich vergessen. Und mir ist es immer noch peinlich. Als wäre doch etwas dran an der Geschichte.

»Solange es gut läuft, läuft es gut«, eine von Dennis' Weisheiten. »Sobald nicht mehr, bist du die Erste, die schuld ist. Aber ich will nichts gesagt haben.« Dieser letzte Satz ist sein liebster.

ELENA

Die stehlende Bedienstete. Die Herrschaft mit ihren Verdächtigungen. Ein erbärmliches Klischee. Ich kann nicht glauben, dass Eve sich dafür hergibt. Doch Noémie ist zu schlau für eine so schlechte Intrige. Wie sie vor uns stand, wusste sie, dass sie durchschaut wird. »Für euch muss ich mir keine Mühe geben«, ist es das, was ihr durch den Kopf geht?

Soll ich mit ihrem Vater sprechen? Ich muss selbst lachen. »Hat sie etwas angestellt?«, würde er wieder fragen, er kennt sein Kind und hat andere Sorgen. Warum er sich nicht längst von sich aus gemeldet hat. Hört er nicht ähnliche Nachrichten wie mein Mann? Hat er nicht das Bedürfnis zu wissen, ob sein Kind in Sicherheit ist? Es stimmt nämlich, dass man es bei Südwestwind riechen kann. Ein gemütlicher Sommergeruch, als hätte jemand ein Lagerfeuer entzündet oder einen Grill angeworfen. Es ist schwer, das bedrohlich zu finden. Ich will Kolja sagen, dass Ilyas jeden Tag das Grundstück wässert, seine Tomaten, die Kräuter und den wilden Wein, dass er nicht alarmiert wirkt. Als wäre er ein Tier, an dessen Verhalten sich etwas ablesen lässt. Er hält Eve das Gartentor auf, schließt es hinter sich und hebt die Hand zum Gruß, bevor er zu ihr in den Wagen steigt, ich habe aufgehört, zu fragen, wohin. Er würde nicht so sorglos aufbrechen, wenn wirklich Gefahr herrschte. Es würde nicht getanzt in den Badeorten. Aber die Musik ist bis hierhin zu hören. Als sie verstummt ist und ich zum dritten Mal in den Garten trete, sehe ich einen Fuchs bei den Liegestühlen sitzen. Was wir in Fuchsgesichtern so alles lesen. Er wird krank sein, sonst nichts. Sollte er nicht das Wasser fürchten? Ich werde Ilyas bitten müssen, ihn zu beseitigen. Oder Eve, sie könnte das genauso gut. Oder warum nicht ich? Die Flinten hängen im Geräteschuppen, ich hätte Lust, eine vom Haken zu nehmen. Auf dem Rummel in Koljas Dorf habe ich ein Plüschwalross für ihn geschossen. Die Männer, die ihm als Schulkameraden das Leben zur Hölle gemacht hatten, standen um uns herum. Ich hatte es nie geübt.

Das Auto fehlt noch immer, als ich gegen zwei wieder aufwache und nachsehe. Der Wohnwagen bleibt still und dunkel, Eves Bett glattgezogen, das Zimmer aufgeräumt. Um vier bin ich bereit, vom Schlimmsten auszugehen. Wir würden ohne sie klarkommen. In einer Woche ist Kolja hier, wir werden einen Wagen mieten, Fahrräder leihen, es fahren Busse, es muss ein Bus fahren, habe ich nicht Haltestellenschilder gesehen? Fünf Kilometer zum Bahnhof, vier zum Supermarkt und sechs zum Strand, es lässt sich zu Fuß bewältigen. Zur Not bitten wir Ilyas. Warum überhaupt Not, ist mein Gedanke am Morgen, allein im See. Wieder schwimme ich ein paar Meter weiter hinaus. Es steht noch Nebel über dem Wasser. Je weiter ich mich vom Ufer entferne, desto geringer meine Angst.

Eve war immer der zuverlässigste Mensch in meinem ganzen Umfeld. Manchmal auch der vorhersehbarste. Dass genau so ein Vorfall ihre Grenze überschreitet und sie umstandslos Konsequenzen zieht: Das hätte ich mir denken können. Einzulenken wäre meine Aufgabe. Aber es war den ganzen Abend kein Durchdringen zu ihr.

Von weitem sehe ich die beiden über die Wiese laufen. Das Auto steht wieder an seinem Platz, Ilyas und Eve tragen die langen Hosen vom Abend zuvor, zu warme Sachen für die Morgensonne. Ilyas küsst Eve auf die Wangen und geht ab, bevor ich mich bemerkbar mache, sie verschwindet zum Metalltisch im schattigen Gartenteil, um erst einmal in Ruhe eine zu rauchen. Sie haben einfach nur eine lange Nacht gehabt, sie sieht müde aus in diesem Licht, die Stirnfalte etwas schärfer, ihr Haar leuchtet wie immer, ich frage, ob sie einen netten Abend hatten. Sie schaut mich an, wie sie es manchmal tut: Wie ein Rätsel. Sie zündet ihre Zigarette nicht an, sie lässt sie in der hohlen Hand wie vor einer Aufsichtsperson und wartet mit der Antwort. »Ja, es war nett«, nur auf dem Rückweg sind sie aufgehalten worden. Ein Rudel Wild kreuzte die Fahrbahn, aber für Rehe oder Hirsche kamen die Tiere ihr zu groß vor. Ilyas wusste von einem zerstörten Zoo, einer abgebrannten Reitanlage, in ihrer Panik hatten Tiere es bis hierher geschafft. Ein Pferd wäre ihr um ein Haar vor das Auto gelaufen, ein Rappe, kaum zu sehen in der Nacht, sie bremste im letzten Moment. Er stieg. Kurz sah es aus, als würde er in die Böschung stürzen. Im Rückspiegel sah sie, wie er stolperte, in den Vorderfüßen einknickte, sich fing. Er machte zwei Sätze zur Seite und kam unter einem Carport zum Stehen. Ob er verletzt war, konnte sie nicht sehen.

Eve würde sich solche Dinge nicht ausdenken. Sie erzählt mir, so klingt es, von einem Film.

In den Dünen verliert man sich leicht. Wir sind besser darin geworden, Markierungspunkte in der Landschaft zu finden. Bestimmte Bunker mit bestimmten Graffiti, der ausgebleichte Baumstamm beim Aufstieg zum Dünenkamm, das kaum noch lesbare rote Schild, das den Durchgang abseits der Wege verbietet. Ein gewundener Pfad durch unbebaute Gegend, durch Ginster und Sträucher zu unserem Loch im Zaun. Wir weisen uns gegenseitig auf Details hin und sehen immer mehr von ihnen, auch wenn neue hinzukommen, ein weiterer geborstener Baumstamm, ein verlorener Schuh am Wegrand, der Rinus über die Maßen beschäftigt, eine Plastiksandale in Kindergröße, sie muss jemandem gehören. Er geht erst mit uns mit, als ich ihm erlaube, sie mitzunehmen, und verspreche, Zettel aufzuhängen, damit die Besitzerin sie finden kann.

Ich bin abgelenkt, aber ich war den ganzen Tag schon unkonzentriert, und in Wahrheit habe ich selbst keine Lust, in unser klimatisiertes Auto zu steigen und zum Haus zurückzufahren. Es ist wie nach dem Fliegen den Boden wieder berühren. Wenn ich die Augen schließe, sehe ich das Rollen der Wellen vor mir. Die Trampelpfade sehen überall gleich aus, ungleichmäßig über die sandigen Hügel verteilte Kiefern, der Boden bedeckt mit rostfarbenen Nadeln. Ich weiß, dass Eve recht hat und wir hier falsch sind, schon bevor wir uns dem Zaun eines Gebäudes nähern, das ich noch nie gesehen habe. Zypressen auf verstepptem Rasen, eingeklappte Plastikstühle auf der Veranda. Kein Weg zur Straße. Ich will nicht umkehren. Mein Starrsinn: Lieber an einem Irrweg festhalten, als zurücklaufen und von vorn anfangen. Wir hören hinter uns das Meer, wir müssten längst bei unserer Parkbucht sein. Eve versucht, uns zu orten.

Früher haben wir oft am Strand übernachtet, damals brauchte man Schlafsäcke, jetzt wäre es vermutlich auch ohne warm genug. Sorge habe ich nur wegen Rinus, noch plappert er selbstvergessen vor sich hin, aber er muss um diese Zeit längst hungrig und müde sein, jeden Moment kann ihm das aufgehen und die Stimmung kippen. Er läuft vor zu Eve, ohne sich nach mir umzusehen, nimmt ihre Hand und erzählt ohne Unterlass, es geht um Kinder, die noch nicht geboren sind, gestorben, bevor sie geboren sind, »man muss sterben, um geboren zu werden!«.

Woher hat er das. »Echt jetzt?«, höre ich Eve ein paar Mal ausrufen, sie ist mit Sicherheit längst ausgestiegen, aber heute merkt er das nicht, ihre Masche scheint zu funktionieren, sein Reden wird nur noch überschießender. Ich habe nichts außer diesen Kindern, durchfährt es mich, nichts, was ich außer ihnen vorweisen könnte, wenn jemand kommt und fragt, was hast du eigentlich mit deinem Leben gemacht.

Rinus ist der Erste, der den Hund sieht, sein Reden unterbricht und stehen bleibt. Eve nimmt ihn an den Schultern, wie um ihn am Weitergehen zu hindern. Mehrere Schritte hinter ihm sehe ich, wie er die Luft anhält.

Der Hund steht etwas abseits des Wegs, auf der Kuppe der nächsten Düne ist er aufgetaucht, lautlos, weißes Fell mit durchscheinenden Spitzen. Ich erkenne sofort das Tier der Familie mit dem Wikingerschach. Sie werden nicht weit sein. Ich will die anderen beruhigen, er wird nichts tun, den kennen wir doch, den durften wir doch gestern erst streicheln. Aber es ist zu still plötzlich, um die Stimme zu erheben. Und etwas gefällt auch mir nicht an der Art, wie das Tier uns anschaut und Witterung aufnimmt. Still und aufmerksam. Ohne mit dem Schwanz zu wedeln. Von der Familie ist nichts zu sehen. »Nicht anschauen«, sagt Eve, »weitergehen und nicht hinschauen«, sie hält Rinus weiter mit beiden Händen an den Schultern und schlägt einen Weg schräg weg vom Hund ein. Pfade sind jetzt keine mehr zu erkennen, wir müssen uns wieder dem Meer genähert haben und sind schon fast beim niedrigeren Strandgestäuch. Eve geht geradeaus oder zumindest sieht es für mich so aus, der Hund folgt uns, schließt auf und trabt gemächlich neben uns her, in einigen Metern Abstand, als gehörte er zu uns. »Er guckt mich an!«, meint Rinus und lacht, während Eve steif ihre Schritte setzt. Wir dürfen nicht hektisch wirken. Vielleicht hat die Familie hier in der Nähe ihr Ferienhaus und er betrachtet den ganzen Wald als sein Territorium. Gleichzeitig hat er nichts Bedrohliches an sich, seine Masse lässt ihn eher tapsig wirken, auf eine liebenswerte Art geschäftig, als er uns im Bogen überholt, eine Weile führt, dann wieder hinter uns zurückfällt. Er beginnt, uns immer enger zu umkreisen. Wir versuchen, ihm auszuweichen und dabei so zu tun, als ignorierten wir ihn. Er schafft es, uns in eine ganz bestimmte Richtung zu lenken. Eve wird das später abstreiten. Aber ich weiß, dass er uns geleitet hat.

EVE

Der Hund hat sich uns ausgesucht, sagt die ganze Familie. Was die Leute denken, wenn ein Tier sich aus seinem Wurf löst und auf sie zugelaufen kommt. Sie halten es für spontane Zuneigung und fühlen sich geschmeichelt. Sie fühlen sich geliebt. In Wahrheit sind es schlicht die dominanten Tiere, die als Erstes Kontakt suchen. Beziehungsweise ihr Revier verteidigen wollen, die Hackordnung aushandeln. Er hielt Abstand, als wir ins Auto stiegen, verschwand aber nicht. Sein Pelz verrät gute Nahrung. Ihr Pelz. Es ist eine Hündin, ich habe gesehen, wie sie sich zum Pinkeln hinhockte. Sie folgte dem Auto, Rinus schrie, ich solle nicht so schnell fahren, ich gab Gas. »Langsamer«, brüllte er. Elena hielt ihn fest. Wenn wir nur zu dritt sind, setzt sie sich nach hinten, auf den Kinderplatz statt zu mir, sie will ihn nicht allein lassen in solchen Momenten, schafft es aber auch nicht, ihn zu beruhigen. Die gerade Schneise durch den Kiefernwald. Auch auf solchen Strecken passieren Unfälle, die Aufmerksamkeit lässt nach. Ich sah im Rückspiegel, wie das Tier uns folgte, ein kleiner werdender weißer Fleck.

»Er kann sich aus einem brennenden Haus gerettet haben, und seine Leute wissen es nicht und halten ihn für tot«, sagte Elena. »Er kann sterben. Wenn er bei dieser Hitze so rennt und kein Wasser findet, wird er das nicht überleben.«

Sachen, die sie normalerweise vor ihren Kindern nicht sagt.

»Er wird überleben.«

Sie antwortete nicht, sie kraulte Rinus und schaute dabei zum Fenster hinaus. Sie massierte einen bestimmten Punkt unter seinem Ohr, wie sie es in ihren Reiki-Seminaren gelernt hat. Die Ausbildung hat sie abgebrochen, nachdem sie das Haus gekauft hatten. Vor kurzem erst habe ich das erfahren, als ich ihr erklärte, dass ich nicht einen knappen Monat umsonst arbeiten kann. Am Telefon, sie war in ihrem Büro und klang wirklich sehr geschäftsmäßig, wie sie mir ihre eigene finanzielle Situation darlegte. Am Ende wurde sie wieder warm. »Wir freuen uns, dass du mitkommst.« Und ich spürte, dass sie mich gernhatte.

ELENA

Am nächsten Tag sitzt der Hund beim Tor und lächelt wie ein Löwe. Rinus bemerkt ihn sofort, wie er da auftaucht und uns beim Frühstücken zuschaut, aus einem höflichen Abstand. Ins Grundstück ist er schon gelangt, über die Mauer oder durch eine Sandkuhle unter dem Tor. Er wartet darauf, nähergebeten zu werden. Er bewacht uns. Ein leichter Wind streicht durch sein Fell, er kommt von Norden, ich bin gut darin geworden, das zu bestimmen, ich mache das beim Aufwachen schon automatisch. Seit Tagen hat er sich nicht gedreht. Wenn er es täte, wären die Brände sehr schnell hier. Linn hat gestern ausgerechnet, wie schnell. Sie hat Überlegungen angestellt, ob der Bach hinter der Pferdekoppel uns retten kann, und selbst befunden, »Es ist nur noch ein Rinnsal. Wenn der Wind dreht, wird die ganze Gegend evakuiert«, wusste sie, erfahren im Schauen von Katastrophenfilmen, die Stimme verhalten wie immer, wenn sie von einer Sache wirklich begeistert ist.

Die Letzten sein: Es fühlt sich ruchlos an, und gut. Wie wenn ein Arzt sagt, man müsse diese Stelle beobachten, und ein paar Tage lang herrschen Wachsamkeit und Panik, bis anderes wieder in den Vordergrund tritt. Hier ist die Lage unbedenklich, in den betroffenen Gebieten immer besser unter Kontrolle. Bis eben habe ich noch gedacht, trotzdem sollten wir zum Supermarkt fahren, einen größeren Einkauf machen, solange das noch problemlos geht. Ich habe mitbekommen, dass Eve darauf achtet, den Tank voll zu halten. Manchmal macht sie sich lustig über ihren Freund oder Exfreund, wer weiß das schon so genau, ein Prepper jedenfalls scheint er zu sein, seine Tipps und Tricks zitiert sie mit Spott, aber nicht ohne jeden Respekt.

Der Hund sitzt ruhig. Er will überhaupt nichts von uns. Er beobachtet uns nur.

»Dürfen wir ihn behalten«, fragt Rinus angstvoll. Linn verdreht die Augen und kratzt an einem Mückenstich. Als Kleinkind brach sie in Weinen aus, wenn sie einen Hund nur von weitem sah. Es wäre gut für sie, ein Tier zu versorgen, oft reden wir darüber, Kolja ist dagegen. Sie sollte wieder zum Sport, meint er, sie sollte unter Menschen. »Sie braucht nicht noch ein Tier«, sagte er einmal. »Wieso noch eines?« Er konnte die Fehlleistung nicht erklären.

Linn schaut ihren Bruder an, reglose Neugierde, der gleiche Ausdruck wie kurz nach seiner Geburt, als sie sich so gern mit seinen Händchen beschäftigte. Sie befühlte sie wie etwas Kostbares, hielt sie mit der Linken fest, streichelte mit der Rechten und biss sich auf die Unterlippe, um ihre Zähnchen nicht in seine Haut zu jagen.

»Dürfen Hunde überhaupt ins Haus«, fragt Noémie und nimmt kleine Schlucke von ihrer Mandelmilch. Sie will nicht trinken ohne Strohhalm. Ich kann sie nicht anschauen, ohne mich zu fragen, was das für ein Laden ist, der ihr Gesicht gemacht hat. Wer bedient ein Kind, wenn es Geld auf den Tisch legt und sagt, ich möchte bitte ein paar Hyaluronspritzen für meine Lippen?

Noémie rückt ihren Stuhl weg von Rinus, der jetzt doch unruhig wird, er will dem Hund etwas geben, wenigstens eine Schüssel Wasser, er wartet auf mein erlösendes Stichwort und läuft los. Mit einem übervollen Stahlkochtopf kommt er herausgerannt, die Mädchen rümpfen die Nase. Ich will noch rufen, dass er langsam machen soll, da richtet der Hund sich auf und spitzt die Ohren. Klappohren, aber man sieht die Spannung am Ansatz. Sofort hält Rinus inne, bleibt abrupt stehen und schwankt leicht. Er hält den Topf fest in einem Arm und stützt sich auf die Skulptur des Mädchens mit dem Vogelkopf. Der Hund verharrt abwartend und ein bisschen spöttisch.

»Sieht nicht aus, als ob er durstig ist«, murmelt Linn und folgt ihrem Bruder, nimmt ihm den Topf ab und stellt ihn zu Boden. Sie geht in die Hocke und zieht Rinus zu sich herunter, streckt ihren Handrücken nach vorn und lässt das Tier kommen. Sein Schädel so breit wie der eines Kindes; er reicht Rinus beinah bis an die Schulter. Linn in der Hocke ist kleiner als er. Er schnuppert an ihrer ausgestreckten Hand und regt sich nicht, während sie ihn unter den Ohren zu kraulen anfängt.

Eve bleibt angespannt. Es fällt nicht ab von ihr, auch später nicht, als der Hund mit Linn und Rinus um das Schwimmbecken tollt und noch später friedlich in einer Ecke des Wohnzimmers liegt. Sie haben ihn mit Möhren gefüttert, er hat sie gefressen, aber nicht mit der Gier von jemandem, der lange nichts mehr bekommen hat. Ich sollte ihn nicht vermenschlichen, das weiß ich. Aber ich habe kein anderes Wort als: ausgesuchte Höflichkeit. Gerade das gefällt Eve nicht. Ich finde nicht heraus, was ihr Problem ist, Angst vor einer plötzlichen Verhaltensänderung oder ein schlechtes Gefühl, weil solche Manieren auf ein gutes Zuhause hindeuten, auf Menschen, die ihn wahrscheinlich vermissen. Wir sollten schauen, dass wir die Besitzer finden, sagt sie, wir sollten ihn zur Polizei bringen oder ins Tierheim, sie ist dagegen, zum Supermarkt zu fahren und Futter zu kaufen. Futter und am besten auch eine Decke, zwei Näpfe, eine Leine und ein Geschirr, damit er sich gut führen lässt. Rinus liebste Geschichten handeln von Kindern, die sich mit einem gefundenen Tier anfreunden und es behalten dürfen. Alle drei lieben wir diese Geschichten, meine Kinder und ich. Eve ist die Erwachsene und spricht aus, wie es ist: »Sie sollten sich gar nicht erst an ihn gewöhnen.«

EVE

Man muss vorsichtig sein mit Tieren, die man nicht kennt. Normalerweise würde Elena das genauso sehen. Man streichelt nicht einfach ein Pferd auf einer fremden Weide und auch nicht einen hergelaufenen Hund. Ich weiß noch, was sie für Ängste hatte, als die Kinder eine Krähe in ihrem Garten fanden, daheim. Das Tier war am Verenden, sie fürchtete sich vor Keimen.

Tiere können nicht lügen, heißt es. Sie können lernen, was von ihnen gewünscht wird, und sich entsprechend verhalten. Auch wenn das gegen ihre Triebe geht. Warum sollten sie nicht auch das Lügen lernen, habe ich am Abend zu Elena gesagt. Sie stellen ihr Futter und Wasser hin, sie haben tatsächlich zwei Näpfe aus Edelstahl besorgt und einen halben Zentner Biotrockenfutter. »Wenn du sie wirklich durchfüttern willst«, habe ich zu Elena im Supermarkt gesagt, »dann brauchst du einen Vorrat.« Falls sie erschrak, ließ sie es sich nicht anmerken. Sie nahm das Kilosäckchen, das sie erst ausgesucht hatte, aus dem Wagen und hievte die Großpackung hinein. Natürlich bekommen die Kinder Streit, wer es ihr hinstellen darf. Draußen am Terrassenrand. Sie sonnt sich nah am Haus, so dass sie den Weg von der Verandatreppe verstellt, oder sie patrouilliert am Zaun entlang und bellt die Arbeiter an, wenn sie sich doch einmal an dem Rohbau auf dem Nachbargrundstück zeigen. Sie verbellte auch Ilyas, bis er ihr unmissverständlich drohte. Er hat das Loch zugeschüttet, das sie sich unter dem Tor gegraben hat. Sie kommt und geht trotzdem, findet Löcher in den Hecken oder springt über den Zaun. Ihr Pelz bleibt dicht und sauber. Als es mittags zu heiß wurde, suchte sie Schutz im Haus, räkelte sich auf den Fliesen im großen Wohnraum und ließ sich von jedem den Bauch kraulen, der vorbeikam, wenig später verschwand sie für Stunden und war erst abends wieder da, pünktlich zur Fütterung.

Ich muss an die barfüßigen Hippies denken, die auf dem Markt ihren Schmuck verkaufen. Kinder aus gutem Hause, als Landstreicher verkleidet. »Sie nehmen niemandem etwas weg«, sagt Elena. Eins der Mädchen ist mir hinterhergelaufen, entschlossen, mir etwas aufzuschwatzen. Ein liebes rundes Gesicht, die Augen und Lippen ein bisschen zu groß. Sie roch nach Kokosöl und hatte ganz zarte Haut an den Füßen. Ich habe nicht verstanden, was sie redete, eine Mischung aus Französisch und schlechtem Englisch. Eben noch hatten die Mädchen ihre Ohrringe angeschaut, vergoldeter Draht und bunte Federn, sie hat sie Linn neben das Gesicht gehalten und sie in den Spiegel schauen lassen. Elena griff nach Rinus und rief nach Linn, zog sie an sich und erklärte, warum sie ihr jetzt nichts kaufen und ihr ein für alle Mal nicht erlauben würde, sich die Ohrläppchen durchstoßen zu lassen. Die beiden führen die Diskussion seit langem. »Was würde passieren, wenn du es einfach machst?«, habe ich Linn später gefragt. Sie konnte sich keine Antwort vorstellen.

Linn machte steife kleine Schritte, um sich anzupassen, neigte ihren Oberkörper leicht zu ihr hin. Als wäre sie schon erwachsen und stützte ihre gebrechliche Mutter. Ich wollte mich heraushalten und hielt Abstand, da verfiel dieses Mädchen auf mich, zeigte mir ihren Schmuck und wollte aus meiner Hand lesen. Ich versuchte sie zu ignorieren und ging weiter, sie lief neben mir her. Auf eine echte Wahrsagerin hätte ich mich vielleicht eingelassen. Diese habe ich weggestoßen, als sie nach meinem Arm langte. Sie stolperte und verfluchte mich. Später fand Linn ein Paar goldene Kreolen im Straßenstaub und wischte sie mit dem Hemdschoß ab.

»Das kannst du mir nicht verbieten«, sagte sie zu Elena. Dabei hatte die gar nichts gesagt. Es sind schöne Ohrringe, aus billigem Material, aber geschickt geformt, von jemandem mit Übung.

ELENA

Dicht und flauschig steht das Fell um ihren Leib. Selbst darunter sind ihre Muskeln zu ahnen, die stabilen Knochen. Menschen haben sie mit guten Ölen gefüttert und täglich gebürstet. Das ist keine Streunerin und kein Hütehund. Welche Herden gäbe es hier zu hüten? Ich weiß schon, dass etwas hier nicht ganz in Ordnung ist. Natürlich gehört sie irgendwohin. Ilyas meint, sie könnte aus den evakuierten Gebieten bis hierhergelaufen sein. Es sind fast hundert Kilometer. Ein paar Tagesmärsche, für so ein Tier aber nicht unmöglich. Unmöglich wird es für sie sein, ihre Leute wiederzufinden. Ein Hund hat das Hirn eines Wolfes im Welpenstadium, sagt Eve. Der Wolf weiß, was er tut, er hat Ziele, der Hund weiß vielleicht, was er tut, aber selten so genau, warum er es tut. Dennoch: Ohne Grund läuft kein Tier weg von seinen Leuten.

»Für den Moment ist sie bei uns am besten aufgehoben«, meine ich, und niemand hat Einwände. Wir nennen sie Milva. Ich sehe sie am Tor stehen, als ich mich auf die Veranda setze und den Mond suche. Am Ende des Grundstücks liegt sie und scheint zu schlafen. Aber wenn ich mich rege, stellt sie die Ohren auf. Sie lässt niemanden zu uns hinein. Sie wird mich vielleicht auch nicht ohne weiteres hinauslassen. Wie es aussieht, hält sie sich für unseren Leithund, meint zumindest Eve.

Sie hat sie fotografiert und die Bilder in sozialen Netzen geteilt, sie war auch vorher schon aktives Mitglied in Gruppen von Urlaubern, die einander Links zu Wetterberichten und Feuerwehrmeldungen schicken, einander bestärken zu bleiben oder darin, abzufahren.

In den evakuierten Gegenden ist niemand gestorben. Menschen mussten ihre Häuser verlassen oder konnten nach einer Fahrt zum Einkaufen nicht zurück, um wenigstens ihr Haustier zu retten und die wichtigsten Sachen zusammenzusuchen. Derartiges erfährt Eve in diesen Chats, unüberprüfbar, was davon aus erster Hand stammt, wer dort nur erzählt, was er von Freunden von Freunden gehört hat, welche eine Geschichte tausendfach geteilt wird.

Sie erhält reichlich Reaktionen. Weinende Gesichter und gebrochene Herzen. Keine hilfreichen Antworten. Sowieso glaubt sie nicht, dass der Hund aus der evakuierten Zone stammt. Kein gewöhnliches Haustier, so weit sind wir uns einig, Eve und ich. Ich halte sie für eine Botin. Wir wollen sie behalten. Wir müssen sogar, denke ich, wenn ich Linn mit ihr durch den Wald ziehen sehe, zum See und zurück, bis weit in die ehemaligen Sümpfe. Im Unterschied zu dieser Familie am Strand *brauchen* wir Milva. Linn streckt sich. Statt mit Noémie am trüben Pool zu liegen, erkundete sie heute mit ihrer neuen Gefährtin zum ersten Mal die Gegend. An ihren Ohren baumelten die gefundenen Kreolen, um den Hals trug sie eine Kette aus bunten Steinen.

EVE

Sie nennen sie Milva. Als wir gestern vom Einkaufen kamen, hatte sie sich neben dem Gartentor aufgebaut und gab den Wachhund. Bellend stand sie da und machte bloß gnadenhalber Platz. Mit den Kindern spielt sie wie ein Kätzchen. Allein lassen würde ich sie trotzdem nicht mit ihr.

»Lieber allein mit einem Hund als ganz allein. Oder?«, fragt Elena und schaut mich an. Einmal wird jemand im Dunkeln in eins der Löcher treten, die sie im Garten gegraben hat. Man kann sich ein Bein brechen auf die Art. Bis jetzt sind nur Keramiken zu Bruch gegangen. Das scheint Elena wirklich nicht zu sehen.

Wir besprechen nicht, was weiter mit ihr passieren soll. Ich hoffe, dass sich das Problem vor dem Ende unserer Zeit hier in Luft auflöst, und Elena hofft das mit Sicherheit auch. Sie hofft das von all ihren Schwierigkeiten, und meistens kommt sie damit ganz gut durch.

Ilyas hat Milva mit den Vorderpfoten auf der Küchenanrichte erwischt. Kaputte Marmeladengläser, ausgeschleckte Joghurtbecher lagen am Boden, zerbrochenes Geschirr. Sie war unverletzt und auf der Suche nach mehr Resten. Er hat sie vom Sofa verscheucht und die kaputte Vogelfrau gekittet, die sie mit dem Schwanz vom Sideboard gewischt hatte. Er zeigt uns sein Werk, er muss Stunden zugebracht haben. Man muss genau hinsehen, um die Bruchlinien noch zu erkennen. Er hätte nicht so sorgfältig aufräumen dürfen, dann würde man ihm die Verwüstung eher glauben.

»Man sollte sie nicht allein am Haus lassen«, versuche ich es noch einmal.

»Sie ist nicht allein. Die Mädels sind immer daheim. Mädels!«, ruft sie die beiden und erinnert sie freundlich, ihr Frühstück hinter sich aufzuräumen, die Zimmertüren zu schließen, den Hund zu verjagen, wenn er das nächste Mal auf ein ungemachtes Bett springen will: »Auf dich, Linn, hört sie.«

ELENA

Ilyas hat angefangen, mit uns zu essen. Die Kinder haben ihn mitgebracht wie einen neuen Spielkameraden, gemeinsam sind Linn und Rinus mit ihm aus dem Garten gekommen und hielten mir ein abgebrochenes Stück Wabe hin: Honig seiner roten Bienen. Tiefdunkel tropfte es von Rinus' Fingern, wirklich fast rot, er leckte seine Hand. Linn fing die Tropfen auf, damit sein Hemd nicht noch mehr Flecken bekam, und unterhielt sich mit Ilyas. Angeregt plaudernd kam sie die Verandatreppen hinauf, er blieb unten stehen, sie fragte, »er kann doch mit uns essen?«

»Natürlich«, meinte Eve, bevor ich überhaupt antworten konnte, und stellte ihm einen Teller hin, sie war mit Kochen an der Reihe gewesen und hatte einen ihrer Aufläufe gemacht, eine dunkelgoldene Kruste, schmelzende dünne Kartoffeln. Alle würden satt werden. Ich will niemand sein, die in solchen Momenten geizt. Ich will überhaupt gern jemand ganz anderes sein. Ich will an einer reichen Tafel sitzen und mich an denen freuen, die mit mir sind.

Er hat einen Korb voller Gaben dabei. Eine Schachtel Canelés zum Nachtisch für alle, ich weiß, was diese Küchlein kosten, und sage ein paar Mal, »Das können wir nicht annehmen«, er besteht darauf. Büschelweise frische Minze aus seinem Garten für das Wasser der Kinder, für uns eine Flasche kalten Rosé. Auberginenpaste und gefüllte Weinblätter, selbst gemacht?

»Nein. Ein Freund stellt sie her.« Aber niemals würde er eine dieser Dosen kaufen. Ich nehme, was er mir hinhält, wir alle probieren und werden still und zufrieden. Er lobt Linns Schmuck, sie streicht ihr Haar zurecht und glüht; auftrumpfender Blick in meine Richtung.

Man kann sich, wenn er einmal ein bisschen aufgetaut ist, über alles Mögliche unterhalten mit ihm. Er weiß Konversation zu treiben und ist auf dem Laufenden, was Nana angeht und über die Lage der Welt. Eve und er berühren einander oft und nebenher, eher sportlich als romantisch, als wären sie seit Jahren befreundet. Sie bewegen sich wie Geschwister und scherzen wie Kollegen, und das sind sie auf eine Art schließlich auch. Er isst einen Teller, trinkt ein Glas Wein und bleibt mir gegenüber seltsam zurückhaltend. Ich merke das erst richtig, als wir zu zweit den Tisch abräumen, Eve hat sich schon verabschiedet, zum Training, zum Tanzen, wohin auch immer, vielleicht fährt sie auch einfach mit dem Auto durch die Gegend.

»Und du«, frage ich ihn, »willst du nicht mit?«

Er trägt einen Stapel Teller vor mir in die Küche, hält mir den Vorhang auf und erklärt, »Sie geht zum Sport, das ist nichts für mich.« Er ist wirklich verliebt und will sich nicht aufdrängen. Diese Sorgsamkeit in seinem Blick. Ein anständiger Melancholiker mit Bienenzucht. Wie kommt sie darauf, er interessiere sich nicht für Frauen?

Während ich Rinus eine Geschichte erzähle, räumt Ilyas die Küche auf, er war nicht davon abzubringen. Ich höre das Geklapper vom Abwasch, das Quietschen der Schranktüren, er trocknet das Geschirr ab, was wir nie tun. Durchs Fenster sehe ich ihn Mülltüten nach draußen tragen, wohin? Die Mülltonnen sind hinter dem Kreisverkehr auf dem Weg zum Strand, läuft er dahin? Aber er kehrt schnell zurück, ein weißer Schatten folgt dicht hinter ihm und weicht unvermittelt zurück. Er muss nach ihr getreten haben, überraschend wäre es nicht. Wo er herkommt, hält man nicht viel von Hunden, noch weniger von Hündinnen, noch weniger von Frauen, die Hündinnen verhätscheln.

»Mama. Dürfen wir morgen wieder zu Ilyas und seinen Bienen?«, unterbricht Rinus mein Märchen, um sich wenig später zu beschweren: »Du bist nicht bei der Sache.«

»Na, aber du!«

»Ich merke doch, dass du den Faden verlierst. Sing mir was vor. Das Lied vom Nebel. Bitte.«

»Welcher Nebel?«

»Der Mond«, er wird schon unruhig, hält aber noch an sich, »du weißt, welches ich meine«, er sagt die ganze erste Strophe auf, er würde weitermachen, wenn ich ihn nicht unterbräche. Jeden Abend hat Kolja ihm dieses Lied vorgesungen, bis Rinus es vom einen Tag auf den anderen nicht mehr hören wollte. Aber natürlich hat er es nicht vergessen.

Draußen auf der Veranda quietscht die Hollywoodschaukel wie bewegt von einem Wind, aber es geht keiner. Ein Paar Herrensandalen steht neben der Schaukel. Ilyas streckt seinen Kopf heraus und klopft auf den freien Platz neben sich. Wir beide müssen lachen über meinen ersten Schrecken. Er wird nicht gehen. Ebenso gut können wir uns unterhalten. Ich will ihn bitten, unseren Hund nicht mehr zu treten, aber während ich noch Mut sammle, redet er schon.

»Du hast das Mondlied gesungen.«

»Du hast uns gehört?«

»Man hört alles. Aber mach dir keine Gedanken. Du hast eine schöne Stimme. *So sind wohl manche Sachen, die wir getrost belachen, weil unsre Augen sie nicht sehn*«, rezitiert er,

Blick in den schwarzen Garten: Der Mond ist heute tatsächlich nicht zu sehen. Der Fuchs, der mich nachts so zuverlässig weckt, nicht zu hören. Ilyas zeigt mir den Glühwürmchenschwarm beim Rosmarinstrauch. Ich muss mich anstrengen, die Insekten zu erkennen.

Wir sind allein miteinander. Er schenkt mir nach und kündigt für später den Perseidenschauer an, »falls du wach bist, um drei ist die beste Zeit.«

Einen guten sauren Wein hat er da mitgebracht oder auch aus dem Keller geholt?

Ich erinnere mich an die Sommer, in denen wir unter uns waren, und fange an, davon zu erzählen, es war jemand dabei, der die Glühwürmchen für eine Halluzination hielt und in ernsthafte Angstzustände geriet. Wir anderen wanderten an den Strand, um die Perseiden von dort zu betrachten, leicht enttäuscht, denn so, wie Nana von ihnen erzählt hatte, »Ein Sturzbach am Himmel!«, waren sie nicht ausgefallen, 2002. Und natürlich verliefen wir uns auf dem Rückweg.

Ich erinnere mich an die Gymnastiklehrerin aus dem Städtchen, die damals eine Art Hausmeisterin war und gelegentlich mit dem Fahrrad angefahren kam, um nach dem Rechten zu sehen oder zu helfen, wenn es ein Problem mit dem Abfluss gab. Sie war für die Wintermonate zuständig, um den Garten kümmerte Nana sich selbst.

Ich frage Ilyas, ob er Véro noch gekannt hat. Geschichten von früher sind für ihn nicht interessanter als meine Träume, das ist mir bewusst, und ihm muss bewusst sein, wie ich hier versuche, ein Hausrecht zu behaupten. Ich bin schon hier gewesen, als man noch Geld wechseln musste, ich habe auch noch andere Leute außer Ali in Nanas Schlafzimmer ein und aus gehen sehen. Eine einsame Frau über fünfzig, aber eine, die zu leben weiß. Gespielen hat sie sich noch immer leisten können. Und seit wann ist er Nanas *Assistent?* Wofür bezahlt sie ihn genau?

Er antwortet unbeeindruckt. Nana kam in seine Osteopathiesprechstunde und besuchte seine Qi-Gong-Kurse am Strand, sie freundeten sich miteinander an, sie verstanden sich sofort, und als sie mitbekam, dass er mehr oder weniger obdachlos war, bot sie ihm dieses Arrangement an.

»Wie praktisch.«

Er hört schon nicht mehr richtig zu, er lauscht in den Wald, legt den Finger an den Mund und deutet geradeaus, noch bevor die Bewegungsmelder aufleuchten und die Hündin im Kegel steht. In den Scheinwerfern erstarrt sie, schüttelt den Schreck ab und setzt ihre Jagd fort. Etwas Kleines, Haken Schlagendes treibt sie vor sich her, eine Ratte oder Maus, ein Kaninchen. Sie springt mit geschlossenen Hinterläufen ab, hebt sich im steilen Winkel vom Boden und versucht das fliehende Tier mit den Vorderpfoten zu fassen. Wahrscheinlich ist es eine Ratte, für eine Maus jedenfalls zu groß. Sie entwischt, Milva verschätzt sich und schlägt auf dem Wasser auf. Oder sie hat sich nicht verschätzt. Die Ratte ist ins Becken geflüchtet, die Hündin schwimmt ihr nach, wie ein Otter gleitet sie durch das Wasser, sollte der Aufprall sie erschreckt haben, überspielt sie es gut. Ich will nicht hinsehen. Ich kann nicht wegsehen. Wenn sie zupackt und das Becken mit einer Blutwolke füllt, wird man es leeren und neu befüllen müssen.

Die Hündin schwimmt jetzt im Kreis, orientierungslos, die Ratte hat sich wahrscheinlich längst an Land gerettet. Milva schafft das nicht. Sie findet die Treppe und rutscht ab auf den glitschigen Steinen. Wir können den Slapstick mehr ahnen als sehen, und hören vor allem. Platschen und Schnaufen. Es ist zum Lachen, es ist zum Erbarmen.

»Was lacht ihr.«

Jetzt steht Rinus hinter uns in der Tür, er schaut starr geradeaus, auf das Ungeheuer, das ihn aus seinen Träumen geweckt hat, »Was ist das!« Er weint. Milva braucht Hilfe, ich muss etwas machen. Sie am Kragen packen und aus dem Wasser ziehen. Ilyas dehnt sich in der Schaukel. Er mag einfach keine Hunde. Ihr wolltet dieses Tier haben, nun kümmre dich. Ich knote mein Kleid über den Knien, laufe zum Becken und versuche, mich mit einer Hand am Metallbügel bei der Treppe festzuhalten, mit der anderen das Halsband zu greifen. Ich bin ihr noch nie so nah gekommen. Ihre Laute kann ich nicht einordnen. Ein Winseln oder Knurren, beides, ein aufgebrachtes Jaulen. Eine Tatze schafft es an Land und schürft an meinem Knöchel, ich ziehe weiter am Halsband, es gleitet ihr über die Ohren. Mit nassem Fell ist sie dünner, doch schwer wie ein Kalb. Ich bin jetzt so wütend, auf das Halsband, die glitschigen Stufen, meine stummen Zuschauer, ich habe genug Kraft und keine Angst mehr, sie am Nackenfell zu packen. Tiermütter machen es nicht anders mit ihren Welpen. Ich knie am Beckenrand, längst ist mein Kleid nass. Ich weiß nicht, wie wir es an Land schaffen. Ich drücke sie in die Ecke und lasse nicht los, ich ziehe und schiebe sie die Stufen hinauf, bis sie sich mit Schwung abstößt, mich zurück ins Wasser schüttelt wie eine lästige Reiterin und mit ein paar Sätzen in Richtung Brombeerschlag verschwindet.

Ilyas hat das Gesicht in den Händen vergraben. Es schüttelt ihn. Es tut ihm leid, aber so etwas Groteskes hat er hier schon sehr lang nicht gesehen. Er umarmt mich, er reicht mir eine Decke, er liebkost Rinus' Wange, »Du hast sie gerettet«, sagt er, ernster jetzt, »sie wäre sonst ertrunken, und jetzt hole ich etwas für deine Beine, deine Schrammen müssen desinfiziert werden.«

EVE

»Eve«, sagt sie zu mir auf dem Heimweg vom Strand, »du, Eve«, und ich weiß, dass es um etwas *Problematisches* gehen wird. Vermutlich Linns Ohrlöcher. Es hat gedauert, bis sie etwas dazu sagte. Sie sieht nicht gut, denke ich manchmal. Linn war sich sicher gewesen, es würde ein Riesendrama geben. Seit der Grundschule wünscht sie sich Ohrringe und bekommt nicht die elterliche Unterschrift. Der Vater fürchtet Infektionen, die Mutter eine Durchtrennung von Lebenslinien. Noémie und ich haben ihr verraten, wie man es selbst machen kann. Man braucht Eiswürfel und eine Nadel, Ethanol und einen Apfel. Eine Flamme zum Desinfizieren der Nadel. Das Drama blieb aus, wie gesagt, Elena gefiel der Schmuck, und Linns Energielinien scheinen nicht zerstört zu sein. Im Gegenteil.

»Ich muss dich was bitten. Das Fotografieren –«

»Hat Noémie dir die Fotos gezeigt?«

Noémie hat mir versprochen, nichts hochzuladen. Ich klinge unruhiger, als ich will.

»Ihr dachtet, ich bekomme das nicht mit? Süß.«

»Du folgst Noémie.«

»Natürlich folge ich ihr.« Elena richtet sich auf und löst das Kleid von ihrem schweißnassen Rücken, sie hat Flecken am Hals und am Dekolleté von der Sonne, es sieht aus, als ob es juckt. »Es sind gute Bilder«, lobt sie und scheint es ehrlich zu meinen, »aber sie werden ihr vielleicht einmal peinlich sein.«

»Wem?«

Ob sie auch die Fotos gesehen hat, die ich allein mit Linn gemacht habe. Schlecht kann ich das fragen.

»Wenn ich es nicht tue, machen sie es ohne mich.«

Sie kann sie nicht gesehen haben. Sie sind nirgends gespeichert, sie liegen in meinem Papierkorb. Es sind wirklich gute Bilder. Linn geht in die Hocke und lockt den Hund zu sich, ganz nah, sie liegt mit ihm im Gras, sein Fell und ihr Haar scheinen zu verwachsen.

Sie hat ihr T-Shirt hochgehoben, das musste in meinem Zimmer geschehen, während alle anderen Mittagsschlaf hielten. Hinter den zugezogenen Holzjalousien wollte sie, dass ich ihren Rücken fotografiere. »Halt drauf«, befahl sie ziemlich bestimmt für ihre Verhältnisse: »Aber schau nicht hin, und dann zeig es mir.« Sie wollte es sehen. Laut wurde sie nicht. Aber sie weiß, was ihr zusteht.

Ich habe mein Versprechen gehalten und nicht hingeschaut. Ich habe nur ihr Gesicht beobachtet, als sie das Bild ansah. Sich selbst von hinten, wie man es in einem Spiegel nie zu sehen bekommt. Sie betrachtete es wie eine Beamtin, die ein Formular prüft und liest, was sie erwartet. Sie verließ das Zimmer, ohne mich noch einmal anzusehen. Ich habe das Bild gelöscht, wie sie es verlangte.

Auf ihrem Nacken wachsen Haare, auf ihrem Rücken setzen sie sich fort. Man braucht keine geheimen Fotografien, um das zu erkennen. Ich habe es bemerkt, als es losging, und Elena mit Sicherheit auch. Wir sprechen nicht darüber. Ich, weil es mich nichts angeht. Sie, weil sie glaubt, dass Dinge dann aufhören zu existieren. Ich muss dringend meinen Papierkorb endgültig löschen. Ich werde auch schon paranoid.

Elena ist inzwischen mit Rinus beschäftigt. Er hat es geschafft, sich aus dem Anschnallgurt herauszuwinden und den Kopf aus dem Fenster gestreckt, auch einen Arm. Er hat seine Sonnenbrille verloren, den Hut noch in der Faust, und hält sein Gesicht in den Fahrtwind. Sie macht einen Versuch, ihn zurückzuziehen, gibt aber schnell auf, sowieso nähern wir uns dem letzten Stück Weg zum Haus, auf dem Schotter muss ich langsam fahren. Langsam genug, dass zwei Falter mit uns mithalten. Sie haben blendend blaue Flügel und wirken tropisch, zu groß für diese Gegend. »Morphofalter!«, ruft Rinus und sucht nach seinem Kescher, den er immer bei sich haben muss und ständig verliert. Elena bittet mich, anzuhalten, damit er aussteigen und draußen mit den Schmetterlingen rennen kann. Sie folgt ihm, ihr Rücken noch schiefer als sonst, der Kopf nach rechts geneigt. Was schleppt sie in dieser Raffiatasche herum, frage ich mich. Das Sonnensegel lassen wir im Auto, heute haben wir es nicht einmal mehr aufgebaut. Sie wird langsamer, bleibt ganz stehen und lässt die Tasche sinken, als Rinus um die Ecke zurückkommt, laut schreiend, weil daheim ein fremdes Auto steht.

Hinter der Hecke das Dach eines gelben Kleinbusses. Elena beschleunigt, rennt aber nicht. Leute, die Ilyas helfen, beim Renovieren oder beim Entseuchen des Schwimmbads, denke ich, auch sie scheint nicht alarmiert. Nur dass diese Leute das Tor halb offen gelassen haben. Darauf achtet Ilyas normalerweise. Elena stößt die Torflügel noch weiter auf, damit ich leichter hineinfahren kann, läuft voraus, während ich versuche, gut einzuparken. Die anderen haben sich so schräg auf die Kiesfläche gestellt, dass sie fast zwei Plätze einnehmen. Ein Bully mit deutschem Kennzeichen und Schlingpflanze im Seitenfenster.

Auf unserem Verandatisch steht eine Flasche Bier, über der Terrassenbrüstung hängen Strandtücher. Eines ist bedruckt mit galoppierenden Pferden, das andere mit springenden

Delphinen. Die Terrassentür steht offen, der Perlenschnurvorhang ist zur Seite gerafft. Das vermeiden wir wegen der Hitze und der Insekten, nur die Mädchen vergessen es ständig. Ich will hin, auch Elena rennt jetzt, Rinus ist schon bei der Tür. Reglos steht er da. Was selten genug vorkommt. Elenas Tasche schlenkert gegen ihre Hüften, ich laufe hinterher.

Am Küchenwaschbecken steht ein Mann in rosa Shorts und schief getretenen Espadrilles. Der Oberkörper braun und kompakt, die Arme sehen gut trainiert aus, aber die Schultern recht rund. Es riecht nach Fisch oder anderem Meeresgetier, etwas blubbert im großen Topf auf dem Gasherd. Schlieren an seinen Unterarmen, ich schaue lieber nicht so genau hin. Er hält sie lange unter laufendes Wasser, summt ein Lied dabei, trocknet sich in Ruhe ab, dann endlich dreht er sich nach uns um. Seine Unterschenkel sind mit großflächigen geometrischen Formen tätowiert. Er freut sich offenbar, uns zu sehen. Ich versuche mich zu erinnern, ob ich ihm schon einmal begegnet bin. Ein Freund der Familie, irgendein Kitapapa, der sein Kind schon mal bei uns abgeholt hat und sich mein Gesicht vermutlich auch nicht gemerkt hat.

»Elena«, sagt er zu ihr und wirft sich das fleckige Geschirrhandtuch über die Schulter. »Grüß dich.«

»Und wer bist du?«, antwortet sie, ich frage mich, ob das geschickt ist, auf seine Vertraulichkeit einzugehen und sofort loszuduzen, halte mich aber raus. Ohnehin scheint er mich gar nicht zu bemerken.

Schweiß läuft ihr in die Ohren, tropft von den Haaren auf ihre Sonnenbrille. Sie zwingt sich, nichts an sich zu ordnen.

Rinus steht noch immer so wohlerzogen wie immer, wenn er nicht in Panik ausbrechen will.

»Franz«, sagt er, »wir sind auf der Durchreise und wollten eigentlich bei Arcachon übernachten, aber da kann man jetzt nicht hin. Ali hat gesagt, es ist okay, wenn wir ein paar Tage bleiben. Tut mir leid, wenn wir euch überrascht haben.«

»Wir?«, frage ich.

»Wir sind uns bei Amrei begegnet«, sagt er zu Elena, »und neulich bei der Party in Alis Atelier.«

»Da waren viele Leute.«

»Wir haben uns unterhalten. Du arbeitest in ihrem Büro.« Er fixiert sie.

»Wie sind Sie hier reingekommen?« Diesmal schaut er mich wenigstens an.

»Ilyas hat uns reingelassen.« Auch sein Gesicht glänzt vom Schweiß, die Lider sind ein bisschen geschwollen.

»Ich habe Durst«, murmelt Rinus, er will jetzt endlich raus aus dieser Situation, aber der Mann namens Franz ist schon am Kühlschrank und holt eine Karaffe Wasser mit Gurkenscheiben und Zitronenspalten heraus. Beim Anblick bekomme ich auch Durst. Er hat komplett umgeräumt, die Puddings der Kinder und meine Joghurts stehen jetzt draußen auf der Anrichte, drinnen stapeln sich Weißweinflaschen und Plastiktüten mit dunklem Inhalt.

»Bitte.«

Rinus dreht sich zu Elena. Darf er Wasser von diesem Fremden nehmen oder könnte es vergiftet sein. Sie zögert kurz, dann gibt sie ihm einen Schubs in den Rücken.

»Sie können nicht einfach hier reinlaufen. Haben Sie nicht unsere Sachen gesehen?«, frage ich weiter, und die Mädchen, was ist mit denen. Elena muss das doch auch denken.

»Wir dachten uns, dass ihr am Strand seid. Wir sind den ganzen Weg von Berlin durchgefahren, und wir hatten Einkäufe, die gekühlt werden müssen.«

»Und da habt ihr unsere einfach mal herausgeholt.«

»Das Zeug hat genug Zusatzstoffe, das geht eh nicht kaputt.« Er lehnt sich an die Anrichte, ich muss mich an ihm vorbeidrängen, um an den Kühlschrank zu kommen und alles so umzusortieren, dass Platz ist für unsere Becher.

»Es war aber jemand zu Hause.« Jetzt mischt Elena sich doch wieder ein.

»Sorry.« Er hört sich eher amüsiert an. »Wir haben nur Ilyas gesehen.«

»Meine Tochter und ihre Freundin waren allein hier, ich hätte gern gewusst, dass Besuch kommt.«

Mir gefällt, wie sie nach ihrem Telefon in der Kitteltasche sucht und mit zusammengezogenen Brauen einen Chatverlauf durchgeht.

»Es war eine ziemlich spontane Aktion«, erklärt er sich, nimmt das größte Messer von der Magnetleiste und beginnt die Melone zu zerteilen, die wir gestern gekauft haben. »Ali ist immer noch ziemlich durch den Wind. Nach allem, was dieses Frühjahr passiert ist.«

»Ich bin im Bild.«

»Ich weiß.« Er lacht wie einer, der einen Wissensvorsprung hat und darum freundlich sein kann. Ein Sozialpädagoge, der mit schwierigen Kindern umgeht. Er ist nicht älter als wir. Vermutlich jünger. »Wir werden euch nicht stören. Wir können im Auto schlafen, das haben wir auf dem Weg hierher auch gemacht.«

Hat er nicht gerade gesagt, sie sind die ganze Strecke durchgefahren?

Samtene Stimme, als versuchte er mit ihr zu flirten.

»Wir?«, frage ich noch einmal. Er arrangiert die Wassermelonenstücke auf einem großen Teller und hält ihn uns hin. Elena greift zu und beißt ab. Die beiden fangen an, über gemeinsame Bekannte zu sprechen. Hier werde ich offensichtlich nicht mehr gebraucht.

Draußen steht Rinus an die Terrassenbrüstung gestützt, lehnt sich über das Geländer und zeigt auf das Schwimmbecken. Das Wasser schlägt Wellen, der Walfisch der Kinder kippelt, jemand taucht darunter hindurch. Langes braunes Haar treibt an der Oberfläche. In einigen Schritten Abstand stehen Linn und Noémie und schauen auf das Treiben. Als ich die Terrassentreppe heruntergelaufen bin und den Schuppen umrundet habe, hat die Frau den Wal bei den Haltegriffen an seinem Rücken genommen und versucht, ihn zu besteigen. Er hat in der Hitze Luft gelassen, auch ohne Griffe ließe er sich packen, trotzdem rutscht sie ab. Sie versucht es ein paar Mal, dann lässt sie ihn ziehen und paddelt mit Hundebewegungen zum Beckenrand. Sie kreuzt die Arme auf den algenbewachsenen Steinen, tritt Wasser und sagt, »Hey. Wollt ihr gar nicht rein?«

Linn ist die Erste, die das Warten nicht mehr aushält: »Gerade nicht.« Sie schaut zur Seite, sich absichern bei Noémie. Die schweigt und guckt zu, wie Linn sich schlägt. Linn will es gut machen und kommt nicht auf die Idee zu fragen, wer die Aufgabe stellt und warum.

»Schade.« Die Frau sieht offen enttäuscht aus. Und es ist keine Frau, es ist ein Mädchen, nicht viel älter als die beiden. Magere Arme, verlaufene Mascara, ein großer Mund mit schiefen Zähnen. Und ich will schon sagen, spielt doch ein bisschen miteinander. Aber Noémie verschwindet in Richtung Haus, Linn hinterher. Einen Moment sehen das fremde Mädchen und ich ihr nach, wie sie im Gehen an ihrem T-Shirt herumzupft. Bevor ich ihr eine Frage stellen kann, hat sie sich abgestoßen. Sie beginnt, auf dem Rücken auf und ab zu kraulen. Ihre Technik ist gut, leise kräftige Züge, sie ist viel zu schnell für dieses kleine Becken und hat die Ohren unter Wasser, sie wird nicht hören, wenn man sie ruft.

Ich hätte die beiden wegschicken können. Wenn jemand, dann ich. Ich kann unfreundlich sein, wenn ich will. Unfreundlicher, als ich es meine, das wird mir oft gesagt. Und ich habe hier nichts zu verlieren. Ich hätte nur ein Zeichen gebraucht von Elena. Dass es nicht ihre Freunde sind. Sondern ungebetene Eindringlinge. Doch das scheint sie selbst nicht so genau zu wissen.

ELENA

Von den Mädchen will er nichts gesehen haben.

»Und der Hund?«

»Ihr habt einen Hund?«

Er lächelt offenherzig und bedauernd. Hier stehe ich, schwindlig und verschwitzt, und errege sein Mitleid.

Eve hält sie für völlig Fremde. Irgendwelche Leute, die Ilyas hereingelassen hat, wahrscheinlich gegen Geld. Ich weiß nicht, welche Geschichte ich glauben will. Franz sieht nicht aus wie die Männer, die Ali sonst gefallen. Ali braucht gefährlichere Körper, hysterische Oberflächen, weniger naturbelassen. Menschen, die am Abgrund taumeln oder wenigstens erlauben, dass man das auf sie projiziert. Jemanden wie ihn habe ich nie in ihrer Nähe gesehen. Seinen Namen hätte ich mir gemerkt. Franz. Der Stolz, mit dem er ihn ausgesprochen hat. Die Spannung in seiner Ruhe. Er behauptet, mich zu kennen von einem Fest. »Wir haben uns unterhalten«, sagte er und betonte das letzte Wort, machte eine Pause und beobachtete meine Reaktion. Dicht hinter mir stand Eve und wartete ebenfalls.

Ich habe zu viel Espresso getrunken, ich habe wahrscheinlich doch Fieber. Ich brauche ein Glas kaltes Wasser. Einen Krug kaltes Wasser. Eine Dusche und gern etwas von dem geeisten Ricard, den er sich schon gerichtet hat. Aber die Dusche ist besetzt, sie rauscht seit Minuten, Eve oder Noémie, ich werde mit ihnen reden müssen. Ich habe schon sehr oft mit ihnen darüber geredet. Sie hören mir zu und sagen, okay, alle beide, sie wollen nicht wissen, was ich über den Notstand zu sagen habe. Ich kann es auch sein lassen. Und ich müsste auch nicht hier stehen bleiben, irgendwie verpflichtet, mich mit ihm zu unterhalten, solange er das will. Eine Gastgeberin zu sein. Oder ein höflich empfangener Gast. Die Rollen sind nicht klar. Er greift ein weiteres Messer von der Magnethalterung und den Wetzstahl aus dem Tongefäß neben dem Herd. Er muss nicht suchen.

»Tut mir leid«, wiederhole ich, »ich kann mich nicht an dich erinnern.«

»Das muss dir doch nicht leidtun«, sagt er ganz richtig, hält die Schneide ins Licht und fängt an, die Klinge abzuziehen, runter und raus, runter und raus, schräg weg von seinem Leib.

»Wenn ihr euch frischmachen wollt, ich kümmere mich um das Abendessen. Wir haben genug eingekauft«, lächelnd hebt er den Deckel des Topfes. Ein oder mehrere Oktopusse füllen ihn aus. Eingerollte Tentakel, von marmorgrauen Fäden durchzogen, zartrosa Saugnäpfe. »Drei Kilo«, erklärt er stolz, offenbar ein einziges Exemplar, er pikst mit der Messerspitze in einen Fangarm. »Kommen die überhaupt vor hier«, erkundige ich mich beunruhigt, soweit ich weiß, gibt es sie nur im Mittelmeer und im Südatlantik, aber da kann er beruhigen, in der Bretagne hat es dieses Jahr eine wahre Invasion gegeben, sie wachsen rasend schnell und vermehren sich ebenso, man tut gut daran, die Bestände einzugrenzen.

Vor dem Fenster über der Spüle zerrt Ilyas mit zwei seiner Jungs eine schwere Plane über das Gras. Die gleiche, die sie heute Mittag benutzt haben, um den Pool abzudecken. Offenbar haben sie es sich anders überlegt. Sie grüßen zuerst, alle drei winken Franz zu wie einem alten Bekannten. Er nickt zurück, ich sehe von hinten, dass er lächelt. Damit ich sehe, wie er hier zuhause ist. Ein wenig absichtsvoll arrangiert, es funktioniert aber. Alle vier Männer haben nackte Oberkörper.

Wie still es ohne Milva ist. Heute Morgen haben wir ihr noch Wasser hingestellt, Linn hat sie gefüttert, sie würde nicht einfach so verschwinden.

»Mir tut es leid, dass es dieses Missverständnis gab«, sagt Franz und mustert mich, »ich bin davon ausgegangen, ihr wisst Bescheid.« Selbstgewissheit geht von ihm aus und etwas Verletzliches mit seinem weichen Bauch. Und wahrscheinlich ist es das, was Ali an ihm interessiert. Allerdings ist *interessiert* ein schwaches Wort dafür, wie ich sie im Frühjahr während ihrer letzten Affäre erlebt habe.

»Davon ausgegangen?«

»Wir haben gestern erst gesprochen, sie wollte –«

»Wir wissen nicht Bescheid.«

»Hat sie wahrscheinlich vergessen.«

Er ist immer noch so ruhig. Aus dem Bad tritt ein großes Mädchen mit schlenkernden Bewegungen und zieht eine Tropfenspur hinter sich her. Sie kommt so dicht an mir vorbei, dass ich die Kühle ihrer Haut spüre, und riechen kann, dass sie sich an meinem Körperöl bedient hat. Für mich deutet sie ein Lächeln an, rafft das Tuch vor ihrer Brust fester, dreht mit der freien Hand eine Schlange aus ihrem nassen Haar und presst sie über seinem Rücken aus, er fährt herum, spritzt sie nass und mich gleich mit. Die beiden kabbeln wie zwei Teenager, und als wären sie allein. Ich soll es aber doch sehen.

»Sorry.« Sie hält ihr Handtuch wieder mit beiden Händen fest und wendet sich mir zu: »Du musst Elena sein. Hi. Ich bin Marla. Danke, dass wir vorbeikommen durften.«

»Gerne doch.«

Sie spricht mit einer Souveränität, dass ich mich bei ihr bedanken will. Sie kann höchstens sechzehn sein. Seine Tochter, auch wenn sie ihm nicht ähnlich sieht. Sie fasst ihn am Arm, beißt in eine Zitronenspalte und hält ihn weiter fest dabei. Mich lächelt sie an: »Schön, dich endlich kennenzulernen. Ali hat so viel von dir erzählt. Willst du auch einen Wein?«

Ich werde nicht noch einmal rauslaufen bis zur Schotterstraße und meine Freundin zu erreichen versuchen, die ihr Telefon prinzipiell stumm- oder ausschaltet und in letzter Zeit nicht einmal mehr mich zurückruft. In letzter Zeit, ich rechne: Das letzte ernsthafte Gespräch hatten wir vor einem guten Monat, die letzte längere Sprachnachricht schickte sie vor unserer Abreise. Sie befand sich in der Wüste und teilte mir ihren Entschluss mit, vorerst dort zu bleiben. Sie hatte Nanas Wohnung in Albuquerque ausgeräumt und übergeben. Die erste der Wohnungen, bloß ein Bruchteil dieses mit Besitz vollgestellten Lebens. Ali musste jetzt mit den Prozessen in ihrem Inneren allein sein und sie nicht immerzu sofort versprachlichen. »Einfach mal ins Nichts schauen.« Das Bedürfnis war mir nur zu vertraut. Ich antwortete ihr, ich würde alle Anfragen abschmettern und das so ans Büro weitergeben. Von einem Franz war nicht die Rede. Auch nicht von einem spontanen Besuch. Und sie war nicht in einer Verfassung, in der einem solche Dinge wegrutschen. Sie war nicht nur konzentriert genug, mich zu unterweisen, sie hat auch daran gedacht zu fragen, wie es den Kindern geht, wann Kolja nachkommt, ob wir vor Ort noch etwas brauchen würden.

Es kann schon sein, dass sie mit Anrufen nicht durchgekommen ist und stattdessen eine Mail geschickt hat. Zwischen all dem Spam, den die Praktikantin mir weiterleitet, habe ich vielleicht etwas übersehen. Aber es ist nicht wahrscheinlich. »Wir haben gestern erst gesprochen«, waren seine Worte. »Ich will erst einmal mit gar niemandem sprechen«, hatte sie zu mir gesagt, es ist noch nicht lang her, es war klar, dass das mich einschloss. Manche würden das unverschämt finden. Sie benimmt sich nicht anders als männliche Genies es seit Jahrhunderten tun. Ali ist kein Genie, selbst das Wort *Idee* lehnt sie ab. Sie ist eine der fleißigsten Arbeiterinnen, die ich kenne. Sie redet viel und viel über sich, sie nimmt Ritalin und nimmt jede Modediagnose mit, aber der Ausdruck *attention deficit* ist falsch. Sie hat nicht zu wenig Aufmerksamkeit. Sie hat zu viel, sie kann das in einen Hyperfokus kanalisieren oder in mehrere Richtungen gleichzeitig feuern. Natürlich überfordert das die meisten. Aber sie bekommt mehr mit als andere. Sie war es, die uns eingeladen hat, weil sie als Einzige erkannt hat, wie es mir wirklich ging.

Wieder hebt er den Deckel, er fasst ihn ohne Topflappen an, macht noch einmal die Messerprobe und verkündet, »Jetzt ist er so weit«. Marla läuft zum Schrank und holt große Teller heraus, sie scheint sich auszukennen. Er hebt den Kraken an einem Fangarm aus dem Sud, legt ihn mit den Saugnäpfen nach oben auf ein Schneidebrett und drückt ihm das Fresswerkzeug aus dem Gesicht.

»Meine Kinder essen keinen Fisch.« Bei Eve bin ich mir auch nicht sicher. »Wir können auch woanders essen«, biete ich an, dabei ist es das Letzte, was ich will.

»Das wäre schade«, sagt er und scheint es ehrlich zu meinen. »Das ist wirklich ein Kawenzmann, den schaffen wir nicht allein.« Die Tentakel ragen über das große Schneidebrett hinaus, die Spitzen hängen ins Spülbecken und über die Kante der Anrichte.

»Ihr werdet ihn schon loswerden«, und ich zeige mit dem Kinn durchs Fenster nach draußen, wo Eve mit Ilyas und den Jungs an dem kleinen runden Metalltisch im Garten sitzt. Genau dort, wo er mir am ersten Tag gesagt hat, dass wir nicht sitzen und rauchen sollen. Ilyas sagt etwas, sie legt den Kopf schräg zurück und nickt langsam, wie man sagt, hab ich dich, Freundchen, sie scheint sich gut zu amüsieren.

Als ich an den Tisch trete, werden sie still. Einer der Jungen zieht seine Fingerknochen lang, dass sie knacken. Ein anderer stellt eilfertig die Aktivbox ab. Ein wenig gelangweilt schauen sie auf zu mir. Den Hund wollen sie den ganzen Nachmittag nicht gesehen haben.

Eve: »Vielleicht waren die Besitzer inzwischen da und haben ihn geholt. Oder er hat allein zu ihnen gefunden. Kann doch sein.«

»Kann sein. War denn jemand hier?«

»Soweit ich weiß, nicht.« Ilyas wirkt ganz hilfsbereit. Im Brombeerschlag raschelt es. Einer der Jungen fängt an, mit den Füßen zu scharren. Dicht hinter seinem Stuhl liegt die Skulptur des Mädchens. Sie hat das Gesicht in die Hände gestützt, die Fäuste in den Augenhöhlen. Lag sie immer schon so dicht bei diesem Tisch? Ist dieser Garten kleiner geworden, hat jemand diese Skulptur umgestoßen und hier hingeworfen? Was hat Ilyas mit den Werken seiner Arbeitgeberin gemacht?

Sie erwarten, dass ich gehe. Sie selbst denken nicht daran, sich zu entfernen. Ich könnte das alles fotografieren, ich könnte dokumentieren, wie hier mit den Sachen umgegangen wird, und es Ali schicken. Dann hätten wir die zweite Hälfte unserer Zeit hier vielleicht unsere Ruhe.

»Können wir noch was für dich tun?«, fragt Eve.

»Bald gibt es Abendessen.«

»Gerne doch. Sag einfach Bescheid, wenn es so weit ist, ja?«

Sie lächelt weiter, ihr professioneller Ausdruck, als würden wir uns nicht kennen, ihr Pflegerinnenlächeln. Endgültig fällt mir kein Grund mehr ein, hier stehen zu bleiben.

»Habt ihr nichts mitbekommen?«

»Wir haben geschrieben.« Die Mädchen liegen mit ihren Sonnenbrillen auf den kaputten Liegestühlen an der schattigen Rückseite des Hauses, jede hat einen von Noémies Earbuds im Ohr, immer noch sehen die Dinger für mich aus wie Hörgeräte oder andere Prothesen.

»Ihr müsst doch irgendetwas gehört haben. Wo ist überhaupt der Hund?«

»Wir waren einfach total versunken«, sagt Noémie auf eine Art, dass ich nicht weiß, ob es ihr ernst ist oder ein Code, den nur die beiden teilen: »Unser Roman.« Ich wäre gern begeistert. Ich glaube ihnen nicht. Auch sie haben Milva seit dem Morgen nicht gesehen. Ein praktisches Haustier, das einfach verschwindet, wenn man gerade anderes zu tun hat, als sich zu kümmern.

»Als wir vom Spazieren zurückgekommen sind, waren sie schon da. Was hätten wir denn machen sollen?«

»Mich anrufen zum Beispiel.«

»Haben wir versucht, nicht durchgekommen.«

»Wir haben uns nichts weiter gedacht«, will Linn jetzt helfen, »wir dachten, das sind vielleicht Kaufinteressenten.«

Sie dehnt das Wort und dreht den Kopf in die Richtung des wüstengelben Bullys. »Mama. Wenn du sie nicht hier haben willst, warum schickst du sie nicht weg?«

Rinus sitzt in seinem Zimmer an einer Zeichnung. Auf seinem Bild reitet eine Elfe auf einem Löwen durch eine Schlucht. Bäume wachsen aus Felsritzen, ihr Haar reicht wie die Mähne des Löwen fast bis zum Boden. Es enthält alle Elemente der Fan-Art der Mädchen, nur besser. Er hat die Genauigkeit übernommen und in etwas Zügelloses überführt, Stilelemente eingefügt, die sie wahrscheinlich nicht korrekt fänden. Er zeichnet im Liegen, einen Arm aufgestützt. Es wäre nicht gut, ihn da jetzt rauszureißen, überhaupt nicht gut. Es wäre einiger Aufwand, alle anderen jetzt herauszureißen aus ihrer schönen Abendlethargie. Niemand wäre dankbar. Ich rieche Lorbeer und Knoblauch, ich habe Hunger und will ein Glas Wein.

Sie können nicht einfach irgendwo im Wald übernachten, es ist überall Polizei unterwegs, es wäre teuer und nicht nur illegal, es wäre auch lebensgefährlich. Die Campingplätze diesseits der evakuierten Zonen sind ausgebucht. Wir sehen ja beim Vorbeifahren, was in den Touristenorten los ist. Sie sollen eine Nacht hier verbringen und morgen weiterfahren. Ich werde Rinus ein Brot schmieren, mich unseren Gästen widmen und Ali morgen anrufen.

»Wer sind diese Leute?«, fragt er. Er wirkt nur so vertieft. Je abwesender er wirkt, desto mehr bekommt er mit. Es ist leicht, das zu vergessen, wenn er noch näher mit dem Gesicht ans Blatt geht. Er hat immer noch die schrullige Art von Kleinkindern, beim Malen den Mund zu spitzen und Grimassen zu ziehen. Ich streichle die Falte zwischen seinen Brauen.

»Mama. Ich habe dich etwas gefragt.«

»Das sind Freunde.«

»Von uns?«

»Freunde von Ali. Sie brauchen einen Schlafplatz.«

»Sie haben ein Bett in ihrem Auto, ich habe es gesehen.«

»Man darf sich nicht irgendwo in die Gegend stellen.«

»Aber warum bei uns?«

Meine Güte.

»Für eine Nacht.«

»Kennst du sie?«

Er weiß, wenn ich nicht die Wahrheit sage.

Es wird dann ein sehr angenehmer Abend. Franz hat sich Mühe gegeben, das ganze Missgeschick tut ihm ehrlich leid. Während ich bei Rinus war, hat er eine Fenchelpizza gebacken und Weißwein aus dem Keller geholt. Vom Ricard ist leider nichts mehr übrig, aber es ist ein sehr guter Weißwein. Auch Eve lässt sich einschenken, heute will sie nirgends mehr hin. Alle bleiben sitzen, alle außer Linn und Rinus nehmen vom Oktopus, selbst Eve lässt sich überreden zu kosten. Franz ist stolz auf das gekochte Ungetüm, aber nicht auf eine unangenehme Art. Er ist jemand, der eine Runde *versorgen kann*. Wir unterhalten uns lange, und wir unterhalten uns besser als sonst, wie immer, wenn jemand von außen dazukommt. Falls er von außen kommt. Mit Ilyas wirkt er tatsächlich ziemlich vertraut. Mit uns allen geht er so um, und es ist schwer, sich in seiner Gegenwart nicht wohlzufühlen.

»Ihr müsst hierbleiben«, werde ich später zu Franz sagen, »jetzt hast du uns angefüttert, jetzt können wir nicht mehr ohne«, und ich meine nicht nur sein Essen, auch das sage ich ihm. Er lächelt sein vages Lächeln. Ich bin ein bisschen angeschickert und wahrscheinlich zu laut, darüber geht er höflich hinweg.

Eve sagt Sachen, die mir peinlich sind. Ich will mich nicht für sie schämen, aber so ist es. Sie stellt ihren Pfirsicheistee in der Plastikflasche auf den Tisch, sie läuft nach drinnen und holt Eiswürfel für den Wein, und ich sehe zu, wie Franz und das Mädchen sie beobachten. Alis Freunde können überheblich sein und offen gemein, auch ich habe das auf die harte Tour lernen müssen. Diese beiden kann ich nicht einschätzen.

Ich will nicht, dass sie gemein zu Eve sind. Ich will keine Untertöne in ihren Fragen verpassen. Sie sprechen über Kampfsporttechniken, Marla scheint sich auszukennen, Eve hebt das T-Shirt, um eine Narbe zu zeigen und nebenher auch ihr Sixpack. Sie könnte uns beschützen. Einmal hat sie Rinus angeboten, ein Kind zu verprügeln, mit dem er Schwierigkeiten hatte. So was geht als Scherz durch. Aber wahrscheinlich war es keiner.

Die Pizza für die Kinder sieht aus, als ob sie Franz Mühe bereitet hat. »Kein Ding«, behauptet er und erklärt, wie simpel das geht, einfacher jedenfalls, als einen Oktopus *on point* zu kochen. Er redet eifrig, selbst seine Anglizismen haben etwas Rührendes.

»Verletzt genug ist er ja schon«, wirft Linn ein, »genaugenommen tot.« Sie spricht so leise, dass man sie kaum versteht, und schaut ihr Gegenüber nicht an. Aber er hat es gehört und nickt mit großem Ernst. Er erzählt jetzt auch ihr, wie die Kraken sich in manchen Küstenregionen vermehren und wenig zartfühlend die Bestände kleinerer Lebewesen ausrotten. »Tut es dir um die Jakobsmuscheln nicht auch leid?« Standardsituationen der Veganismusdiskussion, doch Linn wird wach. Oder ist sie mit Fremden immer so, mit allen Leuten außer mir? Nichts weiß ich über dieses Wesen. Voriges Jahr trat sie noch mit ihrer Tanzgruppe auf, sie stemmte andere Kinder auf ihrer Schulter in die Höhe, um sie nach vorn über ihren Kopf zu Boden gleiten zu lassen. Robust, aber geschmeidig. Erst hielt ich es für einen Fehler, wie die Gruppe zerfiel und Linn stehen ließ, dann setzte ein neuer Beat ein und alle verstanden: Diese Brüchigkeit war einstudiert. Mit gesenktem Blick und verschränkten Armen stand sie allein in ihrer Erstarrung. Die Beats beschleunigten, sie hob den Blick ins Publikum, dann vergaß sie es. In einem ähnlichen Zustand ist sie jetzt.

Noémie zerteilt die Tentakel auf ihrem Teller und kaut höflich darauf herum, tatsächlich ist das Fleisch etwas gummihaft geworden. Sie würde nie auf ein Lebensmittel verzichten, das so wertvolle Nährstoffe enthält.

Franz lässt Linn reden. Sie gibt Phrasen von sich, ihre Stimme ist tonlos vor Aufregung, trotzdem wissen alle, dass sie recht hat. Marla schaut zwischen Linn und ihrem Vater, oder wer immer er für sie ist, hin und her. Der Ausdruck interessiert und dabei abgeklärt. Sie wird sich einmischen, sobald es sich lohnt. Als Linns Blick meinen trifft, wird er wieder klein und dunkel. »Seit wann trinkst du eigentlich wieder?«

Franz lächelt mir solidarisch zu und schenkt uns nach. Linn fährt fort zu essen. Auch sie lässt sich einschenken und trinkt, ohne das Gesicht zu verziehen.

Schon als Säugling war sie so ruhig. Wie sie an meiner Brust einschlief, wenn sie satt war. Sie trank nicht, bis ihr Hunger gestillt war. Sondern bis zur Trance. Sie isst ein Stück Pizza nach dem anderen, ich muss sie daran erinnern, etwas für ihren Bruder übrigzulassen. Und bin dankbar, dass Eve das Ganze mit einer völlig zusammenhanglosen Frage an Franz unterbricht:

»Was machen Sie eigentlich beruflich?«

»Zurzeit gar nichts.«

»Sehr witzig.«

Geduldig erklärt er ihr, was ein Sabbatical ist, geduldig antwortet sie, »Ich weiß, was das ist. Wovon erholen Sie sich?«

»Ich orientiere mich neu. Erholung brauche ich eigentlich keine.«

Er ist ausgebildeter Rettungssanitäter, kann aber auch ganz gut tischlern. Er hat Filmsets ausgestattet und Ali für eine ihrer letzten Installationen zugearbeitet. Jetzt begleitet er Marla zu ihrer Mutter, die in einem Landprojekt im Alentejo lebt. Wenn dann noch Zeit ist, ein paar Tage Meditationscamp. Im Winter will er zur Seenotrettung und dann sehen, wohin es ihn treibt. Er hat, »kurz gesagt«, genug beiseitegelegt.

»Von deinem Tischlerlohn?«

Eve will ihn irgendwie festnageln. Ich finde keine Gelegenheit, dazwischenzugehen. Ich muss ihm sagen, dass sie es nicht so meint. Dabei scheint es ihm eher Spaß zu machen.

»Man schlägt sich so durch.«

EVE

Angeblich ist das Mädchen erst vierzehn. Beiläufig erfahren wir das, als von ihrem Geburtstag die Rede ist. Nächste Woche wird sie fünfzehn. Nicht viel älter als Linn und Noémie, »aber die Leute halten sie für siebzehn, achtzehn. Weil sie so groß ist.« Das sagt Franz über sie, als wäre sie nicht anwesend. In solchen Momenten sieht sie sehr jung aus. Die beiden besprechen, wie sie den Tag feiern wollen. Im Casino, beim Paintball oder Gokart. Sie haben Galakleidung in ihrem VW-Bus dabei und kennen jemanden, der hier in der Nähe ein Boot liegen hat.

Das Mädchen weiß Bescheid über alles, was am Tisch diskutiert wird. Postkolonialismus. Waffen. Erhöhte Erdgeschwindigkeit. Sie spricht langsam und nicht besonders laut, aber bei ihr ist es keine Schüchternheit. Eher das Gegenteil. Alle sollen zuhören. Einmal steht sie auf und verschwindet ins Haus, da ist zum ersten Mal zu sehen, dass sie ein wenig hinkt. Selbst das wirkt wie etwas, das sie mit Absicht macht. Elena wird ganz verträumt, wenn sie sie anschaut.

Wenn Marla Franz unterbricht, fasst sie ihn am Arm und hält sein Handgelenk fest. Wie eine alte Ehefrau. Dann merke ich, das macht sie mit allen, die in Reichweite sitzen. Mit Ilyas und auch mit mir. Sie trinkt viel Wasser und trägt eine Art Kimono, kurz und rot und lose gebunden, darunter Boxershorts und sonst nicht viel. Gern gibt sie Blicke darauf frei, wenn sie sich zurücklehnt und die Beine anzieht. Ilyas hält sich gerade neben ihr. Die Mädchen können nicht wegsehen. Ich auch nicht.

Sie ist nicht seine Geliebte und nicht seine Tochter, sondern das Kind einer »alten Freundin«. Gerade hat sie eine Weile bei ihm gewohnt, weil sie in Berlin einen *Job* hatte, weil sie Lust hatte, in Berlin zu sein. Jetzt sind sie auf dem Weg zu dieser Mutter, die seit Jahren in Portugal lebt, offenbar in einer Art Kommune. Seit Juli ist er wohnungslos, erklärt er, was für ihn ein Abenteuer zu sein scheint. Was er besitzt, befinde sich im Dachgepäckträger seines Busses, in den Stauräumen unter dem Bett. Linn und Noémie starren ihn an.

»Wirklich keine Wohnung mehr?«

»Der Bully ist unsere Wohnung. Wenn man einmal angefangen hat, Sachen loszuwerden, wird es immer leichter.«

Elena ist die Erste, die sich zurückzieht, um Rinus ins Bett zu bringen. Sie wird wohl neben ihm einschlafen wie jeden Abend, kündigt sie an und klingt dabei tatsächlich, als ob sie noch *etwas vorhat*, aber niemand geht so richtig darauf ein. Die Mädchen wollen wissen, ob Franz wirklich eine Küche in seinem Auto hat, wie er und Marla es machen, wenn sie sich waschen wollen, wie er es hinkriegt, dass das Geschirr im Wagen nicht umhergeschleudert wird beim Fahren. Beide lassen ihn nicht aus den Augen. Er hält es für Bewunderung, dabei prüfen sie ihn, in ihren Stimmen so viel Faszination wie Ekel.

»Wo geht ihr auf Toilette?«, fragt Noémie mit unbewegtem Gesicht.

»Und schlaft ihr in einem Bett?«

In zwei Hängematten draußen, wenn das Wetter es zulässt, ist die Auskunft. Bei Wind oder Regen auf einer breiten Matratze, mit reichlich Platz.

»Sehr gemütlich«, erklärt Marla und klingt dabei so aufgeräumt, dass man nichts Falsches denken kann.

»Darf ich auch mal bei euch schlafen?«, fragt Linn und

sieht Franz an. Auf ihre Art, die den Leuten manchmal ein wenig unheimlich ist. *Mal,* denke ich. Wie lang sollen sie denn bleiben?

»Ja klar. Wenn du das gern möchtest?«

»Sonst hätte ich nicht gefragt.«

Sie ist die Einzige heute Abend, die ihn ein bisschen aus dem Konzept gebracht hat. Und ich freue mich, als hätte ich ihr das beigebracht.

ELENA

»Und wer ist dieser Franz?«, fragt mein Mann.

Ein Tischler.

Ein Trader.

Ein Tausendsassa, ein alternder Surferboy, der behauptet, die Fensterläden ausbessern zu wollen. Allerdings macht er sich wirklich am Haus zu schaffen, während wir sprechen, kann ich ihn dabei beobachten, er hat ein Hemd um den Kopf geknotet und bearbeitet die Fensterrahmen mit Schleifpapier.

»Ich weiß es nicht, eine von Alis Affären, er behauptet, wir kennen uns, aber ich kann mich nicht an ihn erinnern.« Ich mache ihn schlechter, als ich ihn finde, Kolja durchschaut mich.

»Und gefällt er dir?«

»Er beschäftigt mich.«

»Ist er dein Typ?«

Er versucht, lässig zu tun. Als erkundigte er sich nach einem Sonnenstich oder einem Kater. Was einem eben so passiert, wenn man den lieben Gott einen guten Mann sein lässt. Er will mit der Zeit gehen, er will, dass wir uns öffnen. Ein Junge, der seine Hausaufgaben macht. In solchen Momenten habe ich ihn sehr gern.

Das Buch über *polysecure Bindungsstile* auf seinem Nachttisch, am Anfang hat es mir Angst gemacht. Als er mich darin blättern sah, nahm er es mir weg, »Hast du sie noch alle?« Später entschuldigte er sich. Er entschuldigt sich immer, wenn er grob wird. Er wollte nur nicht, dass ich seine Eintragungen sah. Wenig später schenkte er mir ein eigenes Exemplar. Ich habe es mitgenommen, bin aber noch nicht weit gekommen. Er hat aufgehört, sich nach meinen Lektürefortschritten zu erkundigen. Er fragt nur noch, ob Ilyas immer noch hier herumlungert oder ob ich das endlich geklärt habe.

EVE

Es ist einfacher für sie, manche Dinge mit mir zu besprechen. Es ist einfacher für mich, ihr zuzuhören. Bei einer Schwester oder Freundin könnte ich nicht so ruhig bleiben, wenn sie fragt, »Glaubst du, ein Fluch liegt auf meinem Kind?« Ich würde sie bei den Schultern nehmen und zu ihr sagen, was ist los mit dir!

Sie ist nicht tief unglücklich, habe ich immer gedacht. Nur verspannt, wenn sie in den Garten geht, um zu telefonieren. Grundsätzlich weit weg von uns. Sie verschwindet hinter dem Gebüsch. An der Art, wie sie sich ins Haar greift, an ihrer Stimme ist zu erkennen, mit wem sie spricht. Mit Noémies Vater, mit Alis Mailbox, mit ihrem Mann. Er bringt sie zum Weinen. Ein paar Mal hat sie versucht, ihre Freundin zu erreichen, um die Umstände dieses Überraschungsbesuchs zu klären. Aber nicht mit großem Nachdruck.

Niemand fragt, wie lang diese Durchreise dauern soll. Jedenfalls mehr als eine Nacht. So viel war mir schon am ersten Tag nach ihrer Ankunft klar. Bis in den frühen Nachmittag war nichts von Franz und Marla zu sehen, auch Linn und Noémie schliefen. Irgendwann wurden wir unruhig, weil wir endlich schwimmen wollten, Elena, Rinus und ich. Ich habe Elena überredet, einen Zettel zu hinterlassen. Wo sie uns finden konnten, wann wir zurück wären, und so weiter. Sie wusste nicht, ob wir die beiden und die Mädchen sich selbst überlassen konnten. Was passieren würde, wenn die Hündin wieder auftauchen und ihr neues Revier verteidigen sollte. Selbst uns hatte sie ja schon verbellt.

»Und wie wird sie reagieren auf Menschen, die sie nicht kennt?« Ich habe ihr gesagt, was sie ihnen schreiben soll und dass wir uns keine Sorgen zu machen brauchen. »Sorgen«, sagte sie und lachte leicht irritiert. Sie wollte sich einfach gern verabschieden von unseren neuen Freunden, bevor sie abreisten.

»Das dauert noch«, sagte ich ihr.

ELENA

Wir können es riechen. Und natürlich können wir es auch sehen. Keine Berge und keine Felsen sind im Weg, nur Dünen zwischen uns und dem Widerschein der Flammen. Sie gelten als eingedämmt. Zusammen stehen wir auf dem Dünenkamm und schauen nach Süden. Am Ende unseres Sichtfelds ist der Himmel erleuchtet wie von einer Stadt.

Es ist das erste Mal, dass ich etwas so Großes mit eigenen Augen sehe. Ich erinnere mich an das Osterfeuer, die meterhohe Wand aus Reisig und Stroh und dass sie nicht brennen wollte. Die Jungen von der Freiwilligen Feuerwehr und wie sie mit Anlauf Brennspiritus in das trockene Geflecht schütteten, um die Geister des Winters in die Flucht zu schlagen. Die Hitze auf der einen Hälfte meines Gesichts und die Kälte auf der anderen, dem Feuer abgewandten Seite.

Ein schwärender Streifen am Horizont, mehr ist von hier aus nicht zu sehen. Ich will nicht weg. Ich bleibe stehen, bis Franz mich an der Hand nimmt und zum Haus zieht, zurück zu den anderen.

Bin ich verliebt, habe ich gedacht, als ich Marla morgens fragte, ob sie mit uns zum Markt fahren wollte. Sie war dabei, Kaffee zu kochen auf dem kleinen Herd in ihrem Bus. Hinter ihr fauchte die Kanne, sie saß in einem Herrenhemd mit hochgekrempelten Ärmeln auf dem zerwühlten Bett bei der Schiebetür.

»Möchtest du erst mal einen Kaffee«, fragte sie, sehr freundlich, kein Kommentar in ihrem Gesicht. Sie konnte sehen, wie verkatert ich war. Die kalte Watte vor meiner Stirn. Der Kaffee schwappte über den Goldrand der Tasse, sie hatte ihn mit Kardamom gewürzt, ich verbrannte mir die Zunge. »Wir fahren zum Markt«, wiederholte ich, »vielleicht hast du Lust mitzukommen«, wie einem Kind pries ich ihr dieses mäßige Abenteuer an, sie hatte wahrscheinlich ganz andere Sachen vor. Aber sie sagte sofort ja.

Ich vergaß zu fragen, wo Franz unterdessen war. Ich merkte nur, wie ich ihr gefallen wollte, und sie merkte es auch. Zu zweit spazierten wir an den Ständen entlang, Eve wartete unterdessen im klimatisierten Auto, auf dem Parkplatz mit Blick auf den Ozean, Bilder und Nachrichten in die Welt sendend. An ihre Lieben daheim.

Es war mir ganz recht, mit Marla allein zu sein. Sie trug einen breitkrempigen kaputten Strohhut und das gestreifte Herrenhemd, das ich für ihren Schlafanzug gehalten hatte, darunter schauten Fransen einer abgeschnittenen Jeans hervor. Es ist noch nicht lang her, dass ich Linn daran gehindert habe, in solchen Hosen auf die Straße zu gehen. Dieses Mädchen konnte alles tragen. Hielt man uns für Freundinnen, für Mutter und Tochter, fragte ich mich und freute mich.

Marla drückte den Stielansatz der Melonen, um ihre Reife zu prüfen, sie verstand den Dialekt der Händler und antwortete auf ihre Sprüche, ich stand daneben und lachte mit, als ob ich alles verstünde. Sie wählte aus, ich zahlte, sie warf mir komplizinnenhafte Blicke zu. Sie hatte die Idee, in der Halle für Fisch und Meeresfrüchte Austern zu essen und nach Krebstieren zu suchen. Dunkel gepanzerte Langusten streckten ihre Fühler aus dem gekachelten Becken, Marlas Gesicht nahm einen zärtlichen Ausdruck an. Auch mich schaute sie ein paar Mal so an an diesem Vormittag, als ob sie mich beschützen wollte. Ich kaufte ihr alles, wonach sie verlangte.

»Weiß Franz, wie man Langusten kocht?«, fragte ich, als wir unsere Einkäufe über den Parkplatz trugen. Die Tüte in Marlas Hand prall gefüllt wie eine Wasserbombe, darin schwamm das Tier. Meine Frage amüsierte sie.

An diesem Abend geht Eve nicht mehr aus, auch am nächsten Tag nicht. Ich wäre gern mal allein mit Franz. Aber das kann ich ihr nicht sagen. Dass ich sie erst mitnehmen, dann nicht gehen lassen wollte und jetzt doch lieber loswerden will.

Seit drei Tagen sind die beiden jetzt hier und scheinen keine Eile zu haben, weiterzuziehen. Franz hat Projekte, er steht jetzt früh auf, er ist als Erster wach und kocht Kaffee in unserer Küche. Dann macht er sich an die Arbeit. Irgendetwas gibt es an seinem Bus wohl immer zu tun, die Achsen fetten, eine Grundreinigung, ich weiß es nicht. Er ölt die Türen unserer Schlafzimmer, so dass wir einander nachts nicht mehr mit ihrem Quietschen wecken, und er hat sich die alten Räder aus dem Schuppen vorgenommen, von denen Eve meinte, man würde sie kaum wieder fit bekommen. Halbrenner von Peugeot und Motobecane mit tiefem Einstieg und Stahlrahmen. Ein goldenes, ein roséfarbenes und eines mit fliederweißem Verlauf. Er putzt die Rahmen und ölt die Ketten, justiert die Bremsen und die Schaltungen.

An den Vormittagen setzt er sich ins Gras und meditiert. Umhuscht von Eidechsen und Insekten, beobachtet von den Kindern, die Mädchen schicken Rinus vor, damit er ihn mit Stöckchen bewirft, da schlägt er die Augen auf und freut sich. Quer durch den Garten hat er ein Seil gespannt und übt das Balancieren. Keine Slackline, ein richtiges Drahtseil. Er hat die Kinder eingeladen, es auch einmal zu probieren, die Mädchen taten, als hätten sie kein Interesse, doch Rinus war nicht zu halten. Ich hatte geglaubt, gar nicht hinschauen zu können. Das Seil ein Meter über dem Boden, seine Probleme mit dem räumlichen Sehen, seine unkoordinierte Art. Aber wenn Franz mit ihm übt, wird er ruhig. Allein das reicht schon, diesem Menschen zu vertrauen.

Er kocht jeden Abend für uns. Er kann das gut. Die Languste hat er genau so lange gegart, dass ihr Panzer rot und die Muskeln darin zart wurden. Ansonsten kommt er mit dem aus, was er im Garten und im Kühlschrank findet. Aus Beikraut und Wildgemüse vom Straßenrand pflückt er mehrgängige Menüs zusammen, Risotto mit Fenchelsamen, Kaltschale aus Nachtkerzenblättern, Arme Ritter aus altem Brot und Kompott aus den leuchtend orangen Früchten des Erdbeerbaums. Es schmeckt selbst den Kindern.

Es ist zwölf oder schon ein Uhr mittags, eine Zeit jedenfalls, zu der die Vernünftigen schlafen. Die Kiefernzapfen dehnen sich knackend in der Hitze. Ilyas liegt auf der Pritsche unter seiner Markise, die Mädchen auf Liegestühlen am Pool. Rinus übt allein auf seinem Seil, er übt, einfach nur zu sitzen, wenn er fällt, steht er auf und beginnt von vorn. Ich spaziere an der Mauer bei der Pferdekoppel entlang, wo es halbwegs schattig ist und der Empfang fast so gut wie oben an der Straße. Ich fahre mit der Handfläche über den kratzigen warmen Stein und muss wieder denken, wie gelungen dieser Garten ist, die labyrinthartige und doch offene Anlage des Hauses, in dem man sich so gut verstecken kann und doch immer weiß, man ist nicht allein. Ich höre Eve und Rinus in ein Gespräch vertieft, hinter mir malmt das Pferd. Auch in klarer Luft erschienen den Leuten Gespenster. Die Mittagsfrau ist kein deutungsoffener Nebelstreif, sie tippt einen bei der Feldarbeit an die Schulter.

Wieder treibt Marla vor den Mädchen im Pool, den Oberkörper auf dem Aufblaswalfisch, das Wasser dunkel im Schatten der Bäume, ihr roter Badeanzug leuchtet. Ab und zu schlägt sie mit der flachen Hand aufs Wasser oder taucht unter und wieder auf. Es klingt, wie wenn ein großer Fisch an die Oberfläche kommt und in die Luft schnappt.

Die Mädchen unterhalten sich mit ihr. Zumindest sieht es von weitem so aus, zumindest hoffe ich das. Sie sollen unbeobachtet sein, ich verziehe mich. Vorbei an Ilyas, der zu schlafen scheint, zu dem kleinen Lager, das Marla und Franz um ihren Bus herum aufgeschlagen haben. Zwei Hängematten unter jungen Kiefern, nachts haben sie wahrscheinlich kühlere Luft als wir. Zum Schlafen spannen sie Moskitonetze darüber, sie sehen wie Epiphyten oder die Gespinste riesiger Insekten aus. Ich erzähle Kolja, wie fasziniert unsere Kinder davon sind, dass sie sich Hängematten zum Geburtstag wünschen oder besser sofort, alle beide, in seltener Einigkeit. Tagsüber sind die Netze ordentlich verknotet, und aus der Nähe kann ich sehen, wie gut sie verarbeitet sind, hochwertige Fabrikate eines teuren Herstellers.

Ich erzähle Kolja von den Rädern, dass wir sie nehmen können, sobald sie fahrtüchtig sind, ich bin sicher, dass es ihnen Spaß machen wird. Vielleicht bitten wir Ali, eines für Linn mit nach Hause nehmen zu dürfen. Sie braucht ohnehin ein neues, dass sie sich mit ihrem alten Kinderrad nicht bewegen will, ist kein Wunder.

»Wie geht es ihr?«, fragt er, »wie geht es den Kindern«, und ich beschreibe ihm, wie die Mädchen umeinander herumschleichen. Wir sprechen wie über Angehörige einer fremden Spezies. Wie alle Eltern über ihre Dreizehnjährigen. Das heißt, ich rede, Kolja hört zu. Als ich endlich fertig bin, erzählt er mir, wie er gestern im Homeoffice auf die Lieferung des Sonnendachs für unsere Terrasse gewartet hat. Vor unserer Abreise schon hätte sie kommen müssen, es gab die üblichen Verzögerungen und Schwierigkeiten, jetzt hatte die Spedition ein anderes Unternehmen beauftragt.

Ich gehe durch den Garten und schaffe es nicht, mit solchen Wörtern etwas zu verbinden. Lieferfirmen, Subunternehmen, Verzögerung. Er spricht von einer Welt, mit der ich nichts zu schaffen habe, seine Welt, knapp zwei Wochen bin ich hier und nichts mehr fällt mir dazu ein. Vor ein paar Tagen war er sich sicher, Eves Bekannten hinter dem Fenster stehen zu sehen. »Ihren Stalker«, war sein Wort. Ich konnte ihn beruhigen, was das angeht. Eve hat mit ihrem Freund gesprochen und ihm gesagt, dass er sich von unserem Haus fernhalten soll. »Er wird sich daran halten«, versicherte ich Kolja, und er glaubte mir.

Aber dies hier war etwas anderes. Allein schleifte der Mann die Pappkartons mit den Glasplatten und den meterlangen Metallstreben die Rampe des Lkws hinunter. Kolja brauchte einen Moment, um zu begreifen, dann klappte er seinen Laptop zu und zog seine Arbeitshandschuhe an. Er nahm einen Karton in die Hand und erschrak über das Gewicht, der andere nahm ihm das Ding eben noch rechtzeitig aus der Hand, bevor es ihm auf die Füße fallen konnte.

»Er hat sie einen nach dem anderen durch den Vorgarten gezogen, alles, was ich tun konnte, war den Weg freimachen«, sagt Kolja, »oder es versuchen.« Die Cosmeen hatten es nicht überlebt. Im Wohnzimmer schob er den Tisch an die Wand, stellte das Sofa schräg und verräumte die Zimmerpflanzen, Teetassen und Bücher. Er breitete eine Schmutzdecke aus dem Keller aus, damit der Fahrer die Einzelteile durch den Raum zur Terrasse tragen konnte. Das längste Teil lag am Ende so verkeilt im Zimmer, dass die Terrassen- und die Wohnzimmertür nicht mehr zu schließen waren.

»Ich kann dir ein Bild schicken, aber wahrscheinlich willst du das nicht sehen.«

»Nein. Das will ich nicht sehen.«

Am schwersten waren die einzelnen Platten. Kolja versuchte eine über die Beete zu ziehen, heben war unmöglich, und schürfte sich an der Kartonkante den Unterschenkel auf. Auch der Lieferant hatte eine blutige Stelle am Arm. Erde klebte an seinem Kieferknochen. Kolja bestand darauf, wenigstens seine Verletzung zu reinigen und abzudecken. Der andere verstand ihn nicht, er verstand offensichtlich kein Wort Deutsch und auch kein Englisch oder Russisch, er schaute Kolja nur immer zweifelnder an.

»Ich habe ihm ein Glas Wasser angeboten und dass er sich setzen soll. Ich habe damit gerechnet, er würde auch das ablehnen. Aber er griff nach dem Glas und setzte sich hin, und ich«, sagte Kolja, »habe die nassen dreckigen Abdrücke am Türrahmen angeschaut und gedacht, diesen Rahmen habe ich vor einem Monat erst abgeschliffen und gestrichen. Das ist mir durch den Kopf gegangen, ich bin nicht stolz darauf. Aber nachdem er weg war, war das das Erste, was ich gemacht habe. Ich habe die Stelle mit Essig und dann einem trockenen Tuch abgewischt.«

Er hatte ihn dann doch noch überzeugt, den verletzten Arm abtrocknen und die Schürfung versorgen zu lassen, er hatte nur die alten Kinderpflaster von Linn gefunden, von denen wir einen viel zu großen Vorrat haben.

Und dann saßen sie gemeinsam am Tisch. Der schweigende Arbeiter mit dem Prinzessinnenpflaster, das er sich abreißen würde, sobald er zur Tür raus wäre. In dem Moment schien er es überhaupt nicht zu sehen. Er hielt sein Wasserglas und schien mit einem Mal sehr schwer geworden zu sein. Um irgendetwas zu sagen, sagte Kolja seinen Namen. Im nächsten Augenblick kam es ihm vollständig absurd vor. Der Mann wusste nicht, was er von ihm wollte. »Kolja«, wiederholte er und zeigte auf sich. Der andere lachte unsicher.

Kolja merkte, wie er sein professionelles Besteck auspackte, eine Atmosphäre schaffen, *trust building,* er wäre jetzt in der Lage, diesen Ablauf in Gang zu bringen, er wusste, er konnte dieses Programm abrufen, aber er merkte auch, wie lächerlich, hier würde das nicht greifen, und vor ihm saß kein Kunde.

»Sondern ein sehr erschöpfter Mensch. Ich habe gedacht, was, wenn ich als Nächstes die Rettung rufen muss. Ich war darauf gefasst.«

Der Arbeiter sah sich im Raum um, ohne jedes Bemühen um Diskretion. Die Fotos auf dem Sideboard, die Vasen auf dem Tisch, Koljas Computer und das Klavier. Am Klavier blieb sein Blick hängen. Er musste gemerkt haben, wie Kolja ein wenig unruhig wurde, und lächelte.

»Ich habe ihn gefragt, ob er spielen will.«

»Und?«

»Er wollte nicht. Er blieb noch ein bisschen sitzen. Ein paar Minuten. Aber zeitweise habe ich gedacht, er wird nicht mehr aufstehen. Er wird schon gar nicht anfangen, die herumliegenden Teile zu montieren. Er wird einfach hier sitzen bleiben.«

Der Mann schob seinen Stuhl an den Tisch zurück, bevor er ging, und legte Kolja die Hand auf den Arm. Als wäre er der Kranke, und wirklich hatte er jetzt keine Kraft mehr in den Beinen und Schwierigkeiten, aufzustehen. Er lief dem Mann hinterher, er wollte ihm Trinkgeld geben, wenigstens das, aber er fand die Geldbörse nicht. Sie nickten einander zu, dann lief der andere zu seinem Wagen zurück.

»Hätte ich nicht etwas gegenzeichnen sollen, ist mir dann erst eingefallen. Für jedes Päckchen muss man das doch.« Da war der Lkw schon um die Kurve. Kolja wischte den Wohnzimmertisch, die Stelle am Türrahmen, schämte sich dafür und fand bald sein Telefon und sein Portemonnaie auf der Ablage gleich neben der Tür, wo er es immer aufbewahrte.

»Warum hatte ich das übersehen?«

Zuletzt versuchte er, den Rest des Zimmers in einen benutzbaren Zustand zu bringen, verlegte sich aber bald darauf, diesen Zustand auszublenden und wenigstens noch ein, zwei Stunden weiterzuarbeiten, doch er brachte nichts mehr zustande. Er hatte Kopfschmerzen. Ein Gefühl, als hätte er diese Lieferung ins Haus geschleift. Den Rest des Nachmittags verbrachte er in den Warteschleifen der Lieferfirma, der Herstellerfirma, des am Ende beauftragten Unternehmens.

Würde in den nächsten Tagen jemand, hoffentlich mehrere kommen und die Markise montieren. Wer war zuständig? Was hatten wir unterschrieben?

»Ich weiß es doch auch nicht.« Mehr fiel mir nicht ein. Ich habe mir angewöhnt, darauf zu vertrauen, dass schon alles irgendwie seinen Gang gehen wird, ich bin in meinem Leben vielleicht noch zu selten über den Tisch gezogen worden. Es handelte sich um eine teure, ernsthaft arbeitende Firma, dachte ich, »sie werden jemanden schicken, sobald sie können.« Normalerweise bin ich es, die die größeren Ängste hat. Dafür weiß ich, wie mit ihnen umzugehen ist.

»Wie es jetzt hier aussieht, kann ich nicht weg«, sagt er, »ich kann nicht mal eine Runde joggen gehen oder einkaufen. Unsere Gartentür ist nicht zu schließen, und es gibt jemanden, der das weiß und der weiß, wo wir wohnen.«

»Und du verdächtigst diesen Arbeiter?«

Die Frage kommt eher reflexhaft, für wirksame Empörung bin ich ebenso zu abgelenkt wie für echte Angst. Während wir reden, schaue ich von draußen durch die Lücken zwischen den Stoffvorhängen des Bullys, auf das hingebungsvoll ausgebaute Innere, die Kochplatten mit der Espressokanne, die Liegeflächen, die Konsole mit Büchern. Nichts Hippiehaftes. Es sieht erwachsen aus. Wie in den Tiny-House-Katalogen, die wir daheim zusammen durchblättern. Wir blättern immer nur und träumen. Franz hat sich etwas eingerichtet. Er ist vielleicht ein Aufschneider mit weichen Lippen und etwas zu geschmeidigen Manieren. Aber er hat keine reichen Eltern. Was er besitzt, hat er von selbstverdientem Geld bezahlt, jetzt das meiste davon aufgegeben, seine Arbeitsstelle, alles. Wenn wir es wirklich wollten, könnten wir auch so leben. Es gibt Familien, die das tun.

»Ich verstehe dich nur ganz schlecht«, sagt Kolja, »du bist sehr leise.«

Ich hebe das Mikro an meine Lippen und rufe noch einmal, dass ich mir keine Sorgen machen würde. Ich bin jetzt so laut, der Wind muss meine Stimme über das ganze Gelände tragen.

Über die Matratze ist eine Schurwolldecke mit portugiesischem Muster gebreitet. Am Kopfende eine Flasche Wasser, aufgeschlagene Taschenbücher. Mit dreizehn habe ich angefangen, in fremden Badezimmern die Spiegelschränke zu öffnen. Rizinusöl, Pilztinktur bei den Eltern meiner Freundinnen, Mittel gegen Haarausfall und gegen übermäßigen Haarwuchs, andere unnennbare Krankheiten. Das Wissen hätte mir Macht verleihen sollen, stattdessen war es mir peinlich. Aber ich habe nie damit aufhören können. Auch jetzt will ich wissen, was auf den Buchrücken steht, wer Marla die Pilotensonnenbrille gekauft hat, was die silberne Tube beim Kopfkissen enthält.

Dicht zwischen dem Auto und meinen nackten Füßen kriecht ein Gartenschlauch durch das knisternde Gras. Ich höre Ilyas' Stimme aus einiger Entfernung, auch er scheint zu telefonieren, ich rieche einen Joint, kann ihn aber nicht sehen, dafür spüre ich eine starke Präsenz hinter mir.

Ich weiß nicht, wie lang sie schon da steht. In einem getigerten Bikinioberteil und kobaltblauen Fußballshirt, aus ihrem Haar tropft Wasser zu Boden. Warum ich sie nicht gehört habe. Sie trägt schwere japanische Zehensandalen mit Plateausohlen, in der Hand einen weißen Pfirsich, eben gepflückt, es muss einer der letzten gewesen sein. Abwechselnd betrachtet sie mich und die Frucht.

»Lass uns aufhören«, sage ich zu Kolja, »lass uns das morgen besprechen.« Sie beißt in den Pfirsich, schaut mich an, nicht unfreundlich, aber irgendwie wissend. Saft läuft an ihrem Kinn herab.

»Der Empfang ist besser hier«, erkläre ich mich und nehme die Kopfhörer aus meinen Ohren. »Ich weiß«, sie nickt, wischt sich mit dem Handrücken über die Lippen und fragt: »Dein Mann?«

Verständnisvoll und irgendwie wissend. Als wüsste sie schon

alles Mögliche über die Ehe, über meine und die Ehe an sich. Ich stelle mir vor, dass sie und ihre Mutter wie Freundinnen sind, ich sehe sie zusammen Kaffee trinken und immer neue Männer in der Wohnung begrüßen.

»Versteht ihr euch?«

»Es geht.«

»Stressige Zeiten gerade«, nickt sie, und ich kann nicht sagen, ob sie mehr eine Floskel nachspricht oder meint und weiß, was sie da sagt.

Sie wirft den Pfirsichkern über die Mauer, klopft die Hände aneinander ab und lehnt sich an die Karosserie des Busses. Das glühende Metall auf ihrer Haut. Es scheint ihr nichts auszumachen. »Unser Schneckenhaus«, lächelt sie stolz und drückt ihren Rücken durch, »gefällt es dir?«

Sie wischt eine Heuschrecke von der Innenseite ihres Oberschenkels und befühlt mein Kleid. »Schöner Stoff.« Expertinnenhaft. Ich freue und strecke mich: »Wirklich?«

Sie ist zu alt für diese Distanzlosigkeit und zu jung für diesen Von-Frau-zu-Frau-Ton, aber sie beherrscht ihn. Ich erzähle, wie ich dieses Kleid kurz nach meiner ersten Schwangerschaft kaufte, wie oft ich es repariert habe, »man sieht es ihm an«, wieder bekommt meine Stimme diesen entschuldigenden Ton.

»Das ist ja das Schöne daran«, meint sie. Dann, als fiele ihr das jetzt erst plötzlich ein: »Eigentlich haben wir uns gefragt, ob wir die Räder nehmen dürfen.« Wir, denke ich, »wohin?«, frage ich.

»Bisschen durch die Gegend fahren. Linn hat gesagt, du würdest es eh nicht erlauben. Aber das konnte ich mir nicht vorstellen.«

»Sind die Räder denn schon fertig?«, frage ich, um Zeit

zu schinden, »ihr müsst Franz fragen.« Ich denke, wie lange Franz an den Bremsblöcken herumjustierte und wie gereizt er anschließend aussah. Weil etwas ihm nicht gelungen war. Er gab sich keine Mühe, für mich ein freundlicheres Gesicht aufzusetzen.

»Franz ist nicht da.«

»Wo ist er denn?«

Sie hebt die Schultern. Mir fallen die blauen Flecken an ihren Schenkeln auf.

»Mit Eve los, glaub ich. Oder mit Ilyas?«

»Der ist doch hier. Hat Franz nichts gesagt? Wohin er geht?«

»Nein. Hat er nicht.« Diesmal hebt sie nicht einmal die Schultern, sie versteht meine Frage gar nicht.

Ich versuche, bei den Bäumen am Tor unser Auto auszumachen. Wahrscheinlich sind sie schnell etwas besorgen gefahren und wollten uns nicht wecken.

»Ich hab geschlafen, deshalb hat er mir nicht Bescheid gesagt. Aber die Räder sind gut«, jetzt wieder unterwürfiger. Ich bin gerade die einzige Erwachsene hier, die etwas entscheiden kann.

»In Ordnung. Aber nur die kleinen Straßen, ja?«

Linn fährt voraus auf dem goldenen Rad. Ich bleibe hinter der Mauer stehen, bis die Reifen auf dem Schotter und das Lachen der Mädchen nicht mehr zu hören sind.

Ich versuche, keine große Sache daraus zu machen, aber als sie gegen sieben noch nicht zurück sind, bekomme ich ein schlechtes Gefühl. Es wird nicht besser, als Franz und Eve von Ilyas' Moped steigen und mich wissen lassen, Noémie hätte sich bei Eve gemeldet. Wir sollen mit dem Essen nicht warten.

»Hat sie geschrieben, warum? Warum sie sich verspäten?«

Kopfschütteln.

Etwas später steht Franz in der Küche und häckselt Koriander, Eve neben ihm presst Limetten, beide haben grünen Saft an den Händen und hören einen alten Tango. Sie halten inne und rücken ab voneinander, als ich frage, ob ich etwas helfen kann.

Franz zögert, ehe er mir ein Messer hinschiebt und ein paar geschälte Knoblauchzehen: »Hacken. Nicht pressen.« Er unterbricht seine eigene Arbeit, um zu sehen, wie ich mich anstelle, er singt leise mit. *Por una cabeza:* Wie lange ich mir nur eingebildet habe, den Text zu verstehen, und glaubte, es ginge um eine Kopfprämie, um Leben und Tod, bis ich erfuhr, dass das Lied von einer Pferdewette handelt. Jemand beklagt, eine Menge Geld verloren zu haben wegen einer einzigen Kopflänge. »Das ist alles, niemand wird geköpft!«

»Und das hat nichts mit Leben und Tod zu tun?«, fragt Eve leicht ungeduldig. Bei irgendetwas habe ich die beiden unterbrochen.

»Ich soll dich grüßen von Ali«, fällt Franz ein, Eve wischt sich die Hände an einem Küchentuch ab und verlässt den Raum. Ihre lauten Sohlen auf den Bohlen der Veranda.

»Ihr habt gesprochen?«

Er hat Mühe, sich zu erinnern. Gestern, vorgestern.

»Man verliert hier sehr schnell das Zeitgefühl. Jedenfalls soll ich dich grüßen.«

»Und sonst? Wie geht es ihr?«

»Gut? Ich meine, sie ist beschäftigt, ihre Frau stirbt, aber das weißt du ja alles?«

»Nichts weiß ich. Ich weiß nicht einmal, ob sie noch kommt.«

»Noch kommt? Hatte sie das denn vor?«

»Wahrscheinlich habe ich etwas falsch verstanden«, sage ich schnell, er muss wissen, dass es eine Lüge ist, und weicht selbst aus: »Darüber haben wir gar nicht gesprochen.«

Sie haben besprochen, dass er die Fenster restaurieren soll, vielleicht auch das Schwingtor zum Schuppen. Seit geraumer Zeit schon reden sie darüber, wann ein guter Zeitpunkt sein könnte. Er schüttet zerstoßene Chiliflocken in die Schale mit dem Knoblauch in meinen Händen, er gießt Öl und Saft dazu und ruft nach Eve, damit wir beide kosten. Das Olivenöl brennt im Hals, sie hustet, mir wird warm. Noch wärmer. »Zu scharf?«, fragt er fürsorglich. »Genau richtig«, lobe ich, »es könnte ruhig noch eine Schote hinein.«

EVE

»Wie geht es dir«, fragt Dennis, »wie ist es mit deinen neuen Freunden?«

»Es sind nicht meine Freunde.«

»Sie lassen dich mit an ihrem Tischlein essen.«

»Du hast diese Leute noch kein einziges Mal gesehen. Was ist dein Problem?«

»Ich habe kein Problem. Ich will einfach nur wissen, wie es dir geht.«

ELENA

Ich klage nicht mehr über meinen schlechten Schlaf. Ich würde gern aufhören, daran überhaupt zu denken. Eine Sache, die ich nicht missen will: Eine biologische Begründung dafür, wie ich durch die Tage gehe. Eine Nacht ohne Schlaf ist wie eine Promille Alkohol. Das würde ich schon gern sagen, wenn mir wieder etwas herunterfällt und jemand meint, helfen zu müssen. Was ich nicht mehr beantworten will: Erkundigungen wie »War das immer schon so, hast du das öfter, warum?« Ich will es nicht auch noch erklären müssen. Warum ich in Aufruhr bin ohne Anlass. Es ist nichts passiert. Die Mädchen sind gegen zehn zurück gewesen, sie haben ein Eis gegessen und einen Nachtflohmarkt besucht, »nichts Besonderes«, sie setzten sich noch ein Weilchen zu uns und zogen sich bald zurück. Morgen werden sie sich wieder auf den Weg machen, ich werde lernen müssen, damit zu leben.

Ich habe nicht immer schon schlecht geschlafen. Hitze, Hormone, späte Abendmahle, ich wüsste die Ursache selbst gern.

Es sind nicht Franz und Eve, die mich wecken. Als ich ihr Lachen höre, bin ich längst wach. Zwei Erwachsene, die mithilfe einer großen Decke versuchen, einen Vierbeiner darzustellen. Sie stoßen einander weg und fallen zueinander, eine übergroße, betrunkene Motte, ich weiß sofort, dass sie es sind, sie winken nicht zurück, sie sind miteinander beschäftigt und damit, den Bewegungsmeldern auszuweichen. Einer macht sich los, reißt den Stoff an sich und springt voran, umweht von seinem Umhang, die andere folgt und kriegt ihn sofort wieder zu fassen.

»Elena. Haben wir dich geweckt?« Sie klingen besänftigend, als ich endlich vor ihnen stehe, offenbar mache ich den Eindruck, Trost zu brauchen. Das Handtuch hat jetzt Franz um die Schultern geschlungen. Soweit ich es sehen kann, ist er darunter nackt.

Sie haben nasse Haare und ein ganz leises schlechtes Gewissen.

»Wart ihr schwimmen?«

»So konnte man es nicht nennen«, Eve bemüht sich, mir klarzumachen, dass ich nichts verpasst habe. Lachend gibt sie zu, im Dunkeln noch einmal mehr Angst vor den bewegten Wassern zu haben als am Tag. Wie schnell die Flut kam und Franz' Sachen mit sich riss, einen einzigen Schuh haben die Wellen ihm gelassen, den Rest mit einem Haps geschluckt. Er wickelt sich fester in das Handtuch. Ein Nachtvogel streicht tief über uns hinweg. Zu dritt beraten wir, was wir den Kindern sagen, warum er neue Schuhe braucht.

»Wie wäre es mit der Wahrheit?«, frage ich und sehe nun auch das Licht im Haus. Wir fangen an zu flüstern.

»Damit sie auf Ideen kommen?«

Auf einmal kümmert ihn das: ein gutes Vorbild sein. Ich habe Lust, ihn an mich zu ziehen. »Morgen ist Vollmond!«, flüstere ich, »wollen wir wieder schwimmen?«, versuche ich mich selbst einzuladen, mein Herz klopft.

»Das macht ihr dann aber allein«, Eve läuft voraus ins Haus, dringend will sie diesen Ozean von sich waschen. Er schaut ihr nach, wieder fällt mir auf, dass er leicht schielt, oder stimmt mit seinem rechten Auge noch etwas nicht? Ich wische ihm den Sand von der Schläfe und erschrecke, wie kalt seine Haut ist.

»Und was machen wir jetzt? Noch einen Wein?«, doch er

will jetzt auch duschen und dann so bald wie möglich ins Bett, »Ich glaube, das ist besser so.« Es ist eine warme Nacht und noch nicht spät. Er meidet es, mit mir allein zu sein, und hat wahrscheinlich recht, es ist besser so. Mit Eve geht er ins Bett. Mit mir nicht. Deshalb bleibt der Energieaustausch zwischen uns, wie er ist.

»Nächstes Mal will ich mit.«

»Ja sicher. Gute Nacht, Elena.«

»Möchtest du noch einen Crémant?«, fragt Franz und kommt mit einem Glas und einer Platte voll Austern zurück. Voll stimmt nicht ganz. Zwei für jeden liegen auf dem blechernen Teller. Er nimmt das Messer, ich trinke, er schaut mir zu. Zusammen lachen wir über Eves Gesicht gestern an diesem Stand, als er ihr beibrachte, wie man mit dem Messer richtig umgeht. Erst wollte sie es nicht lernen und erst recht keinen lebenden Muskel essen, dann konnte sie nicht genug bekommen.

»Ein Phänomen«, lobt er väterlich. Heute wollte sie nicht mit zur Markthalle, sie wollte zum Sport. In diesem Moment steht sie vor dem Cross-Fit-Trainer des Resorts und wartet auf seine Befehle. Hundert Liegestütze oder dreißig Klimmzüge, oder gleich eine meterhohe Metallstange hinaufklettern, und zwar ohne die Beine zu Hilfe zu nehmen. Offensichtlich hat sie auch ihm davon erzählt, und mit einiger Erleichterung sehe ich, dass er mit solchen Trendsportarten genauso wenig anfangen kann wie ich: »Man will sich nicht mit ihr anlegen.« Lachend pflichtet er mir bei. Ob ich noch ein Glas möchte?

Ich sage ihm, wie sie uns geholfen hat, als wir zusammen eingeschlossen waren und mein Mann in seinem Büro übernachtete. Er und seine Freunde hatten die Agentur gerade gegründet und anders als die meisten keinen Einbruch erlebt, er durfte nicht krank werden und wollte uns nicht krank machen, es war das Vernünftigste, getrennt zu bleiben. So hatten wir uns geeinigt. Meinen Freundinnen mit ihren starken Meinungen erzählte ich davon nichts. Ali hätte einiges dazu zu sagen gehabt, aber eine Hilfe gewesen wäre sie nicht. Kinder, auch größere, sind fremdartige Wesen für sie, sie überreicht ihnen Schokolade und Kuscheltiere, dann bleibt sie aufgeregt stehen und beide Seiten wissen nicht, wie es weitergehen soll.

Eve zog damals für Wochen bei uns ein. Geplant war das nicht. Sie blieb über Nacht, als Rinus sie nicht gehen lassen wollte, fuhr dann noch ein einziges Mal heim, um ein paar Wechselklamotten zu holen. Sie sorgte dafür, dass ich meine Abgaben einhalten konnte und nicht verrückt wurde, sie ging mit Linn ihre Arbeitsblätter durch und turnte mit Rinus im Garten. Natürlich habe ich sie damals nicht angemessen bezahlt. Es wäre mir gar nicht möglich gewesen. Ich habe nie gefragt, wen und was sie eigentlich zurückließ. Was sie in ihrer Wohnung vorgefunden hat nach der langen Abwesenheit. Verendete Pflanzen, böse Briefe, schimmligen Hüttenkäse. Und sie hat nichts erzählt. Es machte mir den Eindruck, dass sie ganz froh war, bei uns zu sein. Wer so bereitwillig sein Zuhause aufgibt, wird seine Gründe haben, dachte ich und habe nicht gefragt.

»Ohne sie hätten wir es nicht geschafft.«

»Du musst sie nicht verteidigen. Ich mag Eve«, sagt er und zieht ein langbeiniges Insekt aus meinem Haar, »sie ist witzig.« Kurz bleibt seine Hand auf meiner Schulter liegen. Es geht mir durch und durch, das muss er merken. Er schaut auf die Uhr über dem Eingang der Halle, die geknackten Austern auf unserem Teller und meint, wir sollten zahlen. Vielleicht lädt er heute einmal mich ein, denke ich am Tresen, da hat er dem Händler schon zugenickt und schiebt mir das Kartenlesegerät hin. Wie immer finde ich nicht die Stelle zum Auflegen, Einführen klappt aber auch nicht. Beide Männer sehen zu, wie ich versuche, meine Hand ruhig zu halten. Ich biete an, Bargeld zu holen, falls sie das hier überhaupt noch nehmen. Lieber wäre mir, diesen Ort zu verlassen, ich lege zwanzig

Euro in die Schale, was leider nicht reicht, wir haben gut gelebt. Ich warte darauf, dass Franz etwas dazulegt, ein paar kleine Scheine wird er doch bei sich haben, aber er hat keinen Geldbeutel dabei heute. Die beiden Männer besprechen sich, zu schnell, als dass ich folgen könnte, nicht einmal Franz mit seinem deutschen Akzent verstehe ich.

»Etwas stimmt nicht mit meiner Karte. Dass es immer noch diese Probleme gibt«, ich erinnere mich an eine Reise vor Jahren, als es plötzlich überall hieß, eine Auszahlung sei nicht möglich, ich wusste, mein Konto konnte nicht leer sein. Damals ließ sich aus der Ferne nicht einsehen. »Jedenfalls war es nicht leer, es war schlicht ein technisches Problem gewesen, das hier wird nichts anderes sein, wahrscheinlich liegt es nur an diesem Gerät«, ich rede viel zu viel. Franz legt wieder seine Hand an meine Schulter. »Es ist okay. Wir dürfen morgen bezahlen.«

Die Mädchen liegen unter den Blutpflaumenbäumen. Offen auf der Wiese und nicht in einer der Höhlen, in denen Linn noch immer manchmal vollständig verschwindet. In ihre verstecktesten Winkel lässt sie niemanden. Auch nicht ihre Freundinnen.

Sie haben die teure portugiesische Decke im Gras ausgebreitet, Marla erklärt etwas, die anderen hören zu. Noémie hat angefangen, Linns Haar zu französischen Zöpfen zu flechten. An einer Kopfhälfte liegt es schon eng und gebändigt an. Derweil greift Marla Noémie in die Schultern und erwischt einen Schmerzpunkt, sie schreit auf. Mit diesen Händen kann Marla sicher gut massieren. Nur logisch, dass Linn sich rasch bäuchlings vor sie hinlegt. Sie kennt das. Eve hat ihr auch schon einmal ein paar Griffe gezeigt. Die Stirn am Boden, hält Linn still, während Marla mit ihrer Hand Linien und Kreise beschreibt, als zeigte sie Noémie eine Route auf einer Karte.

Eine Ärztin, die der Praktikantin Grundlagen der Anatomie erklärt. Einmal hebt Linn den Kopf und will auch etwas sagen, da wird sie sanft zurückgedrückt. Marla beugt sich vor zu ihr und sagt ihr etwas ins Ohr, dann schiebt sie ihr das T-Shirt hoch.

EVE

Außer dem Kleinen fragt niemand mehr nach dem Hund. Ob er wiederkommt. Ob wir ihn suchen können. Das Tor auflassen. Dabei braucht er das nicht. Wenn er will, wird er sich wieder ein Loch unter dem Tor graben und uns mit nebeneinandergelegten Pfoten erwarten. Auf seinem Posten vor der Verandatreppe liegend. Er wird riechen, ob wir vergessen haben, den Müll mitzunehmen. Ich glaube nicht, dass er noch in der Nähe ist. Falls er noch lebt. Nicht einmal Elena glaubt das. Sie versucht, Rinus damit zu trösten, dass er gute Tage bei uns hatte und jetzt woanders gute Tage hat. Ganz von allein ist er sicher nicht verschwunden. Ich denke, sie weiß das. Wenn sie von weitem einen weißen Hund sieht, versucht sie Rinus schnell abzulenken.

»Für Milva sind wir nur eine Station gewesen«, sagt Linn, »auf ihrer Reise.« In eine andere Welt, so hört sie sich an. Aber sie stellt jeden Abend eine Schüssel mit frischem Wasser und eine mit Futter nach draußen, an die Rückseite des Hauses beim Vordach zur Kellertreppe, manchmal legt sie auch ein paar abgenagte Knochen dazu. Sie passt unbeobachtete Momente ab, damit niemand ihr sagt, dass sie das lassen soll, es lockt nur Tiere an, die wir hier nicht haben wollen. Jede Nacht kippt jemand von uns das Wasser weg und das Futter zurück in den Sack.

Franz kocht täglich für alle und kauft niemals ein. Ein einziges Mal hat er mit mir zusammen eine Tüte Jakobsmuscheln auf dem Markt gekauft und zufällig seinen Geldbeutel vergessen. Sie bedienen sich an unseren Einkäufen und steuern Sachen bei, die sie hier in den Vorratsräumen finden oder im Garten ernten. Bisher scheint es Elena nicht zu stören. Und eines muss man sagen: Die beiden haben eine deutlich entspanntere Stimmung mitgebracht.

So bald werden sie wohl nicht abreisen. Obwohl die Fähre wieder in Betrieb ist, auch die Straßen sind längst wieder frei. Ich habe mich informiert. Sie werden ebenfalls Bescheid wissen. Sie wollen bleiben, bis er mit allen Fensterrahmen und -läden fertig ist, und es würde mich nicht überraschen, wenn er danach eine neue Aufgabe findet. Anfangs hatte ich meine Zweifel. Hatte er nicht behauptet, Arzt zu sein? Rettungssanitäter, aber er war auf der Waldorfschule, und er macht gern etwas mit seinen Händen, gab er mir zur Antwort. Jemand, der eine Schau abzieht. Zwei, die eine Schau abziehen, habe ich erst gedacht. Aber das müssen sie gar nicht. Sie müssen einfach nur eine interessierte Nachfrage stellen und man glaubt, man sei der einzige Mensch für sie auf der Welt. Ich weiß, dass ich aufpassen muss. Ich sehe, dass Elena nicht aufpasst. Sie kennt das nicht. Sie freut sich einfach nur über ein wenig Aufmerksamkeit.

Ihr Mann und ihre Kinder sind das Beste, was ihr im Leben passiert ist, sagt sie, sie wird nichts tun, was das in Gefahr bringt. Ein Jahr waren sie getrennt und haben mit anderen Leuten geschlafen. Da waren sie zwanzig. Elena auf einem Ziegenhof in Süditalien, er in seinem besetzten Haus in Berlin. »Und es war nicht gut«, und damit hat die Sache sich bis heute erledigt.

Sie will nicht prüfen, wer diese Leute sind. Vertrauen entsteht nicht durch Beweise, »sondern indem man es schenkt«.

Wenn es ans Bezahlen geht, am Austernstand, nach dem

Reiten am Strand, entsteht immer eine winzige Pause. Und Franz tut nicht einmal so, als würde er in seiner Hosentasche nach Geld suchen. Er hat kein Portemonnaie dabei, oder die Frage kommt gar nicht erst auf. So sehr freut sich Elena, alle einladen zu können. Und sie kann es ja auch. Sie muss sich keine Gedanken machen.

»Ich bin einfach nur dankbar, dass sie hier sind«, sagt sie. Er hat das Fenster mit dem kaputten Griff repariert und einen graugrünen Strang aus Haar und Seifenrest und Enthaarungscreme aus dem Abfluss geholt, worum sie Ilyas nicht bitten wollte. Niemand oder wenigstens kein Fremder sollte wissen, was die Mädchen dort anstellen, wie sie den maroden Rohren zusetzen, wenn sie allein sind. Franz ist kein Fremder. Er gehört zu ihrem Stamm, auch wenn sie ihm noch nie zuvor begegnet ist. »Mit manchen Menschen kann man vom ersten Abend an reden, als hätte man sie immer schon gekannt.«

Sie lässt die Mädchen mit den Rädern losziehen, ohne Schuhe, ohne Helme, sie fragt nicht, wann seid ihr zurück, und seit ein paar Tagen läuft sie nicht mehr mit ihrem Laptop und einem Stoß Büchern durch das Haus wie ein Kind auf der Suche nach verlorenem Spielzeug. Sie hat sich einen breiten Gürtel um die Taille gebunden und wartet auf ihn, damit sie zusammen einkaufen gehen können. Sie kann gar nicht mehr aufhören zu lächeln. Winkend klettert sie auf den Beifahrersitz. Die Mädchen auf der Hollywoodschaukel winken nicht zurück, aber das kann Elena vermutlich gar nicht mehr sehen.

Was soll ich sagen: Es tut ihr gut.

Ich will Linn ablenken und erinnere sie an unsere Verabredung. Ich wollte Krav Maga mit ihr üben und sie mir einen neuen Tanz zeigen. Es soll ein Solo werden für die Talentshow im Resort, zumindest waren gestern noch alle Feuer und Flamme dafür. Jetzt haben die drei schlechte Laune, weil Franz ihnen einen Ausritt am Strand versprochen hat. Er schlägt Dinge vor, die mir nie in den Sinn kämen und Elena erst recht nicht. Bogenschießen. Reiten. Paintball. Bis jetzt ist noch nichts davon passiert. »Komm schon«, sagt er zu niemand Bestimmtem: »Das wird lustig!« Dabei widerspricht selten jemand. Nur Elena war natürlich von Anfang an ein bisschen zurückhaltend, als er von einem Bekannten erzählte, der schnelle Pferde besaß. »Am Strand kennen sie kein Halten mehr.« Er erzählte, wie er voriges Jahr am Meer entlanggaloppiert war, sie hatte viele Fragen zur Haltung der Tiere. Heute dann kam heraus, dass der Stall im evakuierten Gebiet liegt und wohl gar nicht mehr existiert. Elena hatte nichts dagegen, stattdessen mit ihm in die Stadt zu fahren.

Man kann seinen Spaß haben, aber man sollte die Kinder heraushalten. Wobei ich sehe, dass das in diesem Fall schwierig ist. So, wie wir hier aufeinanderhocken.

Oft ist er noch vor dem Kleinen wach. Seine Morgenroutine beginnt er täglich früher. Zum Meditieren setzt er sich so, dass alle ihn und seine Tattoos auf dem Rücken sehen können, inmitten der Wiese. Heute Morgen habe ich ihn gefragt, warum er sich nicht einen geschützteren Ort sucht, in allen alten Schriften wird das empfohlen: Den Rücken zum Berghang oder wenigstens zu einem Baum; man sollte sehen, was von vorn kommt.

»Du kennst dich aus«, staunte er und betrachtete meine Arme. Dabei haben wir schon öfter darüber gesprochen. Vielleicht ist dieses intensive Zuhören nur eine Masche und er mit sich selbst beschäftigt wie alle anderen, der Gedanke ist ganz beruhigend. Er hatte Kaffee gekocht und wollte mir einen ölschwarzen Espresso überreichen, auch das nicht zum ersten Mal. »Ich kann dieses Zeug nicht trinken.« Kurz sah er so traurig aus, dass ich ihn zu mögen anfing.

»Du lebst sehr gesund, Eve.«

»Da wäre ich mir nicht so sicher.« Er nickte und schlürfte, irgendwie erfreut.

»Was ist.«

»Du bist eine Kämpferin.«

»Da hast du recht.«

»Ich würde gern mit dir tanzen.« Das trug er nicht als Bitte vor. Er sagte es, wie man eine Bestellung aufgibt, und ich sollte es als Kompliment verstehen.

»Ich werde es mir überlegen.«

»Schön.«

Wieder so zufrieden. Ich würde gern mit ihm kämpfen. Aber ich werde den Teufel tun und das verraten.

ELENA

Am Morgen steht neben dem Herd die offene Kaffeedose, jemand hat ziemlich gründlich die letzten Reste ausgelöffelt. Auch in den Schränken finde ich keinen Nachschub, nur ein paar Schachteln mit abgelaufenem Puddingpulver, Thunfischdosen, Speisestärke, eiserne Rationen, die allmählich zur Neige gehen. Franz hat mit dem letzten Pulver Kaffee gekocht, die Caffettiera ist noch warm. Ich finde ihn im leicht verwildernden Teil des Gartens, Rinus an seiner Hand. Beide schauen geradeaus. Zwischen den Sämlingen steht eine Hirschkuh mit geblähten Nüstern, das Gesicht seitlich zu uns gewandt, still wie eine Projektion, was sich bewegt, ist nur das raschelnde Laub.

EVE

Ob er sie behalten darf, will Rinus von mir wissen.

»Wenn sie wiederkommt. Wenn deine Eltern auch einverstanden sind.«

»Ich werde sie Aita nennen. Ich darf sie behalten, denn ich habe sie als Erster gesehen. Ich baue ihr einen Stall, und wir bleiben zusammen hier.«

Ich kann ihm alles versprechen, sie wird nicht wiederkommen, sie wird versuchen, ihre Herde wiederzufinden. Sie wird sich fernhalten von unserer nach Mensch und Hund stinkenden Unterkunft. Dass sie überhaupt so nah gekommen ist, kann nur heißen, dass etwas mit ihr nicht stimmt. Als Ilyas mich in die Stadt mitgenommen hat, haben wir einmal solche Tiere gesehen. Eine Herde Antilopen, panisch fliehend vor den Schakalen am Strand. Die Damhirsche waren zurückgeblieben und Richtung Landesinneres gelaufen, einzelne Tiere sprangen über den Parkplatz vor der Spar-Filiale, weideten in den Gärten der Sommerhäuser im Nachbarort. Die Hirsche hatten braunes gewöhnliches Fell und stoben kopflos auseinander, wenn ein menschliches Wesen sich näherte. Dieses weiße Märchentier blieb viel zu lange in unserem Garten stehen.

ELENA

Seit heute Morgen ist auch die Flüssigseife alle. Mehrmals haben wir sie noch mit Wasser aufgefüllt, jetzt kommt nur mehr Schaum heraus, ein Röcheln, wenn man auf den Spender drückt, jedes Mal, wenn ich an diesem langen Abend zur Toilette gehe, fällt mir das auf. Wir werden Seife kaufen müssen und einiges andere auch. Man soll das Wort müssen aus dem eigenen Wortschatz verbannen. »Man soll zumindest achtgeben, ob es stimmt«, erklärte Franz gestern Abend. Die Empfehlung war nicht neu für uns. Auch Kolja bringt gern solche Tipps nach Hause für eine bessere Einstellung zu anderen und sich selbst.

Marla und Franz halten uns für reich. Wie auch nicht, in einem Haus wie diesem. Man darf aber auch nicht arm sein, um einen Bus wie diesen zu fahren. Anfangs war Eve nach ihren ergebnislosen Recherchen überzeugt, er sei ein Konzernerbe unter falschem Namen. Ebenso gut kann er mit Einbauküchen im Luxussegment verdient haben. Oder als Investmentpunk, der an seinem alten Laptop Portfolios umschichtet. Oder als hemmungsloser Schnorrer. Ihn fragen hat keinen Sinn, das wissen wir beide.

Wir brauchen Handseife, Klopapier und Kaffee. Ich werde das ansprechen müssen. Aber bis ich bei der Runde zurück bin, habe ich es wieder vergessen. Wenn etwas mir auf den Geist geht, ist es Kleinkrämerei. Am Tisch geht es um große Dinge. Es geht um die Unruhen in den Vorstädten, es geht um Ilyas' Bienen und seine Gedichte und Noémies Religion.

»Sie betet jeden Morgen und jeden Abend.«

Eve betont es wie einen Skandal. Es könnte Schlimmeres geben, finde ich, das sagt auch Franz, wir sind uns überraschend einig.

Es ist ein üppiges Mahl, Ilyas hat Miesmuscheln mitgebracht und scharfen Weißwein. Sollte man nicht im Sommer die Finger von Miesmuscheln lassen? »Überholt«, meint Franz.

Wir streiten und singen. Eve kann es am besten, sie improvisiert eine zweite Stimme und eine Begleitung auf Franz' Ukulele, anders als er kann sie darauf spielen. Stolz durchströmt mich. Wie er sie unterschätzt hat.

Der Kopf meines Kindes liegt auf Franz' Schoß. Etwas muss er richtig machen, dass Rinus ihm so traut. Er ist stürmisch, doch genauso ängstlich, er verschenkt nicht einfach sein Herz. Kinder sind wie Hunde. Sie wissen schon, wem sie trauen können, darin kann man ihnen getrost folgen.

»Eure Träume werden von Monstern bevölkert sein«, sagt Franz zu mir. »Wieso nur unsere?«

»Meeresfrüchte und Weißwein entfalten ihre Wirkung nur bei Frauen. In der fruchtbaren Phase.«

Ich verlasse die Runde, um Rinus in sein Bett zu tragen, und wie immer bin ich drauf und dran, neben ihm einzunicken. Ich sehe keine Monster, ich werde bettschwer nach diesen gleißenden Tagen, und die Nächte werden nicht kürzer. Nur um mein Zeitgefühl wieder einigermaßen ins Lot zu bringen, schaue ich auf dem Rückweg auf mein Telefon und sehe, dass Kolja mich zu erreichen versucht hat, dreizehn Mal, Nachrichten hinterließ er keine.

Niemand von den anderen glaubt mir, als ich von der Überschwemmung daheim erzähle. Auch ich selbst kann es nicht vor mir sehen: Lachen von Grauwasser in unserem Wohnzimmer. Die schwimmenden Ratten, die Wellen im Lack des Klaviers. Wo soll denn dieses ganze Wasser hergekommen sein, fragen wir uns alle, das Haus steht nicht einmal in der Nähe eines Flusses.

»Die Stadt ist auf Sümpfen gebaut«, sage ich, auch die Vororte stehen also auf einem Netz aus Lehm- und Wasseradern. Ich bin nicht mehr sicher, woher ich diese Information habe. Wir haben uns nicht eingehend damit beschäftigt. Wir waren froh, etwas zu finden.

Eve versucht, ihre Wetter-App aufzurufen, legt das Telefon aber schnell wieder weg. Alle nehmen es auf wie eine gut erzählbare Begebenheit, die anderen Leuten passiert, und ich bin nur froh, dass Rinus in seinem Bett liegt und die Mädchen sich verzogen haben. Linn hätte mehr Fragen.

»Wirst du heimfliegen?«, fragt Ilyas.

Wieso eigentlich nur ich?

»So schlimm ist es nicht!« Sonst hätte Kolja es gesagt. So hoffe ich zumindest. Er hat gerettet, was zu retten war, Entfeuchter saugen jetzt die Nässe aus dem Mauerwerk. »Es wird ein paar Wochen dauern, dann ist alles wieder bewohnbar.« Wohin gerettet, was heißt, »nicht so drastisch«, ich wollte nicht nachbohren. Schlimmer, als er sagt, ist es bestimmt, er gibt sich immer Mühe, andere zu schonen.

»Ich kann mir dieses Wasser nicht vorstellen«, sagt Eve.

»Ich glaube nicht, dass er lügt.«

Dabei ging es mir nicht anders, als ich ihm zuhörte, knackende Eicheln unter meinen Füßen. Ich konnte mir die Welt nicht vorstellen, von der er erzählte. Unser Zuhause.

EVE

Ich muss etwas richtigstellen. Dennis hat seine Baustellen und ein paar seltsame Ideen im Kopf. Es stimmt, dass ich gerade ganz froh bin über eine Pause von ihm. Meine Freundinnen hatten recht mit ihren Warnungen. Aber ich war verliebt in ihn. Beim Zirkeltraining ist er mir zum ersten Mal aufgefallen. Ganz in Schwarz, ausrasierter Nacken. Erst hatte ich Angst vor seinen schmalen Augen. Dann sah ich, dass es einfach jemand ist, der die Sachen ernst nimmt. Er legte sich ins Zeug. Es gefällt mir, wenn Leute nicht so tun, als wäre ihnen alles egal, als hätten sie alles unter Kontrolle. Verliebt habe ich mich, als ich seine vollgemüllte Wohnung gesehen habe. Seine Sammlungen, richtiger ausgedrückt. Ich bin schnell verliebt, nicht nur in schwierigen Phasen. Mit ihm mitzugehen war meine Entscheidung. Das vor allem sollen die anderen wissen.

Schon auf dem Weg zu seinem Wagen erzählte ich ihm, dass ich nur als kostenloses Probemitglied hier war. Er hatte gar nicht danach gefragt. Die Leute sehen es dir sowieso an, so etwas muss mir durch den Kopf gegangen sein. Obwohl das alles rechtens war, eine Werbeaktion, von der Elenas Mann mir erzählt hatte, ich würde nur daran denken müssen, rechtzeitig zu kündigen. Einen Monat lang konnte ich meinen Code am Einlass scannen lassen, und wenn etwas nicht gestimmt hätte, hätten sie mich nicht hineingelassen. Drinnen durfte man aussehen, wie man wollte, das Shampoo aus den Spendern benutzen und die weißen Handtücher und Bademäntel in die Wäschekörbe beim Ausgang werfen. Beide rochen wir nach diesem Shampoo namens *Activist*, als er mir seine Autotür aufhielt. Ein zerschrammter Caddy mit einer Menge Brettern und Gerät auf der Ladefläche, ein Lammfell im Kofferraum, der Beifahrersitz arretierte nicht richtig.

»Ja, das ist ein Schleudersitz!« So lachten wir jedes Mal, wenn wir damit unterwegs waren.

In seiner Wohnung viel Selbstgezimmertes, Zusammengesuchtes, schöne Dinge waren darunter, ein weiß lackiertes Küchenbuffet, eine Biedermeierkommode im Wohnzimmer. Drum herum keine Wand, die nicht von Regalen und Konsolen bedeckt war. Zwei Fahrräder waren in die einzige Lücke geschoben. Die meisten würden Angst bekommen bei dem Anblick. Mich entspannt er. »Du willst die Dinge der anderen ordnen«, erklärt Franz mit therapeutischer Stimme. Er hat keine erwachsene Art, damit umzugehen, dass ich von einem anderen Mann erzähle. Nachdem wir miteinander im Bett waren. Das war nicht gut. Ich war neugierig geworden nach allem, was er mir über Körper- und Bewusstseinsarbeit erzählt hatte, ich hatte etwas erwartet von einem, der sich in diesen Dingen auskennt. Meine Erwartungen waren falsch, so viel kann ich dazu sagen. Er scheint den Fehler bei mir zu suchen. Warum sonst verhält er sich wie ein Vierzehnjähriger, der ein Mädchen geküsst hat und davor so sehr erschrickt, dass er es nicht mehr angucken kann.

Elenas Augen wandern in den Garten, sie wartet auf ein Gespenst, auf den Hund, auf die Rückkehr der Mädchen, sie horcht, ob es in Rinus' Zimmer ruhig ist, und schenkt sich und Ilyas nach. Bei ihm bin ich mir am Ende doch nicht sicher, wie weit er wirklich folgen kann. Franz allein lässt mich nicht aus den Augen.

»Gar nichts will ich. Mich entspannt es, wenn auch andere eine leichte Macke haben«, sage ich zu ihm, »sonst wäre ich übrigens nicht hier! Wenn ich nicht gesehen hätte, was für ein schräger Vogel Elena ist.« Da lacht sie verletzt. Sie weiß eben vielleicht doch nicht, dass sie ein schräger Vogel ist. Ein gut gekleideter mit Umgangsformen, aber doch ein Vogel, sie hält das alles für ganz normal, begreife ich, mal wieder, und will mich entschuldigen.

Ilyas schenkt schon wieder nach. »Und was wirst du tun mit deinem – deinem Freund?«

»Er wird sich einkriegen.«

»Und wenn er deine Adresse herausfindet?«

»Oder die hier?«

»Oder deine«, sagt Elena noch einmal, »hast du keine Angst um Marina?«

»Wovor sollte ich Angst haben?«

Jetzt schauen mich alle drei an. Sie machen sich Sorgen und finden, ich sollte mir auch welche machen. Sie fangen an, einander zu berichten, was sie über Stalking wissen. Ich habe diese Geschichte nicht erzählt, um im Brennpunkt dieser Tischrunde zu stehen. Meine Sorgen mache ich mir schon selbst.

Haben die anderen denn keine Probleme, über die wir sprechen können? Wer eigentlich ist hier diejenige, die in einer toxischen Beziehung feststeckt.

Sie behalten ihre mütterlichen Gesichter, alle drei, und ich begreife: Sie fürchten wirklich, Dennis könnte morgen hier vor dem Tor stehen. Weil er mich bei der Arbeit besuchen wollte, halten sie ihn für zu allem fähig. Weil er daheim nicht aufgeräumt hat, wie andere sich das vorstellen. Plötzlich bin ich müde. Ich habe Kopfschmerzen und will schlafen. Das verstehen sie und wünschen mir eine gute Nacht.

ELENA

Abends erzählte sie uns auf einen Schlag die Geschichte ihrer Liebe. Wie wir darauf kamen, weiß ich nicht mehr, vermutlich war es Franz, der sich mit einem anderen Thema langweilte und sie fragte, ob eigentlich jemand sie erwartet.

»Er hat mich gefunden«, waren ihre Worte, und dass sie in keiner guten Verfassung gewesen sei, in einer schwierigen Phase.

»Schwierige Phase«, fragte ich, »ich wusste nicht, dass du so etwas hast, ich meine, aus der Fassung gerätst du nicht so schnell.« Es war anerkennend gemeint. Ich weiß nicht, ob sie noch immer gekränkt ist. Oder nur in einer knapperen Stimmung. Sie hat genickt, als ich sie bat, mich zum Einkaufen zu begleiten, sie hat keine Fragen, als ich sie beim Hipermarché bitte weiterzufahren, die lange Straße aus dem Ort hinaus bis zu der Lidl-Filiale hinter dem überwucherten Wohnwagenplatz, wo wir noch nie waren. Sie biegt auf den Parkplatz vor dem Discounter ein, als hätte sie schon länger damit gerechnet.

Woher ich Geld bekommen könnte. Wo es geblieben ist. Das eine Mal, dass ich alle auf ein Eis eingeladen habe, das Austernessen am Marktstand, zwei oder drei Ausflüge, das kann mein Konto nicht geleert haben. Es muss etwas mit meiner Karte nicht stimmen. An dieser Annahme halte ich fest. Trotzdem muss ich Ali bitten, mir das Honorar vorab zu überweisen.

Eve will von mir wissen, wo die Einkaufswagen stehen, sie verschwindet, bevor ich antworten kann, kurz überkommt mich eine maßlose Wut. Noémies Vater noch einmal nerven und ihn an das vorgestreckte Geld erinnern. Meine Mutter könnte ich kontaktieren. Meinen Mann. Ihn als Letztes. Vor allem vor ihm will ich keine sein, die sich in einer Markthalle, die sie für authentisch hält, überteuertes Obst und anderen Tand andrehen lässt. Guten Wein oder das, was Touristinnen für guten Wein halten. Franz und Marla haben ja recht. Wir können von Wildkräutern leben, Leitungswasser trinken und uns den Kaffee abgewöhnen. Unsere Kleidung umändern und reparieren. Wie viel Kleidung braucht man hier überhaupt?

In der Kassenschlange bei Lidl steht ein Paar in einer reglosen Umarmung versunken. Das Gesicht der kleineren Gestalt an der Schulter der größeren. Beide tragen in die Stirn gezogene Schirmmützen, sie halten einander fest und können nichts sehen, scheinen aber doch darauf zu achten, Schritt zu halten. Sie bewegen sich mit den anderen vorwärts.

EVE

»Glaubst du, dass er noch kommt«, frage ich sie, nachdem wir die Einkäufe ins Auto geräumt haben, mehrere Tüten, Konserven und Toilettenpapier und Kaffeebohnen, Paletten von Hafermilch und Trinkwasser in Plastikflaschen, frisches Obst. Wir kommen jedes Mal mit einem vollen Kofferraum vom Einkaufen. Aber diesmal sieht es nach Unruhe aus. Elena will, dass ich den Tank ganz fülle. Die Hand im Nacken, schaut sie mir zu. Wie sie mir manchmal zuschaut, wenn ich die Anrichte wische oder Gläser einräume. Nachdenklich und abgelenkt. Manchmal kriege ich zu viel davon. Sie hat mir schon erklärt, wie ich es zu machen habe. »Tut mir leid, wenn ich pingelig bin, aber man braucht nicht so viel Putzmittel, ein Spritzer reicht.«

Wie Tanken geht, weiß sie nicht. »Füllst du ganz auf?«, fragt sie noch einmal. Weil sie das auf der Anzeige nicht erkennen kann. Das muss ich mir in solchen Momenten sagen: Sie hat keinen Überblick.

Leicht gebeugt steht sie an der Kasse und legt ihre Karte auf das Lesegerät. Ziemlich dicht hinter ihr ein Mann mit Feuerball auf dem Shirt. Von hier draußen sieht es so aus, als ob er mit seinem Bauch an ihren Rücken stößt. Das Haar fällt ihr ins Gesicht, sie steckt den Geldbeutel ein und winkt dem Jungen hinter dem Tresen zum Abschied.

»Und ist mit deiner Karte alles in Ordnung?«

»Offenbar schon.«

»Und was ist mit Kolja, hat er gesagt, ob er noch kommt?«, frage ich noch einmal.

»Wie kommst du darauf?«

»Es ist nur eine Frage.«

»Die Züge sind ausgebucht bis Ende August. Wie gesagt. Es ist Hochsaison.«

Wenn wir abends alle zusammensitzen, lacht sie selbst darüber. Der Ehemann, der »in seinem Büro« übernachtet. Wenn wir zu zweit sind, ist es kein Witz mehr. Ist es ja auch nicht. Erst hieß es, die Arbeit lässt es nicht zu, dann die Überschwemmung im Keller. Oder doch im Wohnzimmer und im ganzen Erdgeschoss. Nicht einmal das ist klar. Keine Katastrophe, jedenfalls nicht eine, für die sie heimkehren müssten. Aber doch so schlimm, dass er vor Ort bleiben muss und nicht im Haus schlafen kann, auch nicht im ersten Stock, die Entfeuchter machen einen Heidenlärm und die Feuchtigkeit in den Mauern greift die Lungen an.

»Kann er nicht fliegen?«

Sie hört mir nicht mehr zu.

»Halt an«, befiehlt sie, als wäre ihr plötzlich schlecht geworden. Aber sie will einen Abstecher zum See machen, zu der versteckten Einstiegsstelle im Wald. Das Wasser ist stahlgrau heute, Wellen schwappen ans Ufer, in der Ferne kippt das Segel eines Windsurfers. Im Slip geht sie ins Wasser und schwimmt nach draußen. Nicht ganz geradeaus. Bei dem Wind bekommt selbst der See ein bisschen Wellengang, und sie hat beim Kraulen einen Rechtsdrall. Ständig hängt ihr das Haar ins Gesicht wie ein dickes nasses Tuch. Am Ende der Ferien will sie es ans andere Ufer schaffen. Ohne Neoprenanzug, ohne Hilfsmittel. Sie kann das schaffen. In solchen Sachen hat sie einen Willen. Ich kann aufhören, mich um sie zu sorgen. Ich könnte anfangen, über mich selbst nachzudenken. War es wirklich eine gute Idee, kein Kondom zu benutzen. Wann hast du das zuletzt gemacht. Hast du das überhaupt schon mal gemacht. Jemandem einfach geglaubt, wenn er sagt, »Ich habe meine Samenleiter abknipsen lassen und mich erst kürzlich auf alles testen lassen.«

Auf alles! Wie kommt man dazu, den Leuten einfach zu glauben, was sie so von sich geben. »Manchmal spinnen die Automaten, das ist alles, morgen probiere ich es mit meiner anderen Karte, jetzt liegt sie leider nur zu Hause« – »Keine Sorge, bei mir holst du dir keine ansteckenden Krankheiten.« Elena ist die schlechtere Lügnerin. Sie will keine bessere sein. Bei Franz müsste ich vorsichtiger sein.

Ich zähle ihm auf, wofür wir das Geld brauchen, wofür wir es ausgegeben haben und noch ausgeben wollen, weil wir es versprochen haben. Essen und Trinken. Reiten und Bogenschießen, Austern am Marktstand, Aperitif in der Bar in den Dünen. Wein. Benzin. Ich warte auf Geld von Ali und den Eltern von Linns Freundin. Ich sage »Linns Freundin«, nicht ihren Namen, ich bin nicht sicher, ob Kolja zu ihrem Namen überhaupt ein Gesicht hat. Ich höre nicht auf zu reden. Noch nie habe ich ihn um Geld gebeten. Früher war ich diejenige, die immer welches hatte. Er wollte nicht mehrmals in der Woche ins Kino gehen, er wollte nicht einmal sparen, er musste über die Runden kommen. Seitdem bemühe ich mich, vor ihm nicht dekadent dazustehen. Dabei kostet das Leben hier fast nichts. Das Meer und das Licht, der See und der Garten sind umsonst, eine Stange Brot kostet einen Euro, was braucht man sonst schon?

»Wie viel?« Er kommt von seiner Abendrunde, als wir sprechen, ungeduscht steht er in der Einfahrt und hat Durst. Schläft er also wieder daheim?

»Seit gestern. Geht es den Kindern gut?« Mir fällt auf, dass er seit ein paar Tagen nicht mit ihnen gesprochen hat. Sie wissen nicht, was daheim los ist, ich habe es einfach nicht erwähnt, und auch er will wahrscheinlich eine Situation vermeiden, in der er das verschweigen müsste.

»Es geht ihnen gut. Es geht uns allen gut. Es wird Zeit, dass du kommst, es ist gut, dass du bald kommst«, sage ich, dabei hat er kein Kommen angekündigt.

Am See passt niemand auf, hier kann man in Ruhe vorwärts schwimmen, so lange man will. Ich komme jeden Tag ein Stück weiter. Ich sehe jeden Tag weniger ein, warum wir diesen Ort verlassen sollten, ausgerechnet wir, ausgerechnet jetzt. Viel Zeit bleibt ohnehin nicht von unserem Urlaub, was sind schon drei Wochen? Und übermorgen feiert Marla Geburtstag.

»Und gibt eine große Party?«

»Wir kochen etwas Schönes, ihr werdet euch vertragen«, versuche ich ihn zu beruhigen und sehe uns in dem Moment wirklich um eine lange Tafel sitzen, auf der Veranda unter Lampions. »Die Abende sind kühl, nimm einen Pullover mit, und lange Hosen, es ist nicht mehr so eine Affenhitze, es ist ein ganz normales Wetter jetzt.« Ich freue mich, er sich nicht mit mir. »Du wirst sie mögen«, erkläre ich nicht sehr glaubhaft. Private Begegnungen mit fremden Menschen machen ihn nervös.

In Wirklichkeit ist völlig offen, was an Marlas Geburtstag passieren soll, aber die Debatte habe ich ihm erspart. Es gibt verschiedene Pläne, eine Fahrt ins Casino, doch noch ein Ausritt am Strand, selbst ein Stierkampf ist im Gespräch. Angeblich wird hier eine andere Variante praktiziert, »ein Spiel«, meinte Franz, der junge Bulle würde am Ende immer gewinnen. Bis auf das Casino haben die Ideen etwas unangemessen Kindergeburtstaghaftes. Marla scheint es nicht zu stören. Ich hoffe nur, dass sie nicht die Lust daran verliert, an den Abenden mit Linn und Noémie herumzuziehen. Sie fahren mit den Rädern in den Badeort, essen ein Eis und werfen Geld in den Flipperautomaten. Sie haben einen Weg gefunden, in das Resort zu gelangen. Es ist so einfach, wie Eve es beschrieben hat. Man muss keinen Pförtner bezirzen. »Man drückt den Türöffner beim Seiteneingang und läuft hinein«, sagte Linn beim Frühstück und gab sich gelangweilt. In Wirklichkeit fasziniert es sie alle drei. Theoretisch können sie jederzeit hinausgeworfen werden, wenn jemand entdeckt, dass sie keine gelben Armbänder tragen. Es kommt darauf an, nicht aufzufliegen. Sonst scheint dort nicht viel zu passieren.

»Habt ihr Leute kennengelernt?«, versuchte ich es, »Leute«, wiederholte Noémie augenrollend. Ich denke an die Clique, die ich am ersten Abend am Strand gesehen habe. In deren Nähe werden sie sein wollen. An eins dieser Jungen oder Mädchen wird Linn ihr Herz verlieren, und es wird schmerzhaft, aber nicht gefährlich. So muss ich es mir sagen.

Wenn sie mit Marla unterwegs sind, habe ich keine Angst. Vielleicht ist es nur ihre angegriffene Stimme, die trägen Gesten: Dass ich, wenn sie mit ihr aufbrechen, das Gefühl habe, einen Babysitter mitgeschickt zu haben. Jemanden, die ihnen zeigt, wie man in die Welt geht. Wo man sich vorwärts wagen und wann sich besser zurückziehen soll.

Ich lasse sie gehen, und ich frage nicht, »Wann seid ihr wieder zuhause?« So etwas fragt man Marla nicht.

Heute sind sie schon mittags losgezogen. Sie wollen sich am Pool des Resorts (einem richtigen! Mit klarem Wasser) unter den Kübelpalmen sonnen, ihr Geld für Churros und Eis ausgeben und beim AquaFit zuschauen. Eve hat mir erzählt, wie sie gestern vom Beckenrand auf sie herabblickten. Eine ganze Weile standen sie nur da und wollten nicht gehen.

Ich bin mir nicht zu schade, ihnen ins Resort zu folgen. Ich habe immer verstehen wollen, was meine Kinder fasziniert.

Das noch größere Rätsel: Was ein Mädchen wie Marla an der Talentshow fasziniert. Sie war es, die die Rede zuerst darauf brachte. Ohne Ironie bestimmte sie, Linn sollte tanzen, Noémie singen.

»Ihr könnt das doch.« Die beiden schauten auf ihre Teller. »Doch«, beharrte Marla, »wenn jemand, dann ihr.« Eve wollte wissen, was es zu gewinnen gäbe, Rinus machte einen verächtlichen Laut, als er es hörte. Irgendeinen Gutschein, ich habe vergessen wofür, ich war so beschäftigt damit, woher er diese neue Verhaltensweise hatte. Franz äußerte, so was könnte sicher einen Heidenspaß machen, »nur nehmt es nicht zu ernst«, und ich habe ganz darauf verzichtet, mich einzumischen.

Aber ich kann es nicht lassen, das Rad zu nehmen und ihnen nachzuschleichen. Eve und Franz habe ich gesagt, einen Spaziergang machen zu wollen, sie stellten keine Fragen, viel Vergnügen, wünschten sie mir, es interessierte sie gar nicht, wo ich hingehe.

Gleich bei der Bar hinter den Dünen ist die Bühne aufgebaut. Unter dem Plastikdach staut sich die Hitze des Tages, Arbeitskräfte in Fellkostümen geben die Vortänzer und rufen Befehle ins Mikrofon. Ich habe hier schon einmal hinter dem Zaun gestanden und einen Pandabären kleine bunte Plastikgegenstände in ein etwas zögerliches Publikum werfen sehen. Sechsjährige, die sich an den Eltern festhielten und sich ihre Preise an die Brust drückten. Das Programm für die Größeren und die Erwachsenen am Abend folgt einer ähnlichen Choreographie. Wobei ich kaum Erwachsene sehe. Das Publikum und die Gruppen, die sich auf die Bühne trauen, bestehen aus Mädchen, kaum eine älter als fünfzehn. Die filmenden Männer am Rand müssen Väter sein.

Linn überragt die anderen Kinder deutlich, Marla neben

ihr klatscht in die Hände und ruft etwas zur Bühne. Nach ihr will der Bär seine Pfote ausstrecken, aber sie deutet auf Linn. Zu zweit klettern sie hinauf, Linn und Noémie, Marla verschwindet in der Menge. Ich versuche, die Reaktionen der Umstehenden zu deuten. Linn und Noémie tragen Lurexleggings in Siebdruckoptik, ihre T-Shirts sind über der Taille geknotet. Wo haben sie diese Sachen her?

Am Rand der Bühne lehnen Steckenpferde. Noémie und Linn lassen sie stehen. Sie tanzen simple Schritte zu einem simplen Lied, sie lassen ihr Becken kreisen und heben die Arme. Schon als Grundschulkind hat Linn ein größeres Bewegungsrepertoire gelernt, normalerweise kann sie nicht warten, es zu zeigen. Die Männer treten von einem Bein auf das andere und kauen Kaugummi. Ein Trupp Jungen mit Basketball ist auf dem Weg neben mir stehen geblieben. Sie sind nicht Teil des Publikums, das geben sie deutlich zu erkennen, sie sind bloß zufällig hier vorbeigekommen. Sie spielen einander den Ball zu und versuchen, sich gegenseitig zum Lachen zu bringen, sie tun desinteressiert, doch keiner von ihnen lässt das Geschehen auf der Bühne lang aus den Augen. Die maskierten Wesen dort klatschen in die Pfoten, Linn schlägt ein Rad und verkalkuliert sich, ein Bein landet am Boden, das andere in der Luft, kurz schwankt sie, dann fängt sie sich, der große Knall bleibt aus, es geht weiter.

Sie strahlt, Blut ist ihr in den Kopf geschossen, der Haarknoten hat sich gelöst und der ihres T-Shirts auch, noch einmal schlägt sie ein Rad und gibt den Blick frei auf ihren Rücken. Rote Stellen, manche blutig, als hätte sie Kontakt mit einer giftigen Pflanze gehabt. Sie springt auf und rennt bis ganz nach vorn an die Rampe. Ein Tanz, den ich nicht sehen soll. Die Jungen haben aufgehört zu dribbeln und schauen tuschelnd zu. Sie gehören zu der Clique vom Bunker, ich erkenne die Haltung des Fußvolks und das Gesicht des Anführers, er steht zwei Schritte hinter den anderen, Ball unterm Arm, und lächelt wie ergriffen.

Linn kann nicht genug bekommen, sie hört nicht auf, sie hat die Welt vergessen. Zwei der Jungen filmen. Weil sie sie heimlich bewundern. Wie gern ich dieser Erzählung glauben würde. Der Song endet, der nächste beginnt, da legt der Tiger ihr seine Pfote an den Unterarm und gibt mit der anderen ein Zeichen Richtung Hinterbühne, die Musik herunterzudimmen. Sofort ist zu hören, wie schwach der Jubel aus der Menge ist. Tiger und Bär hören nicht auf zu lächeln, drollig und leicht irr, ihre Köpfe schwanken bei jeder Bewegung. Die Mädchen lassen sich mit ihnen fotografieren, Linn sieht erhitzt und glücklich aus, wie sie sich das Haar aus dem Gesicht streicht. Klappernder Applaus, während der Bär die nächste Gruppe auf die Bühne winkt. Zwei Mädchen im Grundschulalter besteigen ihre Einräder. Die Jungen haben das Interesse verloren und entfernen sich Richtung Basketballplatz, zwei große Mädchen haben sich zu ihnen gesellt. Ich erkenne Marlas Gang, ihre leuchtend blauen Fußballshorts. Linn und Noémie sind nicht bei ihnen.

Spöttisch und stolz zeigen sie uns anderntags das Gruppenbild im pinkfarbenen Scheinwerferlicht. Glanz in ihren Gesichtern. Bär und Tiger haben ihre Pranken um die Schultern der Mädchen gelegt.

EVE

Erste Tropfen fallen, als Elena aus der Ufergischt aufsteht und ihre Badeanzugträger richtet. Bis sie bei uns ist, ist es eine Regenwand geworden. Sie bleibt im Freien stehen, schlingt die Arme um den Leib und will nicht zu uns unter das Sonnensegel. Sowieso fraglich, ob das gerade der sicherste Ort ist.

»Ich bin eh schon nass«, murmelt sie, sie will Linn im Auge behalten.

Am Strand des Campingplatzes sind sie dabei, die gelbe Flagge einzuholen und werden wohl die rote hissen. Unklar, ob Linn das von draußen gesehen hat. Sie krault zügig, sie hat einen guten Schlag. Aber vom Land aus ist die Bewegung einer Schwimmerin immer qualvoll und langsam anzusehen.

»Sie winkt«, meint Rinus, der beste Beobachter hier, ich freue mich und winke zurück, auch er hebt seine Hand, wirkt aber unsicher. Die kleine Gruppe der Surferinnen hat sich auf ihre Bretter gelegt und paddelt geradeaus an den Strand. Einzelne haben ihn schon erreicht und bilden einen Kreis im grauen Sand, schauen zu mir herüber, wie ich immer noch winke. Eine Person nähert sich uns, ich lasse den Arm sinken.

Bei den Bunkern wird Linn ans Ufer geworfen, stemmt sich aus den Fluten und zieht sich das Shirt zurück über den Bauch. »Alles gut«, behauptet sie. »Sie übertreiben immer mit dieser roten Flagge. Das müssen sie.«

ELENA

»Pa-pa!«

Rinus kniet auf dem Bett an der Fensterbank und schaut durch das Mückenfenster nach draußen. Er schreit leiser, als er könnte, es klingt eher wie eine Frage oder ein Hinweis an mich. Ich versuche, den Lichteinfall abzuschätzen, wie lange habe ich geschlafen, ich habe das Leinenkleid an, es muss mittags sein, wir wollten uns nur kurz hinlegen und sind zusammen in den Tiefschlaf gefallen.

Tagelang offenbar. Hoch und schwarz steht seine Gestalt im Garten, in Helm und Sonnenbrille, an der Hand das Gravel Bike. Er hält es wie ein nervöses Pferd, mit der anderen fasst er sich ans Kreuz.

Freude ist nur eine meiner Regungen. Kolja kann nicht hier sein, es ist zu früh. Rinus schaut mich an, immer noch unsicher, ruft noch einmal, weil ich ihn nicht hindere, jetzt lauter, springt vom Bett und rennt nach draußen, ich folge widerstrebend. Meine Erleichterung, als der Radfahrer endlich den Helm abnimmt und sich durch das Haar fährt. Ein harzfarbener Schopf mit nassen Schläfen. Er kämmt ihn nach vorn über seine Geheimratsecken, nickt mir zu und will Rinus die Hand reichen. Der erstarrt kurz, dann rennt er an mir vorbei zurück ins Haus.

Ich bin allein mit diesem Besucher und meinem kleinen Kind. Rinus schämt sich so für seinen Irrtum, dass er wohl erst einmal sein Zimmer nicht verlassen wird. Dabei sehe ich, wie man auf die Verwechslung kommen kann. Eine schmale Figur in Rennradkleidung. Vorsichtig umkurvt er die zerbrochenen oder zerbrochen aussehenden Keramiken und bewegt sich auf mich zu.

Ob man ihm helfen kann, frage ich leise, wie um niemanden zu wecken. Ich bin in Wahrheit nicht sicher, ob nicht doch jemand von den anderen hier ist. Ilyas' Motorrad steht beim Tor, die Räder der Mädchen sehe ich gerade nicht, nur Marlas Neoprenanzug. In diesem Haus ist man nie allein. Der Fremde antwortet auf Deutsch und duzt mich. Schweiß färbt den Stoff an seiner Brust und läuft an seinen Beinen hinab. Die Sonnenbrille hat eine Kerbe in seinen Nasenrücken gegraben, die Augenränder sind rot vom Salzwasser, all das und der nordische Akzent lassen ihn sympathisch harmlos wirken. Ich weiß, warum er hier ist, ich weiß jetzt auch, dass ich ihn und seine schöne Familie am Strand gesehen habe. Seine Frau, die ihn umarmte und in den Sand zog, um mit ihm zu balgen. Wahrscheinlich ist er heute schon hundert Kilometer gefahren, sonst sähe er nicht so zerschunden aus. Ich hole ein großes Glas Eiswasser aus der Küche, er bittet um Verzeihung, ehe er sich den halben Inhalt über den Kopf gießt. Dann nimmt er einen Schluck und fragt nach seinem Hund. Groß und weiß und noch jung. »Ein Teenager«, unversehens bekommt er etwas Schalkhaftes, »wir haben sie noch nicht gut erzogen.«

»Es tut mir leid. Aber wir haben nichts gesehen.« Es ist zumindest jetzt die Wahrheit. Er nickt, wenig überrascht, und schaut an mir vorbei zum Haus, wie um mich besser einzuschätzen. Oder lehnt vielleicht in Sichtweite hinter mir ein großer Sack Hundefutter? Nein, denn Eve hat berechtigterweise keine Lust, Ratten und Wildschweine damit ins Haus zu locken. Wenn Linn ihn draußen stehen lässt, schleift sie ihn kommentarlos ins Haus.

Er fragt, ob er seine Nummer dalassen kann, ich verspreche, mich zu melden, falls wir etwas hören oder sehen. Dann trägt er sein Rad zurück zum Tor. Ich bin keine gute Lügnerin. Aber was soll er machen.

Auf der Verandatreppe sitzt Noémie. Allein und mit nichts beschäftigt. Sie sagt nichts und macht keinen Platz auf der Treppe.

Die Hand ausstrecken, denke ich mir. »Sie will nur an dich ran«, würde Kolja sagen.

»Ein Nachbar«, erkläre ich. »Er fährt anscheinend die ganze Gegend ab und sucht seinen Hund.«

Sie zieht an ihren goldenen Ketten, dass sie ihr in den Hals schneiden.

»Ich weiß. Ich habe alles gehört.«

Wir schauen einander an.

»Wo sind die anderen?«

»Mit den Rädern los.«

»Und du, wolltest du nicht mit?«

»Nein. Ich wollte nicht mit.«

»Keine Lust?«

»Keine Lust.«

Ihr Haar ist gewachsen, aus der Form gelockt, sie verströmt ihren Vanilleduft und hat geweint. Oder sehen ihre Augen nur so müde aus, weil sie nicht geschminkt ist? Die anderen sind losgezogen ohne sie. Drei ist eine Teufelszahl, und Mädchen in diesem Alter denken nicht nach. Sie meidet meinen Blick, zieht die Stirn zusammen. Ohne Augen-Make-up sieht sie wie das Kind aus, das sie ist.

Man hat es kommen sehen können, schon als sie das erste Mal mit den Rädern losfuhren, Linn voraus, Marla auf den

Pedalen stehend hinterher, und Noémie im Abstand dahinter. Sie kam vom Schotterweg ab und blieb im Sand stecken, zerrte das Rad zurück und stieg ungeschickt wieder auf. Ich rief noch durch das Tor, dass sie warten sollten, aber Linn und Marla hörten mich nicht.

Barfuß mit den Rädern entlang der Landstraße, die beiden haben sich wirklich etwas zu sagen, denke ich, wie ich das von Anfang an gehofft habe. Dass Marla diejenige ist, die sie aufweckt, die große Schwester, die sie früher imaginiert hat. Auf einmal ist es nicht mehr schwierig, freundlich zu Noémie zu sein. Ich setze mich zu ihr auf die Treppe, nehme sie in den Arm wie eines meiner eigenen Kinder und versuche, irgendeinen Auslöser zu erinnern, die Talentshow gestern, immer noch der abgeblasene Ausritt, aber im Lästern über die schlechte Organisation schienen die drei ganz einträchtig gewesen zu sein …

»Wenn du reden willst –«

»Warum haben Sie gelogen – Entschuldigung. Warum hast du gelogen?«

Sie rückt etwas ab von mir, lehnt sich an den Geländerpfosten in ihrem Rücken und umschlingt ihre Knie. Da ist nichts Triumphierendes in ihrem Blick. Sie kratzt an einem Mückenstich im Nacken und will die Antwort wissen. Sie weiß, dass es keine gute Erklärung gibt. Sie will wissen, was ich dazu zu sagen habe. Ich lehne mich an den Pfosten gegenüber und spiegele ihre Haltung.

»Also warum? Warum hast du ihm nicht gesagt, dass der Hund hier war?«

»Ich weiß es nicht.«

Sie nickt, anscheinend zufriedengestellt. Als ob ich jetzt in ihrer Anerkennung steige, weil ich mich nicht um eine Rechtfertigung bemüht habe. Mein Herz klopft. Ich frage, wie sie mit ihrem Romanprojekt vorankommt.

»Gut.«

»Kann man einmal etwas lesen?«

»Wenn es veröffentlicht ist.«

Höflich. Diese drei Minuten, in denen ich sie etwas fragen darf, gleich sind sie vorbei. Ich habe Lust, sie an den Händen zu packen.

»Noémie. Noch eine Sache.«

»Ja?«

»Warum bist du hier? Hier mit uns?«

Sie schüttelt ganz leicht den Kopf und schnauft.

»Weil ihr mich eingeladen habt? Weil Linn und ich Freundinnen sind? Ich meine?«

Sie hält mich für irre. Ein neues Interesse ist wachgeworden in ihrem Gesicht, sie weiß sehr genau, was sie als Nächstes sagt:

»Ich fand es schön hier. Bis jetzt, heißt das.«

»Willst du heim?«

»Ich könnte. Ein Anruf, und mein Vater lässt einen Flug buchen und ein Taxi schicken. Es wäre unbequem für ihn, aber machbar.«

»Es wäre schön, du bleibst.«

Die Luft zwischen uns wird wieder weicher. Sie würde nicht wegwollen, versichert sie mir und verspricht auch, keinem von dem Hundebesitzer zu erzählen. Als ob du mich erpressen könntest, kleines Miststück.

»Das kannst du machen, wie du möchtest. Ich jedenfalls will jetzt ein Eis mit Beeren, wer möchte noch eines?«, rufe ich und laufe ins Haus, Rinus war schon viel zu lang allein.

Ein paar Stunden später, noch vor dem Abendessen war alles aufgelöst. Marla versuchte jetzt auch auf dem Seil zu balancieren, die Männer und Rinus standen dabei und gaben vergeblich Tipps, Linn und Noémie schienen wieder die besten Freundinnen zu sein und wollten mit mir zum Markt. Ausdrücklich mit den Rädern und nur mit mir. Wie immer fühlte ich mich geehrt. Wenn ich ihr einmal nicht peinlich bin. Sondern helfen soll. Ich erzähle Kolja von dem Diadem, das sie nach langem Hin und Her an ihrem liebsten Stand ausgesucht haben.

»Ein Diadem?« Er lacht nicht mit mir.

Die Verkäuferin trug selbst eines, sie hat es aus ihrem Haar genommen und Linn in die Hand gegeben, damit sie es probierte.

»Es steht dir«, sagte ich und zahlte den aberwitzigen Preis für ein Stück gewundenen Draht. Marla würde es eine halbe Stunde voller Begeisterung tragen, dann verlieren oder wegwerfen. Es war das richtige Geschenk. In Hochstimmung verließen wir den Markt, und dann war es Noémie, die die Kathedrale hinter dem Platz ansteuerte. Wir trotteten hinterher, ich besorgt über meine kurzen Hosen und Linns insgesamt etwas verwahrloste Erscheinung. Mit ihr zusammen blieb ich hinter dem Eingang stehen in Erwartung von jemandem, der uns zum Nähertreten einlud oder bat zu gehen. Aber der Raum schien leer zu sein bis auf zwei Frauen bei den Liliensträußen am Altar. Noémie senkte die Stirn und bekreuzigte sich. Während wir noch warteten, dass unsere Augen sich ans Dunkel gewöhnten, lief sie zum Ständer mit den Kerzen, warf ihr Geld ein und zündete eine an. Kurz blieb sie stehen und betrachtete die unstete Flamme, selbst dieses Verweilen hatte etwas Eilfertiges, sie wollte eine dringende Pflicht ableisten.

»Möchtest du auch eine anzünden«, fragte ich Linn, bisher wollten die Kinder das immer, wenn wir eine Kirche besichtigten, alles andere interessierte sie gar nicht, jetzt blieb sie stumm stehen, hielt sich in meiner Nähe wie auf einer Veranstaltung, wo sie keinen kannte und nicht wusste, was von ihr erwartet wurde. In solchen Situationen vertraut sie immer noch darauf, dass ich Bescheid weiß und für sie sorgen werde. Sie sah Noémie nach, wie sie den Mittelgang abschritt, sich in die erste Reihe setzte und zu singen begann. Kein trauriges, ein ernstes Lied mit mehreren Strophen in einem ausgereiften Mezzo, nichts hatte dieser Klang zu tun mit ihrem leicht näselnden Sprechen. Ich spürte, wie still Linn stand, dass sie dabei war zu erstarren, und kurz hatte ich den Gedanken, sie nach draußen zu leiten. Aber ich konnte mich selbst nicht losreißen.

»Ich habe Noémie kein Kompliment gemacht«, gestehe ich Kolja, »es kam mir vor, als wäre das nicht für unsere Ohren bestimmt gewesen. Wie ein sehr privater Moment.«

»Das verstehe ich nicht. Wieso privat, sie wusste doch, dass ihr zuhört? Dass sie sich in einem öffentlichen Raum befindet?«

»Wie man es nimmt.« Noémie war an uns vorbei nach draußen gelaufen, sie hatte uns nicht noch einmal angesehen. Ich legte den Arm um Linn, ohne sie um Erlaubnis zu fragen, ich konnte jetzt keine Rücksicht nehmen, ich wollte sie zu fassen bekommen. Arm in Arm verließen wir die Kathedrale, draußen machte sie sich los und lief schneller, schräg über den Platz in der Dämmerung zu den Fahrrädern.

»Elena«, sagte sie zu mir, wie sie es sich anzugewöhnen versucht. »Elena, wenn ihr euch trennt, wäre es okay für dich, wenn ich zu Kolja ziehe?«

»Wie kommst du darauf?«

»Ich habe gesagt: Wenn. Ich meine rein hypothetisch.«

»Kannst du mir sagen«, frage ich Kolja, »wie sie darauf kommt?«

»Nein. Das kann ich dir nicht sagen.«

»Sie bestand auf einer Antwort, und natürlich habe ich gesagt, klar würde man in dem hypothetischen Fall über alles reden, aber wie kommt sie überhaupt auf diese Frage? Vielleicht weil sie es so oft erlebt bei ihren Freundinnen, Marla und Noémie kommen aus zerrütteten Elternhäusern, bei ihr ist alles in Ordnung. Sie weiß das, sie ist trotzdem mit der Welt im Unreinen und sucht eine Ursache. Wer weiß, was die Psychologinnen ihr erzählt haben.«

»Ich weiß es nicht«, sagt er schließlich, »möglich ist es.«

Was ist los mit ihm. Nicht schwer zu merken, dass er jetzt Ruhe braucht, ich frage trotzdem, ob alles in Ordnung ist.

»Ich habe gestern und heute einen Workshop gegeben und nach Feierabend die Markise angebracht. Zusammen mit einem Handwerker. Die Firma hat keinen mehr geschickt. Ich habe jemanden über MyHammer gefunden, der Spedition habe ich trotzdem hinterhertelefoniert, ich wollte wissen, was aus diesem Fahrer geworden ist. Ich habe ein ganz schlechtes Gefühl. Sie wollten mir nichts sagen.«

»Sie wussten wahrscheinlich selbst nichts. Oder dürfen nicht. Hattest du überhaupt seinen ganzen Namen?«

»Ich bin müde.«

»Ja. Das verstehe ich.«

EVE

An einem ihrer ersten Tage bin ich in den Bully gestiegen, er war nicht abgeschlossen, also konnte niemand etwas dagegen haben, versuchte ich mir zu sagen. Ich hatte vor, nach Fahrzeug- und anderen Papieren zu suchen, irgendwelchen Beweisen. Wofür oder wogegen? Das wollte ich eben herausfinden. Natürlich stand Linn hinter mir und beobachtete das Ganze. Der Teufel weiß, wie lange. Ich gab Erklärungen ab, sie schaute schweigend und nachdenklich in den Wagen. »Ungefragt in anderer Leute Räume eindringen: Nichts, was du nicht auch tun würdest«, habe ich schließlich zu ihr gesagt. Sie blinzelte. Ich kenne sie fast ihr halbes Leben und weiß immer noch nicht, ob sie einen gerade auflaufen lässt. Oder sich in einer komplett anderen Sphäre aufhält.

Sie muss dann aber doch wie andere Menschen funktioniert und ihrer Mutter davon erzählt haben. »Es geht uns nichts an«, sagte Elena zu mir, »wer hat dir solche paranoiden Gedanken in den Kopf gesetzt, dein Freund?« Als wäre ich nicht in der Lage, mir selbst Gedanken in den Kopf zu setzen. Das erste Mal, dass sie mich offen beschimpfte. Es hatte etwas Erfrischendes.

Kann gut sein, ich bin ein bisschen übers Ziel hinausgeschossen, habe ich heute denken müssen, als ich zuguckte, wie Franz die Wäsche abhängte und faltete. Mit dem Wäschekorb setzte er sich zu uns an den Tisch und erzählte, dass Marlas Mutter vor ihrem Leben in der Hippiekommune in Portugal in psychiatrischer Behandlung gewesen war. Sie hatte die Medikamente abgesetzt ohne Rücksprache und war aufgebrochen. Es ging ihr gut dort, den Bildern nach zu schließen. Auf einen Hirtenstab gestützt stand sie vor einer Ziegenherde. Sie war es gewesen, die Marla nicht in die Schule schicken wollte und ihr daheim beibrachte, was sie ihrer Meinung nach wissen musste. Algebra und Esoterik, Jungs Theorie vom Schatten, Russisch und Französisch. Antike Sagenwelt und den Umgang mit Suchmaschinen. Die Mutter selbst war ausgebildete Mikrophysikerin.

»War?«, fragte ich.

»Sie hat sich selbst Programmieren beigebracht und damit ihr Leben bestritten.«

Marla hatte Andeutungen gemacht, doch ehrlicherweise hatte ihr bis jetzt niemand von uns richtig zugehört. Wie ernst will man eine Fünfzehnjährige nehmen, die sagt, »Meine Mutter ist Borderlinepatientin und lebt in einer Sekte«? Ein Mädchen, das weiß, wie sie sich interessant macht. »Meine Mutter ist verrückt und hat nur mich, und gestern schickte sie zum Beweis dieses kurze Video, in dem sie sich eine Plastiktüte über den Kopf zieht.«

Das war vor ungefähr einer Woche. Gestern sagte uns Franz, dass sie nicht gelogen und nicht übertrieben hat. Sie ist zur Welt gekommen auf einem Bauernhof in der Altmark, eine Art WG, er sagte »Projekt«, Leute, mit denen auch er über Ecken befreundet war. Sie schickten ihre Kinder nicht in die Schule und nicht zum Arzt, sie benutzten kein Online-Banking, mehrere von ihnen schafften es, ohne Meldeadresse zu leben.

»Man ist ein Mensch, man hat einen Körper, was ist das für eine Welt, die einen Beweis und Dokumente verlangt, dafür, dass du lebst, die von allem, was du mit deinen Händen arbeitest, den Zehnten will?« Er hatte offenkundig Sympathien für diese Leute. Gleichzeitig ließ er im Unklaren, wie weit er selbst in der ganzen Sache mit drinhing. Darin ist er gut.

»Ich war sehr verliebt in Ajani«, war alles, was er dazu verriet.

Mit dreizehn entschied Marla, diesen Ort zu verlassen. Mit ihrem Fahrrad und einem mit Büchern und Kleidern vollgestopften Rucksack fuhr sie zum Bahnhof von Pretzier, warf das Rad in einen Graben weit genug entfernt von den Gleisen und schaffte es mit drei verschiedenen Regionalbahnen ohne Kontrolle nach Berlin. Sie hatte sich gemerkt, wo sie Franz finden konnte. Und natürlich hatte er sie nicht weggeschickt. Ihre Mutter schickte lange zornige Briefe, aber nur bis Marla mit dem Familiengericht drohte. In Wahrheit hätten sie dort gegen die leibliche Mutter wohl schlechte Chancen gehabt. Aber die schien das nicht zu wissen. Marla suchte sich eine Schule aus und fing an, in einer Jugendtheatergruppe mitzuspielen, ziemlich schnell lernte sie jemanden kennen, der ihr kleine Nebenrollen in Filmproduktionen anbot, bald verdiente sie mehr als Franz. Er sprach sie nicht auf ihre Mutter an, »kein einziges Mal«.

Sich nach Portugal aufzumachen, sei Marlas Idee gewesen. Wie eigentlich alles, was sie miteinander machten.

Einiges an dieser Geschichte kann nicht stimmen. Eine Dreizehnjährige sucht sich nicht einfach eine Schule aus und meldet sich an, ein Mann, der dieses Kind begleitet und nicht nachweislich Vater oder Vormund ist, kann große Probleme bekommen. Ich habe entschieden, nicht nachzufragen. Ich bin nicht das Jugendamt.

ELENA

Ich habe angefangen zu lügen. Dinge zurückzuhalten, und ich kann mir nicht vorstellen, dass Kolja das nicht merkt. Jemand, mit dem ich sonst alles teile. Mein halbes Leben lang. Ich hätte nicht gedacht, dass es dann so schnell und leicht geht: In aller Ausführlichkeit erzähle ich ihm die Geschichte vom Markt und die von Marlas angeblich einer Sekte verfallener Mutter, dringend will ich herausfinden, was es damit auf sich hat. Und erwähne nicht, dass sie inzwischen seit Stunden unterwegs sind und ich nur eine ungefähre Idee habe, wo sie sich aufhalten.

Der Garten riecht wie nach einem echten Regen, neue Nachtkerzen sind aufgeblüht, es ist noch eben hell genug, sie bei der Mauer leuchten zu sehen. Ich erzähle ihm von Rinus, wie er über das Seil balancierte, frei von Angst, ich erzähle ihm von Noémies Gesang in der Kirche und dass ich mich noch immer ein bisschen wundere, woher Ilyas das Wasser nimmt, die Gärten zu bewässern, seinen und unseren, dass er das einfach so macht und es niemandem aufzufallen scheint. »Es ist sicher nicht in Ordnung«, sage ich zu Kolja, »aber es ist auch schön. Du müsstest es riechen. Du musst diese Wiese unter den Füßen spüren und das Pferd auf der anderen Seite der Mauer malmen hören.«

Mit Ilyas selbst scheint etwas nicht zu stimmen. Gestern lief er zur Aperitifzeit an unserer Veranda vorbei und nickte bloß knapp, sehr korrekt, aber doch, als hätte ihn etwas verstimmt, niemand von uns konnte sich einen Reim darauf machen. Ich merke schon, wie Koljas Aufmerksamkeit schwindet, und frage schnell, wie es dem Boden in unserem Keller jetzt geht und wie dem Parkett im Wohnzimmer.

»Gut. Aber das hast du schon gefragt.«

»Entschuldigung.«

Ich klinge aggressiv, das höre ich selbst. Ich muss aufpassen. Der menschenleere Garten vibriert unter der Sonne, ein Taubenpärchen spielt auf der Markise von Ilyas' Wohnwagen, knatternd schlagen ihre Flügel. Unruhig versuche ich, mir unser Wohnzimmer vor Augen zu holen, die Dinge im Keller, die eingeschweißten und in Kisten aufbewahrten Kinderkleider, die ich mich wegzugeben weigere, weil ich nicht ausschließen will, dass wir sie noch einmal brauchen können. Stattdessen fällt mir das Büro ein, die dicken Teppiche, das dänische Daybed, auf dem er während des ersten Lockdowns wochenlang übernachtet hat. Manchmal träumte ich, ihn dort zu besuchen. Sehen, wie es ihm ging in der verlassenen Stadt. Dabei war mir auch im Traum klar, dass er keinen Besuch wollte. Im echten Leben stand er an einem Samstag im Frühsommer wieder vor unserer Tür. Nie hätte er etwas anderes vorgehabt.

»Ich habe nachgedacht«, behaupte ich. »Du kannst die Kinderkleider wegtun.«

»Schon passiert.«

»Ah. Okay?«

»Ich habe auch nachgedacht«, hebt er an, ich höre, dass es um nichts Gutes gehen wird, und bemühe mich, meine Ausatmung zu verlängern. Er will weg. Ich sollte mir eine Anwältin nehmen, wenigstens einen Kontakt haben, ich kann Eve fragen, wen er ihr damals besorgt hat, sie weiß mit Sicherheit noch den Namen, sonst weiß jemand anders etwas, ich werde mir Hilfe zu organisieren wissen, organisieren war noch nie ein Problem für mich. Aber jetzt muss ich aufhören, »Jetzt haben wir Besuch«, sage ich ihm, »lass uns das später besprechen«, und es ist die Wahrheit.

Milva steht schon in der Mitte der Wiese und betrachtet mich, wie ich mir in den Nacken greife und mich herauszureden versuche. Es ist mir peinlich wie vor einem Menschen.

»Da bist du ja wieder.« Ich laufe noch einen Schritt auf sie zu, dann besinne ich mich und gehe in die Knie. Eine Woche ist sie unterwegs gewesen. Der Pelz wirkt wie frisch shamponiert, nur an den Kragenspitzen klebt Dunkles. Sie gehört nirgendwohin. Sie war auf der Jagd und hat sich gewälzt.

Meine Hand imitiert ein krabbelndes Tier im Gras. Ich zapple mit den Fingern, wie es mit Katzen vielleicht funktioniert.

»Na du. Hast du Hunger?«

Meine Stimme klingt hoch und nicht ganz echt. Sie leckt sich die Schnauze und blinzelt, Übersprungshandlungen, hat Eve erklärt, wenn sie so etwas machen, wollen sie der Situation entfliehen. Ich erinnere mich daran, Blickkontakt zu meiden. Sie beobachtet abwechselnd mich und Marlas Neoprenanzug an der Leine, kopfüber hängt er da, die Ärmel berühren fast den Boden und schwingen herausfordernd im Wind.

Ich erinnere mich an die Kommandos, mit denen mein Großvater seine Doggen abgerichtet hatte. Sitz und bleib, und sie verharrten wie Statuen, während er sich so weit entfernte, dass sie ihn wahrscheinlich nicht mehr sehen, nur noch riechen konnten.

»Bleib.« Diesmal senke ich meine Stimme und schaue auf einen Punkt über ihrer Stirn, während ich mich rückwärts Richtung Küche bewege. Ich will ihr Wasser holen. Sie mit Futter zu locken wäre zu plump, und so wie sie aussieht, hat sie wohl eben erst einen toten Fisch gefunden oder ein Eichhörnchen erlegt. Und den Futtersack kann ich nirgends finden, auch der Napf ist nicht mehr da, Eve oder Ilyas müssen Fakten geschaffen haben. Auf dem Schneidebrett hat jemand ein angeschnittenes Brot liegenlassen, zerstreut wische ich die Krümel weg und packe es zurück in die Tüte, obwohl es schon vertrocknet scheint, dann halte ich einen Kochtopf unter Wasser. Sie soll nicht aus einem Putzeimer trinken. Ich wüsste auch gar nicht, wo ich so etwas hier finde.

Der Hahn macht ein röchelndes Geräusch, spotzt kurz, wie wenn das Wasser abgestellt war und die Rohre erst wieder freigegeben werden. Man muss es dann ein bisschen laufen lassen, bis es wieder klar wird. Jetzt läuft nichts. Es kommt nur ein brauner Schwall heraus, der kaum den Boden des Topfes bedeckt, dann kommt nichts mehr. Ich drehe am Griff, bis das Gewinde sichtbar wird, ich drehe ihn eilig wieder zu, so fest ich kann, dann mache ich mich auf die Suche nach Ilyas, kann ihn aber nirgends finden.

EVE

Die Sache mit dem Wasser war am Ende kein großes Ding. Nach einem halben Tag tauchte Ilyas wieder auf und meinte, im ganzen Landkreis hätte es Ausfälle gegeben. Er machte einen ausweichenden Eindruck dabei, aber niemand hatte Lust, nachzufragen. Alle sind aufgekratzt vor dem Fest. Auch Marla selbst gibt sich keine Mühe, abgeklärt zu tun. Sie hat eine Lichterkette und Lampions gekauft und schmückt die Veranda. Sie will, dass wir alle zusammen zum Leuchtturm fahren. Sie bekommen Streit über die Menüplanung. Marla will, dass Linn Crêpes backt. Franz will keine Mädchen in der Küche, gibt das aber nicht zu. Er sagt, er möchte etwas wirklich *Festliches.* Seit Tagen kocht er an einem Sud für eine ganz besondere Suppe und plant eine Tarte mit den letzten Feigen aus dem Garten, und der Hauptgang soll überhaupt eine Überraschung sein, wahrscheinlich wieder irgendein Meeresmonster. »Und warum nicht einfach beides«, habe ich versucht zu schlichten, »Crêpes und Menü«, und da verständigten sie sich sofort wieder mit einem schnellen Blick. Dass ich diejenige bin, die hier von nichts eine Ahnung hat.

This is not a van, steht auf dem Aufkleber an seiner Heckscheibe. *This is a T4.* »Das ist kein Auto. Es ist ein Ort.« So sagt er es und meint es nicht ironisch. Aber unsere Dusche benutzen sie dann doch sehr gern.

Mit roten Wangen und Rasierwunden im Gesicht sitzt er am Kopfende der Tafel. Sein Hemd hat einen schönen großen Kragen und leuchtet weiß, er muss es heute zum ersten Mal herausgeholt haben. Es passt ihm gut und sieht trotzdem zu klein aus. Zwischen uns stehen Sträuße aus Disteln und Wildblumen. Linn und Elena haben sie gepflückt, ein Laken als Tischtuch ausgebreitet und Kerzen auf die Tarte gestellt und irgendwo in der Tiefe des Kellers auch noch Champagner gefunden. Rinus sitzt neben mir, zählt die Flammen und will sie anfassen. Im Haus ist der Dunst der Festsuppe in alle Winkel gezogen. Lorbeer und Knoblauch, Rosmarin und Fisch. Eine Suppe aus Abfällen, darauf ist er stolz, angeblich befindet sich nichts darin, das er nicht an einem Marktstand oder von einem Restaurant geschenkt bekommen hat oder am Wegrand gesammelt.

»Und der Taschenkrebs. Auch geschenkt?«

»Ja. Wenn ich es sage.« Auf dem Tisch stehen die Sträuße so hoch, dass wir kaum richtig zugucken können, wie Marla ihre Geschenke auswickelt. Ein Päckchen von Linn und Noémie, eine Zeichnung von Rinus, mehr hat sie nicht auszupacken, trotzdem scheint Franz die Geduld zu verlieren. »Es geht auf drei zu«, er will jetzt endlich anstoßen.

Marla darf entkorken, er schenkt mit einigem Gewese ein, es dauert. Unterdessen zieht sich draußen etwas zu. Noémie stellt als Erste ihr Glas ab und starrt in die Wolke aus dunklen Partikeln über dem Pool, Rinus erstarrt. »Wespen?«, flüstert er und hält sich fest an mir. Sie ballen und zerstreuen sich. Ich halte sie für Ascheflocken, bis ich begreife, dass das Geräusch nicht von Ilyas' Rasenmäher kommt.

»Wildbienen«, flüstert Elena, »haltet einfach still.« Und alle gehorchen. Der Hund ist wach und hat sich aufgerichtet, sein ganzer Körper ist in Alarmbereitschaft, aber auch er hält still. Wir flüstern und erstarren, als würden sie uns dann nicht bemerken. Man soll sie nicht reizen.

»Wahrscheinlich eine wilde Sorte«, hofft Elena immer noch.

»Nein.« Auch Franz flüstert. »Die sind jemandem abgehauen.«

»Dann soll er sie holen.« Marla hat den Kuchen angeschnitten und verteilt und als Einzige angefangen zu essen. Krümel verfangen sich in ihrem Bart, konzentriert betrachtet sie den Schwarm, als könnte sie ihn mit ihren Blicken steuern. Einzelne Tiere umschwirren ihr Gesicht. Sie setzen sich auf den Kuchen und ihre Hände, sie haben fast die gleiche Farbe und den gleichen Glanz wie die verschrumpelten Feigen.

»Pass auf. Gleich hast du eine im Mund.«

Sie lässt die Lider flattern wie meistens, wenn ich etwas sage. Zerstreute Reaktion auf ein Störgeräusch, dann schaut sie wieder geradeaus zu den Bienen.

ELENA

Rote Bienen aus Eleusis, nicht zu zähmen, ihr Honig wirkt psychedelisch. Das habe ich aus einem Naturgedicht, trotzdem kann es wahr sein. Selbst Linn hat das Essen vergessen. Wir sitzen still und schauen. Es sind keine bösartigen Wesen. Wahrscheinlich hat Franz recht und sie kommen aus Ilyas' Stöcken. Und Ilyas trägt nicht einmal Schutzkleidung, wenn er mit ihnen umgeht. Man muss nur richtig mit ihnen kommunizieren, ihre Sprache ist ein Tanz, es gilt, die Bewegungen zu lesen. So sitzen wir da, gefangen von Schönheit und Angst, die Hündin bei Franz neben dem Kopfende, seine Hand in ihrer Nähe, aber er berührt sie nicht. Das muss er auch nicht. Seit ihrer Rückkehr hält Milva sich an ihn, er ist der Mann hier, Tiere sind archaisch, was das angeht. Wie Linn sich auch müht, wird sie daran nichts ändern. Rinus hält sich zwischen mir und Eve, seine Brust hebt und senkt sich. Linn betrachtet das Schwärmen, ruhig und betört, *das* wäre eine Aufgabe für sie, begreife ich, ich sollte sie zu Ilyas schicken, damit er sie den Umgang mit ihnen lehrt.

Eve ekelt sich vor diesem Gewimmel, sie muss gar nichts sagen, ich merke es auch so. Sie kann darin nichts Erhabenes erkennen. Wir widern sie an. Unsere immer vollgekrümelte Anrichte, meine unrasierten Beine, unsere Waschnüsse und der Universalreiniger mit Lemongrasöl, die nichts richtig sauber machen. Ich weiß, dass sie heimlich ihr eigenes Putzmittel zu uns nach Hause bringt. Ich weiß, dass sie Linn geholfen hat, ihren Rücken zu enthaaren und damit alles nur noch schlimmer zu machen. Woher die Wunden und Pusteln auf ihrem Rücken kommen. Beide denken wir, dass die andere das nicht weiß, beide bilden wir uns das ein. Heute noch will ich mit ihr reden. Sag mir, was dir hier in Wahrheit nicht passt, lass uns endlich ehrlich sein.

Eve holt aus. Kein panisches Fuchteln, eine klare Bewegung, und sie schlägt zu. In Marlas Gesicht, den Kuchen aus ihrer Hand, das Diadem vom Kopf, sie schafft das, ohne einen Strauß oder eine Flasche umzustoßen, nur Rinus trifft der Rückstoß ihres Ellbogens an der Stirn, aber das merkt sie gar nicht. Niemand merkt es, anscheinend nicht einmal er selbst, alle schauen Marla an.

»Entschuldigung. Du hättest beinahe eine Biene gegessen.« Es ist keine Entschuldigung, es ist ein Fehdehandschuh. Sieh mich endlich an, arrogantes Stück, das will sie sagen. Und Marla nimmt an. Sie nickt merkwürdig folgsam, hält die Hand vor den Mund und schaut zu, wie Eve den Stachel aus dem Ballen ihrer Schlaghand saugt und ausspuckt.

EVE

Mein Daumenballen schwillt so schnell an, dass man dabei zusehen kann. Außer Elena kümmert es keinen. »Eine Zwiebel, eine rohe Zwiebel zieht das Gift raus. Bist du allergisch?« Sie hält Rinus jetzt mit beiden Händen fest. Franz schaut noch immer in den Schwarm. Verzückt. Marla lacht mich an: »Hast du mich geschlagen?«

»Entschuldigung. Aber du hättest beinahe eine Biene gegessen.«

Ich würde ja auch lachen, aber meine Stimme klingt gar nicht gut. Wofür entschuldige ich mich hier eigentlich? Ein dünnes kaltes Brennen von der Hand bis in den Unterbauch. Die tote Biene ist unter den Tisch gefallen. Ich habe sie nur ganz kurz aus der Nähe gesehen. Klein und dunkel. »Ein Junges?«, fragt Rinus. »Nein. Eine besondere Sorte.« Ilyas hat mir ihren Honig gezeigt, er ist tatsächlich rot. Vom Sprechen wird mir schlecht. Ich strecke die Hand nach dem Kühler mit den Eiswürfeln, Marla sitzt gleich davor und regt sich nicht, Franz reicht mir eine Handvoll, es tropft auf die Tischdecke.

»Bist du sicher, eigentlich wirkt Hitze besser.«

»Nein, Zwiebel zieht das Gift raus«, meldet Elena sich noch einmal. Ich halte das Eis in meiner Faust und versuche, nicht zuzuhören. Wenn ich das Wort Gift denke, dazu diese Suppe rieche und die schwüle Luft anschaue, muss ich mich zu sehr konzentrieren, nicht zu kotzen. Zum Glück hält niemand mich auf, als ich ins Haus will, mehr Eis holen.

ELENA

Sie hat sie geschlagen. Um ihr das Leben zu retten vielleicht, aber wir alle haben die Kraft gesehen, mit der sie ausholte, und haben Marlas Lachen gehört. Entsetzt und anerkennend: Das hat sie noch nicht erlebt. Eve hat das Kämpfen gelernt, sie muss etwas loswerden. Ich erzähle den anderen, wie wir in den ersten Pandemiewochen mit den Kindern spazieren gingen und sie mitten im Gespräch ausscherte und mit der Handkante den Ast eines jungen Baums abschlug, ohne den Rhythmus ihrer Schritte zu unterbrechen oder unser Reden. (»Nein. Ich höre dir zu.«) Sie schien wirklich nichts gemerkt zu haben. Und auch jetzt scheint der Stich der Wildbiene ihr nicht besonders zuzusetzen. Ich habe sie nur ganz leicht zucken sehen.

In dem Tumult hat niemand darauf geachtet, wie lange Ilyas schon bei der Tamariske steht. Ob er uns beobachtet, kann ich nicht erkennen. Warum kommt er nicht her? Seit wann hat er sich zurückgezogen. Ist jemand ihm auf den Schlips getreten, hat eins von uns eine unsensible Bemerkung gemacht. Franz ruft nach ihm, aber selbst seine Stimme kiekst heute. Ich halte Rinus fest, ich merke selbst die Härte meines Griffs, ich will jetzt auf keinen Fall, dass er einen seiner Schreie ausstößt.

Ilyas scheint Franz nicht zu hören und hält einen hölzernen Kasten in seinen ausgestreckten Armen. Das ist alles, was er macht, er hält ihn in die Höhe, weg von sich. Der Schwarm organisiert sich und fliegt in seine Richtung. Es scheint wieder etwas heller zu werden, während Ilyas sich entfernt, ohne zu grüßen oder irgendein Zeichen zu geben. Ob er gemerkt hat, was hier passiert ist, und sich nicht einmischen wollte. Wir werden es nicht erfahren. Das Sausen klingt ab, wir fangen wieder an, uns zu bewegen.

»Alles okay?«, fragt Franz, verspätet und verunsichert, wie ich ihn noch nie erlebt habe. Ich betaste die Stelle an Rinus' Stirn, es scheint alles in Ordnung zu sein, ansonsten wäre er nicht so ruhig, und Franz meint nicht uns, er schaut Eve nach. Ich sage ihm, dass wir uns keine Sorgen machen müssen, laufe ihr dann aber doch hinterher. Sie steht bei der Spüle und wickelt frische Eiswürfel in ein Küchenhandtuch.

»Sieht schlimm aus«, behaupte ich, dabei kann ich gar nichts erkennen. Sie zieht ihre Hand weg, bevor ich sie untersuchen kann.

»Schlimmer, als es ist.«

Ich soll sie in Ruhe lassen mit meiner rohen Zwiebel und zurück zu den anderen gehen, zu meiner Tischgesellschaft, feiern:

»Ihr bekommt Besuch«, nickt sie zum Fenster.

Ein dunkler Hybrid rollt aufs Grundstück, jemand hat das Tor weit geöffnet, noch ein Auto folgt, ein weißer Volvo aus den Achtzigern. Mein Herz tut einen Sprung. Wir haben niemanden eingeladen, trotzdem erwarten wir natürlich jemanden.

Gestern haben Ali und ich noch telefoniert, aber vielleicht war das alles nicht wahr. Und im Grunde ihres Herzens weiß sie das selbst. Sie hat sich ins Flugzeug gesetzt, um alles noch einmal mit mir zu besprechen. Ali, Kolja, vielleicht beide gleichzeitig, es gibt solche seltsamen Zusammentreffen. Ich halte mich an der Spüle fest. Kolja hatte vor, mit dem Zug und dem Rad anzureisen, aber er ist ängstlich. Er kann die

Rauchentwicklungen beobachtet haben und um seine Gesundheit fürchten, er hat sich vielleicht ein Auto ausgeliehen und ist jetzt hier. Um uns zu überraschen.

EVE

Schmerz entsteht im Kopf. Nicht da, wo du ihn spürst. So ein Schock ist auch nur ein sinnvolles biologisches Sonderprogramm, Antwort auf einen alten seelischen Konflikt. »Alle Vorgänge von Psyche und Organ werden im Gehirn koordiniert.« Mit solchen Tipps würden sie mich sicher gern versorgen. Ich weiß noch gut, was Elena zu Noémies Unverträglichkeiten eingefallen ist und wie Franz mir erklärte, »Wenn du deine Themen gelöst hast«, erst dann sei der Mensch frei und bereit für tiefe sexuelle Erfahrung.

Wo auch immer er entsteht, diese Art Schmerz war mir bisher unbekannt. Im ersten Moment spürte ich gar nichts, dann blieb mir die Luft weg. Ein Würgereiz, den ich immer wieder neu schlucken muss.

Mich beobachtend bleibt Elena in der Tür stehen, offenbar unsicher, ob sie das doch ernst nehmen soll. An meinen Armen breiten sich rote Flecken aus. Sinnvoll oder nicht, an einem Allergieschock kann man sterben, das weiß auch sie. Sie überzeugt sich, dass ich Luft bekomme. Ich weiß, wie man atmen muss, um sich in einen Abstand zu bringen. Auch ich habe das geübt. Ich versuche den Daumen zu beugen und zu strecken. Wir alle haben gesehen, wie Ilyas am Ende des Gartens stand und die Kiste mit der Bienenkönigin in die Höhe hielt. Und dass es eine Weile gedauert hat, bis er das getan hat. Was treibt ihn um? Das muss auch den anderen im Kopf herumgehen.

»Bist du okay?«, fragt sie noch einmal, schon im Gehen, sie hat jetzt auch die Autos gesehen und will nach draußen.

Besuch für Marla. Vielleicht stand eins der Mädchen schon einmal beim Workout neben mir. Sie haben violette Tortenschachteln dabei und geben Elena die Hand, die meisten der Jungen müssen sich ein wenig hinunterbeugen. Nur der am Steuer des Hybridautos saß, sieht jünger aus. Dunkle Locken und eine dünne Brille, zwei Köpfe kleiner als der Rest. Er begleitet Elena zum Schuppen, um mehr Klappstühle zu holen, die anderen schlendern auf uns zu. Franz bleibt sitzen, seine Hand auf dem Hundekopf, Marla trägt noch ihr Schlafshirt mit dem Slipknot-Aufdruck, das Linn ihr geschenkt hat. Im Gehen bindet sie sich die Haare zusammen, feingemacht hat sie sich nicht. Arg überrascht wirkt sie allerdings auch nicht. Sie steigt die Verandatreppe hinab und umarmt als Erstes den Größten und Blondesten. Sein Fischerhütchen verrutscht, er versucht, ein unnahbares Gesicht zu machen. Auch Linn und Noémie bekommen ein Küsschen. Er fasst sie mit einer Hand am Arm und lässt sofort wieder los. Elena kommt zurück in die Küche und sucht nach Gläsern, will Kaffee aufsetzen für die neuen Freunde der Kinder. Normalerweise würde ich denken, ihr helfen zu müssen. Gerade kommt es mir nicht wie eine gute Idee vor, aufzustehen. Mir ist immer noch ganz übel.

ELENA

Sie riechen nach Parfum, nach Milch und Cornflakes, nach Waschmittel. Sie haben sich breite Brustkörbe erarbeitet und ziehen dann doch die Schultern ein wie unpassende Flügel. Sie geben mir die Hand, einer nach dem anderen, zumindest die Jungen. Die Mädchen halten Abstand und begutachten das Gelände.

»Deine Freunde?«

Marla hat schon die große Caffettiera aufgesetzt und inspiziert die Getränkereste im Kühlschrank. Eine spontane Idee angeblich, »hat sich gestern Abend erst ergeben, ich hoffe, das macht jetzt keinen Stress für euch?«

»Wie kommst du darauf, ist doch schön!«

Drei Mädchen sind durch den Vorhang getreten und betrachten unschlüssig die offene Küche, die herumliegenden Zeichnungen auf dem großen Tisch. Sie irritieren mich mehr als die Jungen, mit ihren seidigen Beinen und gebügelten Haaren. Blicke, als hätte man sie an einen neuen, eher enttäuschenden Ferienspaßort gebracht.

»Was ist mit dem Ausflug?«, frage ich Marla, während die Mädchen mich beobachten, ich bin ihnen im Weg, das ist mir bewusst, sie haben sich eine sturmfreie Bude versprochen, auch Marla hätte mich jetzt vielleicht lieber nicht hier. Sie spricht nur halblaut mit mir. Zum ersten Mal sehe ich sie verlegen.

»Was für ein Ausflug, man kommt doch gar nicht hin, die Straßen sind für private Autos immer noch gesperrt. Und ich will mir endlich was Richtiges anziehen«, sie schaut an sich herunter und bittet mich, beim Herd stehen zu bleiben, bis der Kaffee fertig ist.

Später lassen Eve und ich uns von Marla Crémant einschenken und schauen zu, wie die Clique die Räume einnimmt, sehr schnell fällt alle Unbeholfenheit von ihnen ab, sie folgen dem großen blonden Jungen, eine gefügige, an den Rändern ausflatternde Horde. Eve lobt den »Champagner« und prostet mir zu, ich proste zurück, es freut mich, dass sie es sich auch einmal gutgehen lässt. Für ihren Kreislauf gibt es nichts Besseres. Die Rötungen an ihren Armen sind nicht ganz zurückgegangen, sonst scheint sie wieder bei Kräften zu sein. Franz ist zu Besorgungen verschwunden und hat nicht gesagt, wann wir ihn zurückerwarten dürfen. Aber hat er das jemals? Er hat wahrscheinlich einfach keine Lust auf diese Gesellschaft, vielleicht war er auch ein bisschen beleidigt, dass niemand seine Fischsuppe kosten wollte.

»Eitel ist er nämlich schon«, sagt Eve, öffnet eine neue Flasche und sinkt neben mir tiefer in das abgekämpfte Ledersofa, »wahrscheinlich ist er allein zum Stierkampf, er muss sich irgendwo abreagieren, und das hier wäre nichts für ihn.«

Wir besprechen, ob die Seitenscheitel der Jungen an die Hitlerjugend erinnern oder nicht, wer in wen verliebt ist, »alle in Marla«, schieße ich schnell, Eve widerspricht, sie hat genauer hingeschaut und hat recht. Noémie hat ständig ihre Hände im Haar, wenn sie mit dem Honigblonden spricht. Der Feingliedrige mit der dünnen Brille wiederum lässt Noémie nicht aus den Augen. Ein Netz aus Blicken und Wünschen hängt in den Räumen, über dem Garten, die Luft klebrig davon. Mein Kind verfängt sich darin bloß.

Etwas hat sich verändert, früher wusste ich, wann sie wach

wird, wann sie aufdreht, was ihre Stimmung kippen lässt, und als sie mit vier oder fünf anfing, Geheimnisse zu haben, wurde ich eher besser darin, sie zu lesen, Bedeutungen zuzuordnen. Mit Rinus gibt es diese Verbindung noch immer. Wenn er fällt, weiß ich es vorher, wenn er sich fürchtet, spüre ich es im Bauch. Und er spürt, was mit uns los ist, schon als er kaum ganze Sätze bilden konnte, konnte er das benennen. Mit Linn ist die Verbindung gekappt. Marlas Freunde führen etwas auf, sie probieren Gesten aus und übertünchen ihre Gerüche, sie tun alles, um nicht erkannt zu werden. Ein Hund könnte ihre Stimmungen nicht mehr riechen.

Niemand ist in mein Kind »verliebt«. Sie wird nicht so angeschaut und schaut niemanden so an. Sie ist zu hungrig für solche Runden, noch zu klein und schon zu alt für solche Vorübungen zum Datingmarkt. Ich finde sie allein auf einem der Liegestühle am Pool, auf ihrem Teller drei Canelés und ein großes Stück Feigentarte. Das Essen ist das Einzige an dieser ganzen Geburtstagsgesellschaft, das sie wirklich interessiert. Die anderen beschließen, dass das Wasser einen komischen Eindruck macht, oder vielleicht stört es sie auch, dass ich hier stehe, sie ziehen sich zurück zum Haus, zu ihrer Rotte. Linn bleibt und isst. Traurig wirkt sie nicht, nur gründlich. Und wahrscheinlich froh, allein zu sein mit einem vollen Teller. Sie bemerkt nicht einmal, dass ich hier stehe.

»Hast du eigentlich darüber nachgedacht, ob die anderen auch etwas wollen?«

»Es ist genug da. Wenn sie was wollen, können sie sich was nehmen«, sie klingt offen feindselig.

Während die anderen sich im Haus ausbreiteten und zu trinken anfingen, habe ich das Zimmer der Mädchen kontrolliert, das Bad, ich habe benutzte graugewaschene Unterhosen in Sicherheit gebracht, die Kloschüssel ausgebürstet, ein frisches Handtuch aufgehängt, ein neues Bündel Haare aus dem Duschabfluss geholt.

Bevor die Gäste zurück in die Autos stiegen, unsere Mädchen mit ihnen, habe ich Marla beiseitegenommen, um ihr das zu sagen: »Mein Kind ist zarter, als sie aussieht, pass gut auf sie auf.«

»Ich weiß«, war ihre Antwort, und sie lächelte, als hätte sie ein Spiel gewonnen.

EVE

Wir verräumen die Hinterlassenschaften, Kuchenreste und halbleere Gläser, Elena trinkt die Reste, ich beiße in ein Eclair.

»Wir sollten ans Meer«, meint sie, »schnell.« Ich habe Zweifel, ob das Wetter halten wird. Die Luft hat an Gewicht zugelegt, wir wissen, wie schnell dieser Regen kommen kann. Rinus kann jetzt den Lotussitz auf dem Drahtseil und aus dieser Haltung heraus aufstehen. Er macht das wieder und wieder, er könnte wahrscheinlich den Rest des Nachmittags so zubringen. Sie hebt den Topfdeckel, die Fischsuppe steht bis fast an den Rand.

»Es sind ausgekochte Knochen und Panzer, das ist gründlich durcherhitzt, wenn wir die Suppe in den Keller stellen, kann sie sich bis morgen halten«, meint Elena, ich bin da skeptischer.

»Findest du uns eigentlich eklig?«, bricht es aus ihr heraus. Wie immer sie jetzt darauf kommt.

»Ich will nur, dass dieses Gebräu verschwindet.«

Zusammen tragen wir den Topf in den Wald, tief ins Gestrüpp, wir gehen ab vom Weg und entscheiden uns für den Krater neben einer entwurzelten Eiche. Weit genug von unserem und allen anderen Häusern entfernt, Franz soll nichts mitbekommen. Wir beide haben keine Idee, wie wir es ihm erklären sollen.

Am Morgen habe ich die beiden streiten gehört. Nicht zum ersten Mal. »Sie streiten nicht wie Vater und Tochter«, sage ich zu Elena.

»Sind sie ja auch nicht.«

»Sie streiten wie Mann und Frau.«

»Was meinst du damit?«

Dabei hat sie auch gesehen, wie sie einander anfassen. Sie lebt in ihrer eigenen Welt, aber das muss sie mitbekommen haben.

»Hat er geschrieben?«, lenkt sie ab, »irgendetwas gesagt, wann er zurück ist?«

»Er hat mir nicht geschrieben. Er hat mir noch nie irgendetwas geschrieben. Hast du ihn schon einmal schreiben sehen?«

Sie lacht.

Wenn er das Wetter wissen will, schaut er in den Himmel. Wenn er sich orientieren will, auch. Als ich ihn im Netz gesucht habe, habe ich nichts gefunden. Einfach nichts, daran erinnere ich sie jetzt, sie schüttelt den Kopf. Sie fand mich damals schon unhöflich und glaubt mir außerdem nicht:

»So etwas gibt es eigentlich nicht.«

»Offensichtlich ja doch.«

»Nicht bei normalen Menschen.«

»Und was ist für dich normal?«

»War nur eine Beobachtung.«

»Und was folgt daraus?«

»Es war eine Beobachtung.«

Elena beschleunigt, der Topf schwingt in ihrem Arm, roter Sud schwappt auf den Schotter. Für den Rest des Weges sprechen wir nichts mehr.

ELENA

Noch immer im Hemd steht Franz auf der Veranda und scheint den leeren Topf in unseren Händen gar nicht zu sehen. Er sagt, »Lass uns ausgehen, ins Touristendorf, ich will an einer Strandbude sitzen und Moules frites essen. An Plastiktischen unter einem Bastschirm.«

»Und Pommes«, seufzt Rinus auf. Eve will nicht mit, ich weiß nicht, ob sie noch mit dem Schock kämpft, sie behauptet, nur müde zu sein, reicht Franz den Autoschlüssel und wünscht viel Spaß.

»Nimm es nicht persönlich«, sage ich zu ihm, »sie kann ziemlich grob sein.« Er nickt, auf eine Art abwesend, dass ich Lust bekomme, ihn daran zu erinnern, dieser Ausflug war deine Idee. Ich hätte ihm vorher sagen können, dass der Badeort eine lange Einkaufsstraße ist, mit Boutiquen und Schaustellerläden und Geldautomaten, es gibt Frittiertes aller Art, aber nicht die Pommesbude, die ihm vorschwebt.

Ein unglücklicher Mensch. Nicht zufriedenzustellen. Warum sind es immer die Gekränkten, an die ich mein Herz verliere. Wir folgen Rinus die Treppe hinunter zum Strand und ziehen unsere Sandalen aus. Eine Gruppe lachender Leute kommt uns entgegen, sie machen keinen Platz, wir auch nicht. Im letzten Moment gehen sie einen halben Schritt auseinander, Franz stolpert und schlägt fast hin, aber es kann keiner von ihnen gewesen sein, sie sind schon an uns vorbei. Er fällt nicht einmal. Er fängt sich, sein Körper bleibt zusammengeballt.

Ich wäre gern ein anderer Mensch. Aber der Jähzorn ist es,

in den ich mich verliebe. Franz läuft der Gruppe nach und packt einen aus der Gruppe von hinten am Arm. Der Junge hat ein schmales Gesicht und kurz rasiertes schwarzes Haar, schöne schwarze Augen, so blickt er auf Franz mit dem zerzausten Bart hinunter und hält das Ganze für eine Verwechslung. Sie kennen einander nicht, versuchsweise will er seinen Arm aus dem Griff ziehen, doch Franz drückt noch einmal fester zu, breitbeinig hat er sich aufgebaut und schüttelt das Handgelenk des anderen, dann lässt er ab von ihm und kehrt zu uns zurück, als hätte er sich und uns einer lästigen Sache entledigt.

Man könnte uns für eine Familie halten. Ihn für einen müden jungen Vater, der die Suche nach der verträumten Strandbude noch nicht aufgeben will. Sich an der Hand packen und mitziehen lässt, zurück zur Treppe, hinauf zur Strandpromenade, weil Rinus hinter dem Steinwall auf dem Dünenkamm einen Parcours mit Fitnessgeräten entdeckt hat. Erst oben lässt er los und rennt darauf zu, er kennt kein Halten. Kurz habe ich den Gedanken, ob es heller sein sollte, die Sonne ist verschwunden, die Stahlkonstruktionen nur von den unsteten Lichtern des Karussells und der Go-Kart-Bahn auf der Promenade angestrahlt. Er streift seine Turnschuhe ab und klettert an der Reckanlage empor, kein einziges Mal schaut er sich um, ob wir ihm auch zuschauen. Das Gerüst ist für Klimmzüge da, Querstangen in ansteigender Höhe, er will von einer zur nächsten laufen. Und weil er keine Angst hat, wird er auch nicht fallen. Ich möchte ein Bild machen und es Kolja und Eve schicken. Franz steht neben mir, ohne zu Rinus aufzusehen, er denkt nicht daran, ihm Tipps zu geben. Er schaut in die Ferne, ins Dunkel, wo man den Ozean nur noch schwach sieht, deutlich hört hinter seinem Wall aus Steinen.

Franz bleibt fahrig. Wie anstrengend, habe ich immer gedacht, wenn andere mir von den Launen ihrer Männer erzählten, Ali allen voran. »Für mich wäre das nichts«, habe ich einmal laut zu ihr gesagt, »dieses ständige Drama«, immer wieder von vorn anfangen mit Leuten, die einem von Anfang an Hinweise geben, dass von ihnen keine Stabilität zu erwarten ist.

»Für dich ist es in der Tat nichts«, war ihre Antwort gewesen.

Wenn sie sich da nicht irrt, habe ich nur gedacht und gesagt, »Immerhin werde ich mit dir fertig«, da freute sie sich.

Rinus sitzt jetzt am Kopf der Stange. Er nimmt eine Hand vom Metall, mit der anderen hält er sich fest, er wird nicht gleich aufstehen, erst einmal seine Mitte finden dort oben. Franz schaut immer noch nicht hin.

»Was ist?«

Franz hört mich gar nicht, erst als ich ihn an der Schulter fasse, lacht er leicht gereizt, »Was soll sein?«

Etwas macht ihn nervös, und das bin nicht ich, und noch weniger ist es Rinus, der jetzt erst einmal Schweinebaumeln übt, sich mit den Kniekehlen an die Stange hängt und kopfüber in die Welt lacht. Wenn es heute nicht für mehr reicht, soll es mir recht sein.

»Und mit dir«, will Franz wissen. »Was ist eigentlich mit dir?«

Wann hat das zuletzt jemand gefragt? Er springt und packt die höchste der Reckstangen, tut ein paar Schwünge vor und zurück, dass ich ausweichen muss, schleudert seine Flipflops im Bogen über den Zaun die Dünen hinunter, ich widerstehe dem Drang, hinterherzulaufen und sie zu apportieren.

»Anderen Leuten hinterherräumen ist nicht alles, worum

es geht«, hat Ali gestern erst zu mir gesagt, und ich ahnte, dass es würdevoller sein könnte, selbst zu gehen. Aber ich bin jemand, die die Dinge zu Ende bringt.

»Sie kann mehr, als man denkt«, sagte sie über die Praktikantin, diese verschreckte Maus mit den Bärchenwurststullen, die ohne mich nie eingestellt worden wäre. Von ihr hat Ali mir ausrichten lassen, dass sie es in diesem Sommer nicht mehr zu uns schaffen wird, von ihr lässt sie sich seit Tagen verleugnen. Gestern hat sie mir das erste Mal in diesem Urlaub selbst eine Sprachnachricht hinterlassen, einziger Inhalt: Ich sollte sie anrufen, und ich wusste, dass das nichts Gutes hieß.

»Unsere Freundin wird mich feuern«, sage ich ihm, »das ist, was mit mir los ist.«

Er tut einen letzten Klimmzug, springt in den Sand und klopft sich erneut die Hände ab, wenig beeindruckt.

»Sie hat mich schon gefeuert. Sie hat mir höflich mitgeteilt, dass ich gerade nichts mehr für sie tun kann.«

»Und jetzt stehst du sozusagen auf der Straße, willst du mir sagen.«

Er findet mich wehleidig, das weiß ich schon länger. Neu ist, wie giftig er klingt. Wir stehen so nah beieinander, dass ich seine Körperwärme spüre, seinen Atem rieche. Vielleicht beißt er gleich zu, es würde mich nicht überraschen.

»Bringst du mir das Tanzen bei«, frage ich und meine natürlich: auf der Stelle. Zu herüberwehenden Fetzen Musik aus der Strandbar und dem Branden des Meeres. Ich strecke die Hand nach ihm aus, er schaut mich immer noch so an wie eine bizarre Landschaft. »Gern«, sagt er und tritt einen Schritt zurück, »kann ich gern mal machen.« Und er dreht mir den Rücken zu und läuft zum Zaun, klettert über die drahtbefestigten Latten und sucht zwischen den aufgeschütteten Steinen nach seinen Schuhen. Schwere Gekränktheit. Ist er wirklich beleidigt, weil niemand seine Fischsuppe wollte, weil die Mädchen es interessanter fanden, von ein paar tapsigen Teenagern in den Kombis ihrer Eltern mitgenommen zu werden. Weißt du was, will ich ihm sagen, in Wahrheit bist auch du ein Jammerlappen. Na und. Schäme dich nicht.

Rinus bereitet sich vor. Er kauert wie ein Äffchen am Kopf der Stange, die Schultern hochgezogen. Er macht alles richtig, hält aber den Atem an, wie er es genau nicht soll. Franz steigt zurück über den Zaun und hat nur einen Schuh gefunden. Rinus drückt die Beine durch und lässt los, breitet die Arme aus und tut den ersten Schritt. Er setzt einen Fuß vor den anderen, die Lichter der Fahrgeschäfte kreisen in Blau und Weiß und Rot, aber er lässt sich nicht beirren von dem Geflacker. Er geht in kleinen Schritten vorwärts, von Stange zu Stange. Erst als er es schon fast geschafft hat, verliert er das Gleichgewicht, reißt die Arme empor auf der Suche nach Halt und stürzt.

Mit einem Mal ist Franz bei ihm, er ruft ein Programm ab und ist ganz da. Er lässt seine Sandale fallen, nimmt Rinus in die Arme, er leuchtet ihm in die Pupillen und heißt ihn, mit dem Blick seinem Finger zu folgen, er testet seine Reflexe, tastet seinen Körper ab und unterhält sich mit ihm. Er stellt ihm Fragen nach dem Kindergarten, seinem Alter, seinen Lieblingstieren, seinen Schmerzen, er sagt, »Weißt du, dass es heißt, Katzen haben neun Leben?« Er redet so mit ihm, dass er alles versteht, und nimmt ihn dabei gleichzeitig absolut ernst. Seine Gabe, mit Kindern zu sprechen.

Ich bleibe im Abstand stehen und schaue zu. Normalerweise weint Rinus wie alle Kinder, wenn sie fallen. Ist seine Ruhe ein schlechtes Zeichen oder ein gutes? Meinen Blick meidet er. Mein Blick hat ihn aus dem Tritt gebracht.

Es ist nach Mitternacht, als wir heimkehren. Franz trägt Rinus vor mir her, geradeaus geht er durch den Garten. Anstatt tiefhängenden Zweigen auszuweichen, bückt er sich, erfasst von den Bewegungsmeldern. Ich laufe ihm hinterher, ich schließe für ihn die Tür auf, die Mädchen sind noch nicht zurück, oder waren sie hier und haben vor verschlossener Tür kehrtgemacht? Wieso sind Eve und Ilyas nicht da? Was nochmal haben sie am Nachmittag gesagt? Franz setzt Rinus ab, stellt ihn auf die Füße und leitet ihn, die Hand auf seiner Schulter, er will testen, ob die Koordination funktioniert, er will ihn absichtlich nicht schonen. Mit einer Hirnblutung kann man noch tagelang herumlaufen ohne irgendeine Auffälligkeit und dann vom einen auf den anderen Moment tot umfallen. Ich will, dass er mir noch einmal genau zusammenfasst, was sie im Krankenhaus gesagt haben. Sie haben wie Franz seine Reflexe getestet und ein paar mehr Faxen gemacht, als seinem Alter entspricht, weil sie nicht mit ihm reden konnten. Er beharrte auf seiner Würde wie immer in solchen Situationen. Das beruhigte mich.

Jetzt setzt er seine Füße sorgfältig voreinander. Die neue Körperspannung, seit er auf dem Seil gehen gelernt hat. Franz bettet ihn, die Beine und den Kopf leicht erhöht. Er reibt seine Füße mit Kampferöl ein und breitet das Moskitonetz über ihm aus, stopft es an den Seiten unter die Matratze, dass er da liegt wie in einem Himmelbett.

Es ist gut, dass wir ihn im Haus haben, jemanden, der dich ins Krankenhaus fährt, wenn du eines brauchst, der zur Not auch ohne Krankenhaus weiß, was zu tun ist.

Er holt Wasser in der Küche, Rinus schläft ein, bevor Franz zurück ist. Sollte man Menschen mit Gehirnerschütterung nicht am Schlafen hindern? Ich erinnere mich an den Erste-Hilfe-Kurs in meiner zweiten Schwangerschaft und warum ich ihn buchte: Ich wusste schon, mein nächstes Kind würde in mehr Gefahren geraten. Ich weiß nicht, wer von uns die Idee dazu hatte. Aber Kolja und ich waren uns sehr schnell einig.

»Ich bin froh«, flüstere ich, »dass ihr gekommen seid.«

Nebeneinander sitzen wir am Bett, Licht scheint von der Küchenlampe ins Zimmer. Er nickt milde.

»Geh schlafen.« Er will hierbleiben und aufpassen, er sagt mir, wie müde ich bin, wie schwer dieser Tag war.

»Darf ich mich zu euch legen?«

Leicht verdutzt rückt er beiseite, lässt mich unter das Mückennetz kriechen und verspricht, mich zu wecken, damit wir uns abwechseln und er sich auch einmal hinlegen kann. Aber als ich das nächste Mal aufwache, liege ich in meinem eigenen Bett. Der Mond scheint ins Zimmer, dann auch die Leuchten der Bewegungsmelder. Ich höre, wie jemand versucht, das Tor zuzuschieben ohne ein Geräusch. Es wird aber nur lauter, je leiser man es zu bewegen versucht. Man zieht es einfach nur in die Länge. Ich höre ihr hektisches Flüstern bis hierhin, ich höre, dass sie die Räder nicht abschließen. Marlas katzenhafte Schritte im Gras und Noémies zackigere, wie sie sich dem Haus nähern. Ihre nackten Füße auf den Fliesen, wie sie im Bad das Wasser aufdreht, sie ist allein, Linn muss entschieden haben zurückzubleiben, sie steht im Garten und sucht den Mond oder wartet auf den Hund und freut sich, einen letzten Moment für sich zu sein. Noémie tappt aus dem Bad, diesmal gibt sie sich keine Mühe zu schleichen, dann bleibt es still. Ich weiß, dass es still bleiben wird. Ich weiß das, bevor ich durch die Halle des Wohnzimmers zum Küchenfenster laufe. Ich weiß, dass da nur der Garten ist, die Bäume und Büsche und Tiere, in der Ecke die hellen Gespinste von Marlas und Franz' Hängematten, das schwache Licht aus Rinus' Zimmer, wo Franz wacht, wie er es versprochen hat.

Sie ist nicht mitgekommen.

EVE

Sie haben zusammen mit ein paar Leuten am Strand gesessen, geredet und auf das Meer geschaut. Es war dunkel, Noémie und Marla sprachen mit ein paar Jungen, in dieser kleineren Gruppe war Linn nicht dabei, aber doch irgendwo in der größeren Runde. Das dachten sie zumindest. Als sie loswollten und mit den Taschenlampen ihrer Telefone Decken und Kleider, Taschen und Schuhe zusammensuchten, war Linn nicht mehr da. Sie leuchteten den Strand ab und die Dünen. Vielleicht hatte sie nur mal gemusst. Aber sie war nirgends zu finden.

Sie entschieden dann bald, heimzufahren.

Sie könnte ja nachkommen, sie wusste den Weg.

Man könnte sie mit dem Auto suchen fahren.

»Das werden wir wohl machen. Aber vorher wolltet ihr erst mal schlafen gehen? Wenn niemand aufgewacht wäre?«

Elena will es wirklich verstehen, sie erkundigt sich ganz zugewandt. Vom einen auf den anderen Moment wird sie an die Decke gehen. Noémie steht im Licht, verscheucht die Mücken und zieht die Schultern hoch. Wo ist Marla, frage ich mich, warum wird sie nicht mit zur Rede gestellt.

»Linn hat nichts gesagt.«

»Was hätte sie denn sagen sollen?«

»Sie ist einfach weggegangen.«

»Wer hat denn zuletzt mit ihr geredet? Irgendeiner von euren Freunden muss doch gemerkt haben –«

»Sie hat nicht mit uns geredet.«

»Mit wem dann?«, frage ich, Elena nimmt ihre Strickjacke

von der Stuhllehne und geht nach draußen, greift Marlas Rad und schiebt das Tor auf. Schwach leuchtet der Dynamo zwischen den Bäumen auf.

ELENA

Das Meer hat sich so weit zurückgezogen, dass ich es nicht mehr sehen kann. Ich habe vergessen, wie die Gezeiten sich entwickeln, ob die Flut täglich früher oder täglich später kommt, anfangs lernten wir das auswendig, einigermaßen gewiss, dass einem bei Flut nichts passieren kann, weil die Wassermassen zum Land drücken.

Ich hätte diese Strickjacke nicht mitnehmen müssen. Die Nacht ist immer noch so schwer und warm, dass ich beim Laufen durch den Sand ins Schwitzen komme. Die gekippte Mondsichel ist ein haarfeiner Halbkreis, ein einsames Zeichen über der Abbruchkante. Aber ich kann Steine erkennen, verkohlte Holzplanken, weit vor mir die Lichter des Resorts und dahinter die des Hotels, das aussieht wie eine Kaserne und mich deshalb immer fasziniert hat.

Ich lasse mein Telefon in der Tasche, ich benutze keine Taschenlampe, ich beschränke mich darauf, laut zu rufen, höre aber schnell wieder auf und werde still wie eine Jägerin, die ihre Beute nicht aufscheuchen will.

Was jetzt wirklich nützen würde, wäre der Hund. Die Hündin. Wo eigentlich ist die Hündin. Hat Franz sie doch auf seinen Nachmittagsausflug mitgenommen? Er will sie nicht mehr gesehen haben, aber etwas hat er mit der ganzen Sache zu tun, ein unbekannter Gast, der uns unterhält und aufmischt, alles durcheinanderbringt. Der uns verführt, um uns eins nach dem anderen alles zu nehmen, was wir haben.

Eve ist mir hinterher, ich habe gehört, wie sie den Motor angelassen hat. Wir haben ihn allein am Haus gelassen. Mit meinem verletzten Kind, auf dem Anwesen meiner besten Freundin. Vielleicht ist sie nicht mehr meine Freundin. Und anscheinend ist es nicht ihr Haus. Wir haben ihn aber alleingelassen. Wenn er will, könnte Franz unsere Habseligkeiten einsammeln und verschwinden. Wie alle in meiner Lage schließe ich einen Pakt mit den Göttinnen: Nehmt mir alles, lasst ihn das Haus leerräumen, Alis Möbel, meinen Schmuck und meinen Computer. Nehmt mir alles, aber lasst mir meine Kinder und meine Gefährtin. Eve. Ich stelle mir das Leben vor, das wir ohne Besitz und ohne Arbeit beginnen würden. Ich höre schon Eve, wie sie mich fragt, soll ich ihm nach und ihn vermöbeln, und es wäre kein Witz, aber ich muss laut lachen. Verprügle ihn bitte nicht, vielleicht sollten wir ihm dankbar sein.

Wer tagelang durch die Wüste oder durch das ewige Eis wandert, muss aufpassent. Wenn das Gehirn kein anderes Material bekommt, produziert es Visionen. Man fängt an, mit der Sonne zu sprechen, mit den Gezeiten, dem Sand, den Mond. Wer mir entgegenkommt, würde eine Irre erkennen. Schon am Gang wird das zu sehen sein.

EVE

Ob man ihr folgen sollte? »Fahr lieber in eine andere Richtung«, meint Franz, »ich glaube nicht, dass sie verlorengeht.«

Wie er darauf kommt. Sie ist nachtblind und von Sinnen. Er wird bei den Kindern bleiben und versuchen, die Polizei, den Küstenwachschutz zu erreichen, ich nehme das Auto und fahre die Straße am Strand entlang zum Resort. Sie sind noch jeden Abend zu ihren neuen Freunden in die Ferienanlage gefahren. Viel weiter kann sie nicht gekommen sein.

Die anderen hatten Autos. Wenn jemand sie mitgenommen hat, können sie überall hingekommen sein. Und kurz wird mir ganz anders bei dem Gedanken. Gleich hinter dem Ende des Schotterwegs überhole ich Elena. Die Radspur ist mit frischer Farbe markiert und glatt asphaltiert, sie kommt schnell voran. Der flatternde Rock verfängt sich in den Speichen, im Fahren befreit sie ihn und schlingert, stürzt aber nicht. Die Schlappen muss sie verloren haben und fährt barfuß. Sie scheint mich nicht zu sehen, das Auto nicht zu erkennen, als ich langsamer werde, tritt sie noch heftiger und ruft, ich soll woandershin fahren, »besser teilen wir uns auf«, sagt sie plötzlich so vernünftig, dass es ganz unheimlich klingt.

Ich fahre durch das Städtchen mit den drei Kreisverkehren, durch die langgezogene Strandsiedlung, vorbei am Campingplatz, dann an noch einem, an der Lidl-Filiale mit dem leuchtenden Schild, an der Baustelle für die neue Ferienanlage, die aussehen wird wie eine Festung mit Mauern und Erkertürmchen. Ich versuche, aus den Radionachrichten etwas herauszuhören, das mir nützen könnte, einen Namen oder einen alarmierten Ton. Ich versuche, Marla zu erreichen. Haben wir vergessen, sie Entscheidendes zu fragen?

Sie waren beim Karaoke-Singen, danach am Meer, um den Sonnenuntergang anzuschauen. Am Strand verbrachten sie den Rest des Abends. Weit werden sie sich nicht entfernt haben. Ewig wird Linn nicht gelaufen sein. Es war ein schwüler Abend, und keine von ihnen bewegt sich mehr, als sie muss. Das Vernünftige wäre, gemeinsam beim Strand des Resorts anzufangen und sich von dort aus aufzuteilen. Nach Norden, wo die Küste mit aufgeschütteten Steinbrocken beschwert ist. Bei Ebbe kann man unterhalb dieses Walls auf dem harten Sand spazieren gehen. Bei Flut nicht. Man kann an der Böschung entlangklettern, aber die Brocken können sich lösen, man kann am Algenbewuchs abrutschen, es ist verboten.

Ich will nicht allein an den Strand und dieses Meer tosen hören. Jeden Sommer holt es sich ungefähr hundert Menschen. Leute im Urlaub, beim Baden, weil es solchen Spaß macht, in den Wellen zu toben. Als gäbe es nicht genug andere Arten zu sterben.

Ich fahre bis kurz vor die evakuierte Zone und kehre um, als ich die Warnlichter und Absperrungen von weitem sehen kann. Ich parke das Auto beim Seiteneingang des Resorts und laufe jetzt doch den breiten Schotterweg zum Strand hinunter. Etwas Besseres fällt mir auch nicht ein.

ELENA

Das Wasser und der Wind tragen ihre Stimmen. Schon hinter der Mauer kann ich hören, was Marla und Noémie reden. Ich halte das Rad fest und bleibe hinter der Mauer stehen.

»Und meinst du wirklich, sie sind nur freundschaftlich zusammen?«

»Ich habe doch gesehen, wie er dich anschaut.«

»Das macht Joshua mit allen.«

»Ja. Sogar mit Linn.«

»Junge, wie schnell sie getrunken hat. Ich habe noch nie jemanden erlebt, der auf Anhieb so viel verträgt. Und dann noch hyperventilieren kann.«

»Ja. Hätte ich nicht gedacht.«

Von der Straße kommt Ilyas und schiebt sein Moped über den Schotterweg auf das Tor zu. Gleich wird er ein Gespräch anfangen. Ich muss erklären, warum ich hier stehe und lausche. Es ging gegen drei Uhr morgens, als sie mich aufgesammelt und mit dem Auto heimgebracht hat, wir haben nicht darauf geachtet, ob bei ihm Licht brannte, als ich heute früh erneut aufbrach, bin ich ihm nicht begegnet. Aber Eve wird ihm alles erzählt haben. Ich muss gar nichts erklären.

»Kommst du oder gehst du?«, fragt er nur und schiebt das quietschende Tor auf und lässt mir den Vortritt. Ich bin unberechenbare Materie geworden. Man geht behutsam mit mir um. Schweigend läuft Ilyas neben mir über die Wiese, trotzdem kann ich von dem Gespräch der Mädchen nur noch Bruchstücke verstehen.

»Entführt?«
Darüber müssen beide lachen.

EVE

Elena drückt noch einmal Ilyas' Hand, dann wirft sie das Rad neben sich, sie lässt es fallen, ungeschickt, dass sie über die Pedale stolpert und der Zahnkranz ihr ins Bein rammt. Ohne Zucken geht sie weiter, am Unterschenkel die schwarzen Zacken wie eine scharf gestochene Tätowierung. Sie läuft am Schwimmbecken entlang auf die Mädchen zu. Wasser schwappt über ihre Füße. Den Oberkörper in der seitlich geneigten Haltung, als wollte sie gleich eine wertschätzende Frage stellen, biegt sie plötzlich ab ins Gras, nähert sich von hinten und greift Marlas Liegestuhl mit beiden Händen an den Querstreben. Sie steht in einem schlechten Winkel, aber Marla rechnet nicht mit einem Angriff, sie lässt sich vornüber ins Wasser kippen. Laub im Haar, als sie wieder auftaucht. Sie schwimmt gemächlich zum Rand, wo Elena auf sie wartet, legt die Unterarme am Beckenrand ab und blinzelt hinauf zu ihr. Elena geht als Erste ab.

ELENA

Am Kopfende von Linns Bett schaut mich das Tier an, das sie in der vierten Klasse gehäkelt hat. Eine übergroße Maus, ein klein geratenes Opossum, es lässt sich nicht zuordnen, sie hat sich immer geweigert zu verraten, was es hätte werden sollen. Rosa mit Grauschleier, senfgelbe Ohren. Bis vor kurzem war es belebt, wahrscheinlich ist es das noch immer, wenn sie mit ihm allein ist. Sie hat es im Handgepäck versteckt, aber es musste mit. Eins der Ohren ist am Ansatz leicht eingerissen und hängt schief, seine Knopfaugen blicken gerade und fest in den Raum.

Ich habe ein hässliches Kind. Das weiß ich, auch wenn ich Linn anders anschaue als andere Leute. Ich kann nicht erkennen, wie sie wirklich aussieht. Oder jetzt habe ich angefangen, es zu erkennen. In solchen Phasen der Verwandlung sind selbst Eltern von ihren Jungen abgestoßen, und das muss auch so sein, sie müssen lernen, sie nicht mehr zu füttern.

Sie wurde schon als kleines Kind weniger von Fremden angelächelt. Blicke streiften den Buggy und zogen rasch weiter; nur wenn ich mit Freundinnen und deren Babys unterwegs war, bekam ich mit, was für Reaktionen man stattdessen erhalten kann. Ich gebe zu, dass mich der Vergleich kränkte. Und wie es mich freute, wenn doch einmal jemand ihre Locken und ihre engelhaften Pausbacken lobte. Oft ältere Menschen, denen es gefiel, wenn jemand *gut genährt* aussieht.

Dann fing ich an, das Gute daran zu sehen. Fremde kniffen sie nicht ständig in diese einladenden Wangen. Wer sie lieben wollte, musste sie erst kennenlernen. Sie würde immer etwas anderes sein als nur die Zierde an jemandes Seite und nie ein niedliches Dummchen. Wir hatten sie für uns allein. Und vielleicht, habe ich geglaubt, ist das Nicht-Niedliche auch ein Schutz. Inzwischen bin ich besser informiert und weiß, dass das nicht stimmt.

Was Kinder miteinander anstellen. Natürlich werden sie mir das nicht sagen. Es geht mich nichts an. So wurde es mir von den Lehrkräften der Waldorfschule zu verstehen gegeben: »Sie müssen es unter sich ausmachen.«

Ich werde Eve bitten, noch einmal mit ihnen zu reden, am besten jeweils allein. Zu Noémie hat sie einen guten Kontakt, und Marla tut zwar so, als würde sie sie verachten. Aber gerade das kann helfen. Wenn ich mich nähere, verstummt ihr Gespräch. Mein kleiner Ausbruch vorhin hat nicht geholfen. Sie sitzen vor dem Schwimmbecken und bewerfen den dümpelnden Plastikwalfisch mit trockenen Zweigen. Wenn Eve sich zu ihnen gesellt, nehmen sie eine andere Haltung an.

Ich will nicht mehr ins Meer, also gehe ich im See schwimmen. Der Schicksalsgöttin eine Gelegenheit geben, das Gesicht zu wahren: Wenn ich nicht da bin und keine Anrufe entgegennehmen kann, werden meine Lieben zurückkommen und gesund werden, eins nach dem anderen. Während ich in der Mitte des Sees mit mir ringe, ob ich nicht alles hinter mir lassen und ans andere Ufer schwimmen soll. Es ist genauso weit entfernt wie das heimische. Aber es zieht mich jedes Mal zurück.

Wieder daheim wische ich Staub vom Terrassentisch, bereite neue Eiswürfel für Rinus und spüre mein Telefon vibrieren.

Meistens ist es ein Phantomzittern, jedes Mal hole ich es doch aus der Tasche.

Eine Sprachnachricht von Ali. Sie dauert drei Minuten, dreiundvierzig Sekunden, das ist mir im Moment viel zu lang. In ihrer letzten erklärte sie mir, wie verstörend sie es fand, dass ich meine Kinder noch stillte, als sie schon laufen konnten. Verstörend und inspirierend. Erst bei dem Anblick hätte sie verstanden, dass ich aus ihrem Leben verschwinden würde, und zwar voller Stolz. »Wir amalgamieren nicht mehr gut miteinander«, so sprach sie am Telefon, ich habe kein Interesse, mehr von solchen Analysen zu hören.

Ich werfe das Telefon nur deshalb nicht ins Wasser, weil Eve sich mir in den Weg stellt: »Geh und leg dich hin.«

EVE

Der Hund bleibt wieder verschwunden. Es tauchen gar keine Landtiere mehr auf. Jemand hat das Pferd von der Koppel nebenan mitgenommen und den Hirsch und die anderen Zootiere eingefangen. Selbst die Bienen halten Abstand. Was noch da ist: gurrende Tauben und Schwärme von Mücken. Franz kommt aus Rinus' Krankenzimmer, immer noch im geknöpften Hemd von der Feier. Ganz so frisch sieht es nicht mehr aus.

»Kannst du hierbleiben«, ordnet er an und läuft an mir vorbei zu Ilyas' Moped, eine Herrenhandtasche über der Schulter, die ihn alt macht. Elena sitzt schon wieder am Terrassentisch und sieht ihm nach. Das nasse Haar macht dunkle Flecken auf ihren Schultern. Sie ist um sechs aufgestanden und zwei Kilometer im See geschwommen. Heute hat sie das andere Ufer erreicht. Einmal hin und zurück.

»Wenn man die Hälfte geschafft hat, sieht man nicht mehr ein, umzukehren«, sagte sie zu mir: »Die Kraft wird mehr.« Man muss ihr das glauben. Sie will eine Zigarette von mir, dann ins Resort fahren und den Wald absuchen. Wenigstens für jetzt gelingt es mir, ihr das auszureden und sie zum Ausruhen zu schicken. Sie raucht und schert sich nicht darum, ob der Qualm ins Haus zieht.

»Hast du inzwischen mit Kolja geredet?«

Sie bindet ihren Haarknoten ganz fest und schüttelt den Kopf. »Noch nicht.«

ELENA

Die geheimen Hefte liegen auf der Konsole bei Linns Bett, zwischen ihren Steinen und Federn, nicht versteckt, bewacht von dem gehäkelten Wesen. Akkurat gestapelt, überhaupt hat sie alles sehr ordentlich hinterlassen, oder hat Noémie das Bett gemacht? Weil sie keine visuelle Unruhe erträgt. Die kleine Armee ihrer Fläschchen und Tinkturen und Seren und Rosenholzstäbchen. Ich nehme mir den Stapel Hefte und mache, dass ich davonkomme.

Sie haben in zwei verschiedenen Farben geschrieben, dabei sind ihre Schriften auch so leicht auseinanderzuhalten. Linns rohe Schreibschrift, alle Buchstaben miteinander verkettet, nicht zwischen die Zeilen passend. Noémies klein und gedruckt. Angst vor Pathos hat keine von beiden, Linn verwendet die hochtrabenderen Formulierungen, verliert sich in Beschreibungen, Noémie setzt die Schnitte und bringt neue Wendungen ein. Sie haben genug gelesen, sie machen das gut, ich höre bald auf, darauf zu achten, wie sie es bauen.

Geschichte eines Zwillingspaars. Eine strahlend, die andere im Schatten. Der Underdog erzählt. Die Schöne mit den schwarzen Locken und den blauen Augen und dem Glockenlachen hat gar keine Zeit dazu. Die andere ist nicht ernsthaft hässlich, nichts an ihr ärgert das Auge. Sie hat eine Haut wie Papier, wird schnell müde und gern übersehen. Die Zwillinge sind Halbwaisen und leben mit einer nicht besonders sympathischen Künstlerinnenmutter und einem Stiefvater, der vor allem dazu dient, Geld nach Hause zu bringen und die

Erziehungsversuche der Mutter zu flankieren. Die Mädchen gehen in die neunte Klasse und zerbrechen sich den Kopf über Partys und die Hauptrolle in der Theater-AG, doch Gegenstand der Geschichte ist eine Welt neben der unseren. Aus dieser Welt rufen die anderen Wesen nach der grauen Maus mit der besonderen Gabe. Zunächst scheint es ein Fluch. Sie liegt ständig krank im Bett. Sie kann nicht rennen wie andere, nicht lachen und weinen.

Der Schönen fliegt alles zu, und wenn sie gemein ist, meint sie es nicht böse. Sie merkt es nicht einmal. Wirklich gemein ist der Junge, in den sie beide verliebt sind. Er tut so kindische und hinterfotzige Dinge wie der Protagonistin von hinten ein Bein stellen, damit sie der Länge nach hinschlägt.

Am U-Bahn-Steig bleibt sie allein zurück und wird von einem schwarzen Hund wachgeleckt. In dem Obdachlosen an seiner Seite erkennt sie ihren totgeglaubten Vater. Sein waches Gesicht unter einer Fellmütze mit Ohrenklappen. Er nickt ihr zu und ist verschwunden, bevor der Wachdienst und andere Schaulustige eine Traube um sie bilden können. Sie kommt zu spät zum Abendbrot und erträgt stumm den *Tadel.* Die Protagonistin weiß da schon, dass sie Dinge sieht, die andere nicht sehen. Neulich flog ein Vogel ins Klassenzimmer, niemand verstand, warum sie hysterisch wurde. Sie hat nicht gebeten um diese Gabe, lieber würde sie mit Tieren sprechen können, fliegen oder sich unsichtbar machen, *wobei ich das ja quasi schon war.* Mehrere Zusammenbrüche folgen. Bei einer Schultheateraufführung sieht sie den Vater am Rand der Bühne stehen, wieder mit dieser Fellmütze. Wieder fällt sie hin und ruiniert die Aufführung. Nach dem dritten Mal (Einschlafen während einer Physikklausur) wird sie von ihrer Mutter zu diversen Ärzten geschleppt und die Handlung bald in eine abgeschiedene Kurklinik verlegt. Ein schlossartiges Setting vor grünen Hügeln. Knarzendes Gebälk und verbotene Türen. Eine Zimmergenossin mit violetten Augen und harten Muskeln. Ein Mädcheninternat für besondere Fälle. Die Zimmernachbarin zeigt ihr Fixierliegen mit Zwangsgurten, Räume mit gepolsterten Wänden und empfiehlt, Tabletten nicht zu schlucken, instruiert sie, vor welchen Schwestern man sich hüten muss und von wem Unterstützung zu erwarten ist, sie zeigt ihr die geheimen Gänge nach draußen und die Orte nächtlicher Riten. Versammlungen auf einer Waldlichtung, Maskenbälle in der stillgelegten und natürlich auch verbotenen Schwimmhalle, am Grund des leeren Beckens mit seinen Einströmdüsen und Bodenabläufen, Anschlüssen an die Unterwelt.

Sie verlieren die Fäden nicht aus dem Blick. Besuch kommt aus der vertrauten Welt. Dem Mädchen fällt auf, dass mit der schönen Schwester etwas nicht stimmt, der Klang ihrer Stimme ist verändert, auf den Schultern der Mutter sitzt ein Affe. Mit seinen Händen krallt er sich im Nest ihrer Hochsteckfrisur fest. Auch der mutmaßliche Vater erscheint, außerhalb der Besuchszeiten, gemeinsam mit seinem Hund. Vision oder geteilte Realität, es bleibt in der Schwebe. Unwahrscheinlich, dass er den Weg von der Stadt in dieses Gebirge zu Fuß geschafft und sich mit seinen Rucksäcken und dem großen schwarzen Tier an seiner Seite Zutritt verschafft haben soll. Aber sein Geschenk bleibt auf dem Nachttisch, bis die Schwester die Topfblume aus hygienischen Gründen entsorgt. In den Zimmerecken schwarze Fellbüschel.

Falls ich mich geschämt haben sollte und Hemmungen hatte, diese Schwelle zu überschreiten: Damit ist es vorbei. Die Mutter mit der Stirnfalte, dem Haarnest und dem Affen im Nacken, die den Vater lieber für tot erklärte, als ehrlich damit umzugehen, dass er in geschäftlichen Dingen Pech hatte, für andere den Kopf hinhielt, bankrott und falsch beschuldigt hinter Gitter wanderte. Lieber verliert sie ihren Lebensmenschen als ihr Gesicht.

Ich wollte es wissen.

Von diesem Abschnitt an werden Noémies Seiten weniger, selbst ihre Buchstaben geraten aus der Form. Während in der Anstalt das Figurenpersonal zusehends unübersichtlich wurde, hat sie offenbar das Interesse verloren. Oder Linn hat die Sache an sich gerissen. Das kann sie durchaus. Und wie zu erwarten, verliert sie sich. Sie vergisst die Fährten, die gelegt wurden, und bleibt in der neu erfundenen Welt.

So wertvoll ist nicht, worauf ich hier gestoßen bin. Es muss jedenfalls nicht mehr unter Verschluss gehalten werden: Noémie bringt mir ein viertes Heft, »Das fehlt dir noch.« Wenn ich will, soll ich es behalten. Ihre Stimme hat etwas unbeholfen Zärtliches.

»Willst du es nicht lieber selbst behalten? Ihr wolltet das doch veröffentlichen?«

»Wir? Zuletzt war es mehr Linns Projekt.«

»Hattest du keine Lust mehr?«

Ich frage schon wieder zu viel. Der Trick ist, den Mund zu halten, dann fangen die anderen an zu reden, Eve macht mir das doch genügend vor. Schulterzucken, Blick zum Himmel. Unzufrieden schaut Noémie in den Kühlschrank, außer gekühltem Wasser und ein paar Marmeladengläsern und einem angebrochenen Crémant ist nicht viel zu finden. Sie drückt Eis in ihr Glas.

Im vierten Heft lernt die Erzählerin: Das sind keine Maskenbälle. Nachts in der zugigen Schwimmhalle wachsen den Patientinnen Köpfe und Gliedmaßen von Tieren. Der Mitbewohnerin dazu noch ein buschiger Schwanz und der Kopf einer Tigerin. Andere legen Federn an; die nervöse große Rothaarige hat den Kopf eines Huhnes. Die Schattenschwester entdeckt ein völlig neues oder sehr altes Körpergefühl: Sich bewegen, als ob niemand zuschaut. Sie geht auf Pfoten, federnd und stark, sie könnte aus diesem Becken herausspringen, wenn sie wollte, ihre Muskeln gäben es her. Aber sie will es ja gar nicht.

Sie musste ihre Leute verlassen, um ihresgleichen zu finden. Ein zunehmender Halbmond scheint durch die kaputten Fenster. Selig macht sie ein paar verspielte Sprünge, um zu merken, wie die anderen sie anschauen, mit einem neuen und nicht unbedingt guten Respekt. Selbst die Angst der Krähe kann sie riechen, und kurz zögert sie, an sich herabzuschauen, auf starke Krallen und breite Tatzen: Sie hat sich in einen Wolf verwandelt. Sie spürt Hunger in sich aufsteigen. Wird sie ihre Gefährtinnen fressen? Vorerst nicht. Aber mehr als ein Raubtier darf es in der Gemeinschaft nicht geben.

Ab hier läuft die Handlung aus dem Ruder. Vergessen ist die Vatersuche. Erzählt wird von den Nächten, den Machtkämpfen von Tiger und Wölfin, den brenzligen Situationen vor der Rückverwandlung am frühen Morgen. Es gibt eine Art Showdown, einen Angriff feindlicher Mächte von außen, am guten Ende steht ein Bild. Die Gemeinschaft der Mischwesen hat ihren dunklen Versammlungsort verlassen und hält ein Picknick unterm satt leuchtenden Heumond ab, am Ufer eines ausgedehnten Sees, Tigerin und Wölfin sitzen Schulter an Schulter im Kreis ihrer liebsten Freunde. Sie haben nicht die Absicht, in die Tagwelt der Menschen zurückzukehren, zu den U-Bahnen und Schulbroten und Sportprüfungen. Warum auch?

EVE

Es gibt diese Geschichten. Kinder bringen andere Kinder um, weil sie es können. Weil sie nicht wissen, dass sie es können. Ich habe genug gehört und gelesen, und ich erinnere mich, wie es in Marinas Klasse zur Sache gehen konnte. Sie gehörte nie zu den Opfern, sondern zu denen, die Referate über Mobbing hielten. Die schlimmen Geschichten hatte sie auch nur aus True-Crime-Podcasts. Sie ist immer noch besessen von ihnen. Deswegen will sie Psychologin werden. »Für die Täter da sein.« Das stellt sie sich dann doch interessanter vor.

Gestern habe ich sie angerufen. Von den Bildern her scheint bei ihr alles in Ordnung zu sein, sie paddelt stehend über den See, als könnte sie über das Wasser laufen. Aber ich wollte ihre Stimme hören. Und endlich mal wieder richtig mit jemandem reden.

»Du machst dir Sorgen um dieses Mädchen.«

»Bist du eifersüchtig?«

»Auf ein fremdes Kind?« Sie würde sich auch Sorgen machen an unserer Stelle, meinte sie dann sehr schnell und erwähnte die Geschichten, die ihr dazu einfielen. Eine düsterer als die andere. Ich musste sie stoppen.

Es war keine gute Idee, das später aufzubringen. »Solchen Jungen und Mädchen wie denen aus dem Resort, denen ist alles zuzutrauen«, mehr hatte ich nicht gesagt.

»Wie meinst du das?«

Ilyas wollte nicht lockerlassen und auch Franz mischte sich ein. Beide ganz betroffen, als Elena aufstand und den Tisch verließ, ich hinterher.

Jetzt ist ihr Zimmer leer, das Bett gemacht, das Fenster geöffnet, sie wird ihrer Morgenroutine nachgehen. Wahrscheinlich ist es nicht die schlechteste Idee.

Franz steht in der Küche, wartet auf den Kaffee und rührt Brombeeren in Haferbrei. Er ist schon wieder so ordentlich angezogen. Auf dem Tisch liegt die kleine lederne Handtasche, davor sitzt Ilyas und nestelt am Tragriemen. Sein Rücken ganz rund. Nur Franz grüßt. Sein Haar ist gewaschen, er blickt mir entgegen mit dieser erleuchteten Aufmerksamkeit, dass ich ihn ohrfeigen will.

»Guten Morgen, Eve.«

Ob ich gut geschlafen hätte. Er hat die ganze Nacht bei Rinus gewacht und alles mitbekommen. Er hat mir geholfen, Elena aus meinem Bett zu tragen, wo sie sich in den Schlaf geredet hatte. Sie ist aufgewacht, bevor er sie anfasste. In aufrechter Haltung hat sie das Zimmer verlassen. Wie eine Schlafwandlerin.

Die beiden Männer wechseln einen Blick. Etwas Schreckliches ist passiert, und keiner traut sich, es mir zu sagen. Besser, es passiert überhaupt irgendetwas, damit wir nicht mehr warten. Franz setzt sich hin mit seinem Brei und zieht Ilyas die Tasche weg, ein wenig verspannt nun doch. Ilyas' Hände haben nichts mehr zum Greifen, er redet mich an. Seine Freundin Nana ist dabei, zu sterben.

»Ist sie das nicht die ganze Zeit schon?«

»Jetzt wird sie sich wirklich auf den Weg machen. Und es ist sein und ihr und auch Alis Wunsch, dass er sich in ein Flugzeug setzt und sich verabschiedet.« Franz erklärt wie für jemanden, der nicht sprechen kann. Er wird Ilyas zum Flughafen bringen, er hat sowieso Dinge in der Stadt zu besorgen, irgendein Ersatzteil, das seinem Bus noch immer fehlt. (Ohne dieses Teil wären sie vielleicht längst nicht mehr hier.) Ob er freundlicherweise unser Auto leihen kann.

»Es ist nicht unseres, wir haben es nur gemietet.« (Elenas Mann zahlt. Ihn müssen wir fragen.) Aber will man kleinlich sein in einem Moment wie diesem. »Drei Stunden, länger wird es nicht dauern.« Bevor man zum Nachdenken kommt, hat er einen für seine Zwecke eingespannt. Drei Stunden. Bis dahin sind noch nicht mal alle hier aufgewacht.

»Ich lasse ein Pfand da«, sagt er und lächelt, als ob er es ernst meint. Ohne Marla werde er nicht verschwinden. Ilyas steht endlich auf, nimmt seine Reisetasche und küsst mich auf die Wangen, ich will noch fragen, ob wir hier irgendetwas beachten müssen (all die Arbeit, die er macht und die man nicht sieht), er schüttelt den Kopf. »Wenn ihr dazu kommt, repariert die Häsin. Aber macht keine Umstände.«

ELENA

– Sie wird sich aufmachen.

Mehr schreibt Ali nicht. Die Nachricht weckt mich im Strohsessel am Fenster, ich habe mich wach halten wollen, ich habe geglaubt, das ginge, wenn ich hier sitze und lese. Jemand hat eine Decke über mich gelegt und das Licht ausgeschaltet, mir Linns Heft aus der Hand genommen und zu der Flasche und dem Glas auf dem Nachttisch gestellt. Franz, der plötzlich diesen Whiskey in seinen Stauräumen fand und uns eingoss.

– Hast du noch mehr solche hilfreichen Informationen?

Ich muss nicht mehr unterwürfig sein. Ali antwortet nicht, was auch? Sie hat nicht über Linn gesprochen, sie weiß nicht, was hier los ist. Vielleicht würde es sie sogar interessieren. Seit Linn sprechen kann, interessiert sie sich sehr, Patin wollte sie nicht werden, aber ich habe immer gehofft, es könnte bei aller Unbeholfenheit etwas zwischen den beiden entstehen. Auch Ali hat sich das gewünscht und zeitweise einen guten Draht zu ihr bekommen, doch zuletzt fiel ihr nicht mehr viel ein, Gedanken über Wachstum und Entwicklung, Unfälle und Krankheiten, das waren nie ihre Themen gewesen.

Über der Wiese und dem Schwimmbecken steht feuchte Luft, die Kiefernzapfen sind noch verschlossen, als ich mich auf den Weg zum Schwimmen mache, wie jeden Morgen gehe ich ohne Schuhe.

EVE

Laub und Nadeln und Insekten treiben auf dem Wasser, weil Ilyas nicht mehr mit dem Kescher darübergeht. Marla und Noémie sitzen mit angezogenen Knien auf ihren Liegestühlen, über ihre Fußnägel gebeugt, dicht am Becken. Sie warten auf eine Strafe, eine Ansage, eine Auflösung, weiß der Geier.

»Was sollen wir denn noch machen?«, fragt Marla und schiebt ihren Unterarm über die Stirn. »Wir schreiben mit den anderen, sie werden uns sagen, wenn sie etwas erfahren.«

»Ja«, plappert Noémie nach, »was sollen wir schon machen?«

Dies und das fällt ihnen dann doch ein. Wie sie vor ein paar Tagen mit allen Freunden zusammen im Club Hexagone waren. Linns Angewohnheit, sich sofort von der Gruppe zu trennen. Während die anderen am Rand herumgluckten oder möglichst schnell Getränke organisieren wollten oder schon wieder raus, rauchen, drängte sie umgehend in die Mitte der Tanzfläche. Die Angewohnheit kannten sie schon.

Noémie: »Bisschen wie ferngesteuert.«

Marla: »Als hätte sie was genommen. Aber das brauchte sie wohl nicht!«

Ich war ein Mal in diesem Laden und habe das gemischte Publikum gesehen, ich kann mir gut vorstellen, wie die anderen Teenies, die Familienväter und einsamen Herzen auf Abstand gehen, wenn jemand ekstatisch wird. So erzählen es auch die Mädchen. Es bildete sich ein Bannkreis um Linn und ihre um sich schlagenden Glieder. Manche Leute wichen ganz von der Tanzfläche, und natürlich wurde gefilmt ohne Ende.

»Die Jungs fanden es einfach nur peinlich.«

»Dafür haben sie ziemlich viel davon aufgenommen.«

»Soll ich dir mal die Kommentare zeigen?«, plötzlich eifrig wendet Noémie sich an mich.

»Nein, danke.«

Sie hatte nicht gemerkt, wie die Jungs einander anstießen und tuschelten. Sie merkte gar nichts mehr, meint zumindest Noémie. Wäre jemand auf sie zugelaufen und hätte sie geschubst, sie hätte auch das nicht gemerkt. Oder wäre umgefallen wie schlafendes Vieh in der Nacht.

»Wahrscheinlich haben wir es auch bewundert.«

»Ja. Schon. Creepy war es trotzdem.«

Sie holen jetzt doch ihre Telefone heraus und zeigen mir ihre Aufnahmen.

Zu sehen ist Linn, wie sie beide Arme gleichzeitig in die Höhe wirft, den Kopf in den Nacken legt, dann nach vorn schaut und den Blick hält.

»Sie wusste, was sie da tat«, sagt Noémie düster.

»Was hat sie denn verbrochen?«

»Sie war nicht weggetreten oder so, ist alles, was ich sagen will.«

Es kippte wohl auch nie derart, dass man sie hätte entfernen müssen. Oder jemand aufmerksam geworden wäre: Da ist ja ein Kind in unserem Club. Das passierte nie.

»Am Anfang hast du auch mitgemacht.«

»Ja. Es war ansteckend«. Marla wirkt zufrieden.

Trotzdem kam es vor, dass sie einander aus den Augen verloren, sie unterhielten sich, tranken was, kühlten sich draußen auf den Treppenstufen ein bisschen ab. Draußen passierten eigentlich die interessanteren Dinge.

»Das kann ich mir vorstellen.«

Das eine Mal, dass Linn mit einem fremden Mann tanzte, hatte niemand den Anfang mitbekommen, meint Marla. Beide sind sich einig, dass es lang und eng gewesen sei. Ein kleiner alter Mann mit umgedrehtem Basecap, mindestens fünfunddreißig. Woher sie das wissen, sein Gesicht konnten sie doch nicht sehen?

»Aber seine Beine.«

»Kann es sein, er hatte ihr was ins Glas getan?«

»Nein. Sie war sehr aktiv bei dem Ganzen. Wie gesagt.«

»Man musste sich keine Sorgen um sie machen.«

»Wenn, dann um den Mann.«

Sie lachen und hören sofort wieder auf. Videos davon haben sie nicht, oder vielleicht doch, ein Joshua hätte einiges aufgenommen, in seinem Account müsste sich etwas finden, meint Noémie und läuft zur Mauer, um ins Netz zu kommen.

»Was versprichst du dir davon?« Marla wirkt allmählich gereizt.

»Gibt es da etwas, das ich nicht sehen soll?«

»Was du nicht sehen willst vielleicht.«

»Wer ist denn dieser Joshua?«, frage ich, das kommt mir jetzt wichtiger vor, aber Noémie hört nicht auf zu scrollen. Sie hält das Telefon in beiden Händen wie ein Gebetsbüchlein.

»Ein Typ.«

»Dein Freund?«

»Ich habe keinen Freund.«

Er hat alles gelöscht, scheint es. Alle haben alles gelöscht, was mit Linn zu tun hatte, Kommentare, Memes, Reels. »War *alles* denn viel?« Schulterzucken.

Sie wollen wieder über den fremden Mann sprechen. Sie sind sich nicht ganz einig: Wer der Stärkere von beiden war. Wem es besser gefiel. Aber wahrscheinlich gibt es darauf auch keine beruhigende Antwort.

»Ist so was öfter passiert?«

»Nein.«

»Wie wirkte sie danach?«

»Normal. Also – wie sie immer ist, eben.«

Ende der Unterhaltung. Marla zieht das Shirt über den Kopf und lässt sich in den Pool gleiten, obwohl mittlerweile eine schwarzgraue Wand am Himmel steht. Bewölkt war es den ganzen Morgen. Jetzt hat Rinus auf der Veranda das Licht angeschaltet. Noémie bekommt zuerst einen Tropfen ab, Marla hat den Wal gepackt und merkt hinter ihrer Sonnenbrille nicht, wie dunkel es plötzlich geworden ist. Mit den Füßen stößt sie sich vom Beckenrand ab. Noémie klappt schon die Liegestühle ein, Marla wälzt sich vom Schwimmtier und macht den Toten Mann.

»Komm raus.« Noémie schaut zum Himmel, hinüber zu Ilyas' Wohnwagen mit der eingerollten Markise. Die Hängematten von Marla und Franz sind von ihren Bäumen verschwunden. Alle haben dies kommen sehen und sich zum Abgang vorbereitet. Nur die beiden Mädchen wollen draußen bleiben.

Marla breitet die Arme aus und zählt mit den Fingern die Zeit zwischen Blitz und Donner: »Weit weg.« Sie macht große Theatergesten und lacht angstvoll. Noémie will ihr die Hand reichen, Marla stemmt sich allein aus dem Becken. Die Sonnenbrille sitzt schief in ihrem Gesicht. Ein Ast der alten Eiche wird von einer Bö geschüttelt und gibt nach unter dem Gewicht der nassen Blätter, stürzt und bleibt in tieferen Schichten des Baumes hängen. Der Regen prallt an der Wasseroberfläche ab. Rinus sitzt vor einer Zeichnung und beobachtet mit schmalen Augen die bewegten Wipfel, den schaukelnden Wal, die Mädchen, wie sie schreiend an uns vorbei ins Haus rennen.

»Was ist los mit ihnen?«

»Sie haben nicht geschlafen.«

»Was passiert mit dem Wal, wenn er bei Gewitter noch im Wasser ist, kann ihn der Blitz treffen? Was passiert überhaupt mit den Tieren im Wasser?« Der Wal schaukelt jetzt heftiger. Die Mädchen treten mit Turbanen auf den Köpfen zurück auf die Veranda und hören meinen Erklärungsversuchen zu.

Wie Linn bei aufziehender Wetterfront nach draußen schwamm und immer Bescheid wusste, ob die Lage gefährlich war oder nur so aussah. Daran denken sie ganz sicher auch.

Sie protestieren nicht, als ich sie losschicke in den Wald, schauen, wo Elena bleibt. Sie verstehen, dass ich sie loswerden will. Rinus Kopfhörer aufsetzen und die Küche aufräumen und in Ruhe überlegen, was ich Kolja sagen darf oder will. Viermal hat er versucht, mich zu erreichen in der letzten halben Stunde. Ich will auch einmal allein sein.

Elena kommt durch den Garten gelaufen, kurz nachdem ich die Mädchen weggeschickt habe. Sie ist nackt bis auf die Bikinihose mit der hohen Taille. Das nasse Kleid ein Ball in ihrer Faust, den Kopf nach vorn geschoben, schwingende Arme, blaue Lippen, schwingende Brüste, sie nickt uns zu und verschwindet ins Haus. Mein Reflex, Rinus die Augen zuzuhalten. Aber ich halte an mich. Vor zwei Jahren hat sie ihn noch gestillt, sage ich mir. Er springt auf, ihr nach, »Baden wir zusammen, Mama?«

Sie nimmt ihn mit unter die heiße Dusche, sie reden und es rauscht, sein Schwall Fragen, ihre besänftigende Stimme, ich verstehe nicht, worüber sie sprechen.

Mit einem Tuch über Stirn und Ohren, in einer ausgewaschenen Matrosenbluse und zerrissenen Jeans steht sie vor dem Vorratsschrank in der Küche und findet noch eine Schachtel Kakao, zufrieden zeigt sie uns das Bild darauf. Ein springendes Fohlen mit einer Tafel Schokolade im Maul. Es apportiert sie wie ein Hund seinen Knochen. Die Schachtel ist ungeöffnet, wahrscheinlich längst abgelaufen, sie reißt die Packung auf und prüft den Geruch.

Sie wollte in mein Zimmer gestern Nacht. Wie ein Kind, das nicht schlafen kann, stand sie mit ihrer Decke in der Tür. Ich hätte sie wegschicken können, auf diese Idee bin ich überhaupt nicht gekommen. Sie brauchte Trost, was konnte logischer sein, als ihn sich bei mir zu holen. Sie verteilt Kakaopulver auf sechs Tassen, es stäubt, Rinus muss niesen, ich frage mich, wen sie alles mitzählt.

»Dein Mann hat versucht, mich zu erreichen.«

Sie bleibt konzentriert und schaut nicht auf.

»Hat er es bei dir nicht auch versucht?«

»Ich weiß es nicht.« Die Gasflamme schießt auf, sie zuckt zurück, setzt den Milchtopf auf und fängt an, darin zu rühren.

»Ich habe mein Telefon im See verloren.« Als wäre es ihr beim Spazieren aus der Tasche gerutscht. »Ich habe beim Schwimmen erst gemerkt, dass ich es noch in der Hand hatte. Ich habe es festgehalten wie ein Kind seinen liebsten Zauberstein, ich habe nicht mal gemerkt, dass ich so nicht gut schwimmen kann. Mit dem Gerät in der Faust. Der Bildschirm war schon schwarz. Und da fiel mir als Einziges ein, noch weiter hinauszuschwimmen, zu einer möglichst tiefen Stelle, und es dort zu versenken. So oft habe ich mir das schon gewünscht. Wir alle wünschen uns das doch!«

»Und wenn die Polizei anruft?«

Sie nimmt den Topf vom Herd und schaut zufrieden in den Schaum, den sie geschlagen hat. Dann fällt ihr ein zu fragen, was Kolja wollte. Sie tut nur so abwesend, bin ich sicher. Er macht sie unruhig, und zwar schon länger.

ELENA

Das Auto fehlt und die Männer. Vielleicht haben wir uns gründlich getäuscht und werden sie nie wiedersehen, vielleicht haben sie meinen Computer mitgenommen und mein Perlenarmband. Nehmt mir alles, aber lasst mir meine Lieben. So verhandelte ich gestern noch. Heute mache ich keine Pläne mehr. Die Höhlen, die wir besichtigen wollten, die Insel der Vögel, die man nur mit dem Schiff umrunden, nicht betreten darf.

Ich habe mein Telefon in den See geschmissen und bin bei aufziehendem Gewitter baden gegangen. Dabei bin ich klar wie selten. Ich habe gezuckerte Kondensmilch in den Kakao gerührt. Das Gebräu wirkt sofort, zumindest bei mir. Eve und die Mädchen trinken im Stehen, Noémie und Marla sind eben von einem Spaziergang oder woher auch immer zurück und wollen schon wieder los, noch einmal ins Resort zu den sogenannten Freunden. Eves Idee, nehme ich an, die Mädchen sind froh, ihr zu folgen, und wenn es zu dritt auf zwei Fahrrädern ist, sie sind froh, sich von mir zu entfernen. Ich kann es verstehen. Nur halb verstehe ich, was Eve antreibt.

Jemanden bestrafen. Einen der schönen Jungen mit den Sportlerkörpern und den weltgewandten Manieren. Ich werde nicht vergessen, wie sie mich gemustert haben, als sie hier einfielen. Wie sie bei der Talentshow am Rand standen und alles ganz genau beobachteten. Das war keine heimliche Verliebtheit. Sie warteten auf einen Fehler.

Ich weiß nicht, was Eve noch einmal dort will. Gestern habe ich mit diesen Jungen gesprochen, wir haben sie der Reihe nach aufgesucht in ihren Fertigbungalows. Er erinnere sich nicht, je mit Linn gesprochen zu haben, sagte einer, »tut mir leid, ganz ehrlich, ich weiß nicht mal genau, wie sie aussieht«. Seine Mutter stand daneben, die Hände gefaltet auf dem prallen Bauch unter dem Ringelshirt, stolz auf die Frucht ihres Leibes. Mühsam wackelte sie mir nach und wollte Nummern tauschen und mich umarmen. Ich habe mich auf alles eingelassen, aber nicht, weil ich ihnen glaubte.

Ali verliert ihre Frau, ich mein Kind. Wir sind gleichauf, es gibt wieder eine Gemeinsamkeit. Rinus legt den Kopf schief und koloriert die Flächen in seinem Ausmalbuch, an seinen Schläfen schwitzt er leicht, in vorsichtigen Schlucken nippt er von seinem Kakao. Was kann ich tun, damit er nicht zu einem halbstarken Angsthasen wird. (Damit er klein bleibt.) Ich berühre das Pailletteneinhorn auf seinem Rücken. Es wechselt die Farbe, wenn man gegen den Strich darüberstreicht.

EVE

Elena rennt uns über die Wiese entgegen, stolpert beinahe in ein Kaninchenloch, stoppt und wird sofort langsam in allen Bewegungen. Sie hebt den Torflügel leicht an beim Öffnen, damit es nicht quietscht, und flüstert: »Linn ist wieder da.« Zu Fuß soll sie gekommen sein, in den Kleidern von vorgestern, mit der kleinen Korbtasche, ohne einen Kratzer am Leib. »Sie schläft jetzt.«

Sie trommelt mit den nackten Zehen auf dem Gras herum, steckt sich das Haar neu fest und schaut der Reihe nach in unsere Gesichter. Triumphierend und verschreckt. Von uns will sie hören, dass es stimmt und sie nicht dabei ist, verrückt zu werden.

ELENA

Sie hat gewartet, bis ich allein war. Sie sagte »Hi, Mama«, blieb im Gras stehen und erwartete etwas von mir. Ich würde nichts sagen, erst recht nichts fragen, sie nicht berühren, nichts tun, was die Erscheinung zerstäuben ließe, ich zog das durch. Sie strich durch den Schnurvorhang, ohne ihn mit den Händen zu teilen, lief in das Mädchenzimmer und legte sich ins Bett. Seit gestern Nachmittag, seit bald vierundzwanzig Stunden schläft sie. Ein Märchenschlaf. Nachts habe ich gehört, wie jemand mit nackten Füßen ins Bad und in die Küche lief, heute Morgen die Spuren einer Mahlzeit, Brotkrumen am Boden und eine Ameisenstraße zur Küchenanrichte, ein schokoladenverschmiertes Messer im Spülbecken. Da habe ich mich auf den Boden gesetzt und zum ersten Mal geweint.

Sie hat Kiefernkerne und Nadelspitzen gegessen und Wasser aus einer Campingplatztoilette getrunken und dort auch während des Gewitters Schutz gefunden. So fange ich an zu spekulieren. Sie hat die Tür hinter sich zugemacht und sich schlafen gelegt, das ist das Einzige, was ich wirklich weiß.

Am Abend haben wir anderen aufgehört zu flüstern, später angefangen zu singen. Noémies Karaoke-App spielte uns die Instrumentalbegleitung ganz alter Lieder. Ich hätte nicht gedacht, dass die Mädchen sie kennen. Als ich sie lernte, konnte ich noch kaum Englisch. Ewige Flamme. Tanzkönigin. Weil die Nacht für Liebende gemacht ist. Marla und Noémie sangen mit Inbrunst. Rinus drückte sich an Marla und versuchte die vorbeiziehenden Textzeilen am Bildschirm zu erfassen. Wollten wir Linn hervorlocken mit unserem Lärm? Wer singt, hat keine Angst, heißt es. Aber wovor sollten wir uns noch fürchten. Wir tranken noch mehr heiße Schokolade mit Milchmädchen und heißem Wasser und hatten unseren Spaß.

Kolja wird nicht umsonst versucht haben, uns zu erreichen, wahrscheinlich verzögert alles sich ein weiteres Mal, Probleme mit dem Zug, Probleme auf der Baustelle daheim. Unheimlich sei das doch, findet Eve, nur Frauen und Kinder allein am Haus. Ich habe das nicht verstanden. Wir haben doch sogar einen Wachhund. Seitlich liegt Milva auf der Wiese, man könnte sie für tot halten, aber ab und an träumt sie. Und als er ein Bild seines bepackten Rads aus der Métro schickt, denke ich nur eins: Schon?

Er trifft ein, wie er es versprochen hat. Gerade rechtzeitig zu Linns Geburtstag, als Marla und Franz am Gehen sind. Größer, als ich ihn in Erinnerung habe, tritt er durch das Tor, nimmt den Helm ab und fährt sich durchs Haar. Franz hat schon seinen Motor angelassen, steigt noch einmal aus und läuft mit offenen Armen zu ihm hin. Milva überholt und stellt Kolja, er lässt das Rad fallen und den Blick nicht von ihr. Sie bricht jetzt in Gebell aus, Linn ist neben mir aufgetaucht und könnte sie zum Schweigen bringen, denke ich, sie als Einzige hier weiß, wie man mit diesem Tier umgeht. Und sie rührt sich nicht. Da steht kein Ungeheuer, will ich sagen. Das ist unser Kolja. Franz macht ein wegwerfendes Wedeln in Milvas Richtung, »Macht nur Lärm!«, ruft er, »nicht ernst nehmen!« Kolja reicht ihm die Hand, Franz greift zu und zieht ihn an sich. Er umarmt ihn lang und fest und entlässt ihn nach einem Rückenklopfen auf die Wiese zu uns. Alle machen Platz und lassen Franz rangieren, Kolja hebt sein Rad auf, er strahlt verlegen, noch einmal weichen wir vor dem ausschlagenden Gefährt zurück. Die Hündin springt um uns herum, umkreist uns in scharfem Trab, sie hat aufgehört zu bellen, sie wirkt jetzt mit einem Mal konzentriert. Sie wollte nicht fressen am Morgen, sie hat verstanden, warum Franz um vier Uhr morgens aufstand, was es zu bedeuten hatte, wie er seine Werkzeuge und Küchenutensilien aus Haus und Garten zusammensuchte. Sie spürt seine Unruhe, wahrscheinlich seit Tagen schon. Wie eilig er es hat, wie eilig wahrscheinlich vor allem Marla es hat. Normalerweise wären sie gleich nach ihrem Geburtstag abgereist. Nicht noch einen einzigen Tag hat sie warten können.

Eve hat Rinus auf ihre Hüfte gesetzt und schafft es auch so, mir mit dem Tor zu helfen, die schweren Flügel zuzudrücken, bevor der Hund entwischen kann.

»Hier!«, ruft Linn jetzt und klopft auf ihre Schenkel, geht in die Knie, Milva sieht sie gar nicht. Ich schlage das Torblatt zu, Eve legt die Kette vor mit einer Hand, die Hündin drückt sich durch ihre alte Sandkuhle unter dem Tor hindurch und folgt dem Wagen. Auf dem Schotterweg ist es leicht für sie, im Trab kann sie Schritt halten. Aber auch auf der Straße wird nichts sie stoppen können.

EVE

Wir liegen so nah am Wasser wie sonst nie. Kolja wollte das so. Die Flut hat den Höchstpegel erreicht, der Sand unter uns ist so trocken, dass die Heringe des Sonnensegels kaum Halt finden. Am Ufer hat der Druck der Wellen eine Schwelle in den Sand gegraben, man läuft hinein und hat nach wenigen Schritten keinen Boden unter den Füßen mehr. Von weitem sehen wir die grüne Flagge am Stadtstrand. Sie sieht aus wie schwarz, aber das liegt am Licht. Keine Wolken am Himmel. Kolja taucht und lässt Rinus auf sich reiten, er greift ihn am Brustkorb und hält ihn hoch über die Wellen, Rinus streckt sich, als wollte er fliegen. Elena und Linn und Noémie spielen Padel, zwei gegen eine, Elena bekommt kaum einen Ball, »Ihr gemeinen Hühner!«

Außer sich vor Freude. Als sie und Kolja im Garten voreinanderstanden, wussten sie nicht, wie sie einander anfassen sollen. Ich habe gesehen, wie sie ihn festhielt, vielleicht um ihm etwas ins Ohr zu sagen, er drehte sich schon wieder weg. In Panik wegen des Hundes, aber nicht nur. Jetzt sieht es schon wieder ganz anders aus. Sie ist Schauspielerin, an ihrem Lachen kann man es hören, auch wenn sie nie in ihrem Beruf gearbeitet hat. Wann genau sie das letzte Mal auf einer Bühne stand, wollte ich wissen.

»Wie meinst du die Frage?«

Die Frage gefiel ihr nicht. »Das Leben ist genug Theater«, ließ sie mich wissen. Als wäre das ein besonderer Gedanke.

Heute Morgen hat sie mich beiseitegenommen und gefragt,

ob ich irgendeine Idee habe, wo Linn gewesen sein kann. Sie wollte eine Einschätzung: Ob wir sie untersuchen lassen sollten. Immerhin gab es ja diesen Mann, einen älteren Mann.

ELENA

Beim Abendessen sprechen wir über Sekten. Linn hat in der Schule darüber gelernt und hält einen ihrer Vorträge, rotwangig und befeuert von Eve, die meint, es sei doch komisch, Marlas Mutter offenbar eine intelligente Frau und trotzdem einem Guru verfallen?

»Jeder kann da hineingezogen werden. Mit Intelligenz hat das gar nichts zu tun!« Die Sache mit der Intelligenz beschäftigt Linn. Dass sie einen vor nichts schützt. Sie ist nicht zu bremsen, wenn es um solche Themen geht. Nur wo sie war, braucht man sie nicht zu fragen, selbst Eve hat nichts herausgefunden, wenn sie etwas wüsste, würde sie es mir sagen.

Ihr Geburtstag. Wir sind in das *Quick Resto* im Badeort gefahren, dessen Leuchtreklamen sie immer so fasziniert haben, das Saisonende macht sich schon bemerkbar, zwei Frauen mit Schürzen schieben Plastiktische für uns zusammen und bringen ein Törtchen mit Kerzen, als sie mitbekommen, wie wir singen und Geschenke auf den Tisch legen. Eine Zeichnung von Rinus, ein Kettchen von Noémie und eines von Eve, ein gebrauchtes iPhone mit roséfarbener Plastikschutzhülle. Als Erstes hat sie sich von Noémie Marlas Nummer geben und Accounts in allen wichtigen Messengerdiensten einrichten lassen. Sie haben sich von Eve fotografieren lassen und die Aufnahme an Marla geschickt, seitdem wartet sie. Sie isst und redet, aber sie wartet auf Nachricht, alle beide warten sie.

Eve ist es, die sie schließlich unterbricht, »Wahrscheinlich hat sie keinen Empfang«, und auf das traurige Schulterzucken ein paar Trostversuche unternimmt. Sie könnten sich doch in Berlin treffen, ganz sicher würde Marla nicht für immer in Portugal bleiben.

»Sie meinte, vielleicht schon. Jedenfalls nach Deutschland will sie nicht wieder zurück.«

»Sie redet viel.«

Linn schaut zweifelnd und kehrt zurück zu ihrem eigentlichen Thema, Kolja beginnt nachzufragen, eine Diskussion über die interessanten ungelösten Fragen, die Spinnen im Zentrum der Netze: »Glauben die Gurus denn selbst an diese Gehirnwäsche?« Er widerspricht ihr oft, ansonsten schweigt er, kreuzt die Arme und schiebt das Becken nach vorn, stützt sich auf und beobachtet, wie sie sich schlägt. Es geht doch hier nicht nur ums Rechthaben, würde ich ihnen beiden gern sagen. Und zu ihm: Prüf sie nicht, schau sie an und freu dich, dass sie lebt. Aber genau das tut er.

Er hat wieder diesen tiefen warmen Blick, wenn sie etwas tut, das er bewundern kann. Anfangs wusste er nichts mit ihr anzufangen. In den Monaten nach ihrer Geburt soll ich Angst gehabt haben, die beiden allein miteinander zu lassen. Erst kürzlich hat er mir das erzählt, weil es in seiner Therapie hochgekommen ist. Ich konnte es mir nicht mehr vorstellen. Auch er hatte Mühe, sich zu erinnern: Aber er war nicht unbedingt dafür gewesen, dass sie auf die Welt kam, er hatte nur eingewilligt, weil ich es mir so sehr wünschte.

»Man muss ein bisschen intelligent sein, man braucht Phantasie, um an die absurden Dinge zu glauben!«, ruft sie. Seine Augen leuchten.

Er schaut sie an, und von ihr zu Noémie, ganz woanders mit ihren Gedanken, er will sie zu uns zurückholen, er hat in diesen Momenten etwas von einem treuen Schäferhund.

Beharrlich und streng und gut. Nur mich sieht er gerade nicht richtig an. Wenn ich versuche, mich einzubringen, drehen sie sich kurz zu mir und fahren fort in ihrer Unterhaltung, einmal schüttelt er sacht den Kopf, weil ich irgendetwas Uninformiertes geäußert habe.

Wie man einander ansehen und in dem Augenblick erkennen kann, jetzt ist es vorbei, wir müssen künftig eigene Wege gehen. Er hat gewusst, dass etwas passiert ist, in dem Moment, da er den Garten betrat, hat er es gewusst. Ich habe nicht versucht, zu rechtfertigen, warum ich ihn nicht sofort angerufen habe, warum ich ihm nicht gesagt habe, was los ist. Ich hatte keine gute Erklärung, und mit Ausreden wollte ich ihm nicht kommen. Aber gerade so etwas enttäuscht ihn am meisten. Ausreden würden wenigstens zeigen, dass ich kämpfe. Als ich ihm sagte, »Ich bin arbeitslos, Ali hat mich in die Wüste geschickt«, lachte er auf. »Welche Arbeit?«

Auf dem Weg zum Auto hakt Linn sich bei Noémie unter und bei Eve, wir anderen fallen hinter ihnen zurück, Rinus erzählt von seinen Krankenhausabenteuern, noch einmal von der Ärztin, die ihm mit Gesten vormachte, sie sei weiß angezogen wie eine Möwe. Er fragt, ob wir nun morgen zum Leuchtturm fahren, an unserem vorletzten Tag, und Kolja sucht meinen Blick, »Warum eigentlich nicht?«, antwortet er mehr unsicher als grollend.

Zurück am Haus fasst Linn ihn am Ärmel, »Du hast den See noch gar nicht gesehen«, es ist ein klarer Abend, sie will schwimmen gehen, und zwar nur mit ihm. »Ist doch gut«, sage ich zu Eve, wirklich habe ich diese Hoffnung, dass er auf die Art erfährt, was er von ihr wissen will.

Als sie zurück sind, liege ich längst im Bett. Halb wach schaue ich ihm zu, wie er sich durch den Raum tastet. Drei Wochen, länger waren wir nicht auseinander gewesen. Geschichte der Frau, deren Mann aus dem Krieg nach Hause kommt und nicht ihr Mann ist, ich versuche mich zu erinnern, woran die Frau in der Geschichte das merkt, ob überhaupt. Kolja war nicht im Krieg. Er hat ein Projekt zu Ende gebracht und ein neues verkauft, unser Zuhause trockengelegt und sitzt jetzt auf der Bettkante, schaut in meine Richtung, ich könnte mich schlafend stellen, er würde es nicht merken.

»Wie war es?«, frage ich dann aber doch.

»Schön. Sie übt Delphinschwimmen.«

»Findest du sie verändert?«

Er hebt die Schultern und kann sich immer noch nicht entschließen, sich zu mir zu legen. »Sie wollte nur laufen, sehen, ob der Strand ein Ende hatte und was dahinter lag. Sehen, ob sie es draußen schaffen konnte, allein.«

Sie wird es für sich behalten. Ich bin nicht stolz darauf, aber was ich in mir habe, ist Genugtuung: Mehr hat sie auch ihm nicht gesagt.

EVE

Elena und die Mädchen stehen im spiegelnden nassen Sand, der Meereswind löst Linns nasses Shirt von ihrem Rücken. Rinus fängt ein Stück Totholz aus den über Kreuz laufenden Uferwellen. Es schimmert silbern in der Sonne, es ist durch und durch verkohlt. Sie halten es vor sich und drehen es in verschiedene Richtungen, um eine Figur darin zu erkennen. Echse, Vogel, Fisch.

Kolja legt sich neben mich in den glühenden Sand, die Hitze scheint er nicht zu spüren, und schaut ihnen zu. Die Verspannungen in seinem Nacken, ich kann nicht anders, als hineinzugreifen.

»Noch ein paar Jahre in dieser Haltung, und du bekommst einen Rundrücken.« Er schließt die Augen und lehnt sich zurück, er will genießen und wird in den Schultern noch härter. »Es ist mein Ernst, man sollte da was machen.« Wie kalt die Haut eines Menschen ist, wenn er lange in diesem Wasser war. Er zittert unter meinem Griff.

»Danke.« Er schiebt meine Hand beiseite. Er ist der Typ, der mit dem Alter immer noch sehniger werden wird. Seine inneren Prozesse, sagt Elena, verbrennen genug. Linn hält einen leeren Krebspanzer in die Höhe, Wasser tropft von der herabbaumelnden Schere auf Noémies Nacken, schreiend springt sie weg.

»Sind wir zu beneiden, Eve«, fragt er plötzlich. Immer spricht er meinen Namen so deutlich aus, als ob er ihn ein bisschen komisch findet. Der Name meiner englischen Tante. Wer es wissen will, dem erzähle ich davon.

Linn taucht aus dem Wasser auf, rostfarbene Stränge von Wasserpflanzen haben sich in ihrem Haar verfangen, sie hebt beide Arme und lässt sich wieder umwerfen. Ich frage mich, ob seine Frage mich einschließt. Wahrscheinlich nicht. Aber über die Antwort muss ich nicht nachdenken:

»Natürlich sind wir zu beneiden, es geht uns doch sehr, sehr gut hier.«

DANKE

Martina Wunderer, Yoko Hamann, Doris Plöschberger, allen im Suhrkamp Verlag für die Unterstützung und Zusammenarbeit. Petra Eggers. Kerstin Kemper. Und Mareile und Reinhart, Bruno und Akiko, ohne die ich diese Gegend sonst vielleicht nicht kennengelernt und wiedergesehen hätte.

Landschaft und Figuren im Text sind erfunden. Ausgedacht ist nichts. Nanas Skulpturen haben ihre Vorbilder in den Arbeiten von Leiko Ikemura. Die vielleicht wilden Bienen in Gedichten von John Burnside, unter anderem: *The Eleusinian Mysteries (Myths of Origin and Healing)*.